휴먼 스테인 2

THE HUMAN STAIN
by Philip Roth

Copyright © Philip Roth, 2000
Korean translation copyright © MUNHAKDONGNE Publishing Corp., 2009
All Rights Reserved.

This Korean edition is published by arrangement with
The Wylie Agency Ltd. through Shinwon Agency.

이 책의 한국어판 저작권은 신원 에이전시를 통해
The Wylie Agency Ltd.와 독점 계약한 (주)문학동네에 있습니다.
저작권법에 의해 한국 내에서 보호를 받는 저작물이므로
무단 전재 및 무단 복제를 금합니다.

이 도서의 국립중앙도서관 출판시도서목록(CIP)은
서지정보유통지원시스템 홈페이지(http://seoji.nl.go.kr)와
국가자료공동목록시스템(http://www.nl.go.kr/kolisnet)에서 이용하실 수 있습니다.
(CIP제어번호: CIP2009003156)

세계문학전집
020

Philip Roth : The Human Stain

휴먼 스테인 2

필립 로스 장편소설

박범수 옮김

문학동네

차례 ▮

4
대체 어떤 편집광의 머리에서 이런 생각이 나온 걸까?

그 7월 이후 내가 살아 있는 콜먼을 본 건 딱 한 번뿐이다. 학교에 간 일이나 학생회관에서 제프에게 전화를 걸었던 일에 대해 그가 자기 입으로 말한 적은 한 번도 없다. 그날 그가 학교에 간 사실을 내가 알게 된 건, 그의 동료였던 허브 키블이 무심코 연구실 창밖을 내다보다 콜먼이 거기 있는 것을 목격했기 때문이다. 장례식 때 키블은 추도사 말미에, 노스홀의 그늘진 벽에 등을 대고 서 있는 콜먼을 보았다고 넌지시 언급했다. 자신은 단지 추측만 할 수 있을 뿐인 몇몇 이유들로 콜먼은 학교에 온 것을 숨기고 싶어했던 것 같다며. 전화 통화에 대해 알게 된 것도 제프 실크를 통해서였다. 장례식이 끝나고 이야기를 나누다 얼핏 그 이야기가 나왔다. 그 전화로 콜먼이 완전히 이성을 잃었으리라는 것은 더 듣지 않아도 알 수 있었다. 제프에게 전화를 걸었던 그날 오전에 변호사 사무실에도 들렀었다는 건 넬슨 프라이머스에게 직접 들었다. 제프와 통화했을 때도 그랬듯, 대화 마지막에 콜먼은 독기 어린 혐오감을 내비치며 폭언을 퍼부었다고 했다. 그후 프라이머스나 제프 둘 다 두 번 다시 콜먼과 이야기하지 못했다. 콜먼은 두 사람이 건 전화에도, 내가 건 전화에도 응답하지 않았다. 알고 보니 그 누구의 전화에도 응답하지 않았다. 그러다 아예 자동응답기를 꺼버린 것 같았다. 내가 다시 전화를 걸었을 때는 전화벨만 끝없이 울려댔기 때문이다.

하지만 콜먼은 혼자 집에 있었다. 어디론가 떠난 게 아니었다. 나는 그가 집에 있다는 걸 알았다. 두어 주나 계속 전화를 했는데도 감감무소식이어서, 8월 초의 어느 토요일 저녁, 나는 직접 확인하기 위해 날이 어두워진 다음 차를 몰고 갔다. 등불이 몇 개만 켜져 있었다. 하지만 그 집의 우람하게 가지를 뻗은 나이든 단풍나무들 옆에 차를 대고 엔진을 끈 다음 기복이 심한 잔디밭 끝의 아스팔트 도로 위의 차 안에서 꼼짝 않고 앉아 있자니, 아니나 다를까, 흰색 비늘판벽 주택의 검은 덧창이 내려진 열린 창문에서 댄스음악이 흘러나왔다. 콜먼을 전쟁 직후 설리번 스트리트의 지하방에 살던 시절로, 스티나 펠슨에게로 되돌아가게 해준다던, 토요일이면 저녁 내내 방송되는 FM 라디오 프로그램이었다. 콜먼은 집 안에 포니아와 단둘이 있었다. 다른 사람들로부터 서로 지켜주면서, 서로에게 전부가 되어주면서. 둘은 분명 알몸으로, 세상의 시련도 초월한 채 춤을 추고 있을 것이다. 성교가 평생의 분한 실망감을 모두 쏟아부은 연극이 되는, 세속적인 성욕이 만들어낸 그 탈세속적 천국에서 말이다. 문득 콜먼이 내게 해준 이야기가 떠올랐다. 두 사람이 함께 보낸 저녁들 가운데 어느 날, 둘 사이에서 아주 깊은 교감이 이루어진 후 그 여운을 즐기던 포니아가 콜먼에게 했다던 말. 콜먼이 "이건 단순한 섹스 이상이야"라고 하자 포니아는 단호하게 이렇게 대답했다고 한다. "아뇨, 그렇지 않아요. 당신은 그냥 섹스가 뭔지 잊고 있었던 거예요. 이게 섹스예요. 이 자체가. 섹스가 뭔가 다른 거라도 되는 것처럼 말해서 섹스를 망쳐놓지 마요."

  지금 저들은 누구인가? 지금의 저들은 두 사람에게 가능한 가장 단순한 존재 방식이다. 독자성의 진수. 모든 고통이 열정으로 응결된 것이다. 저들은 인생이 지금과 다르게 풀리지 않은 것에 더이상 회한조차 없을 것이다. 그러기에는 세상에 대한 염오가 너무 견고하다. 저들은 자신들을 겹겹이 짓누르던 모든 것에서 벗어났다. 삶의 어떤 것도 두 사람 사이의 친밀감만큼 저들을 유혹하지 못하고, 삶의 어떤 것도 그만큼 저들을 흥분시키지 못하며, 삶의 어떤 것도 그만큼 삶에 대한 저들의 반감을 억누르지 못한다. 극단적으로 다른 두 사람, 일흔하나와 서른넷의 나이에 저토록 어울리지 않는 동맹을 맺은 저들은 누구인가? 저들은 저들에게 떨어진 재앙이다. 토미 도시 밴드의 리듬과, 젊은 시절의 시내트라가 나직이 부르는 노래에 맞춰 저들은 알몸으로 춤을 추며 폭력적인 죽음을 향해 직행하고 있다. 세상 모든 사람들이 저마다 다르게 마지막을 보낸다. 이것은 두 사람이 생각해낸 마지막을 보내는 방식이다. 이제 늦지 않게 두 사람을 멈출 방법은 없다. 이미 벌어진 일이다.

  그리고 그때 그 도로 위에서 그 음악에 귀를 기울이고 있는 것은 나 혼자가 아니었다.

여러 번 전화를 걸었는데도 콜먼한테서 연락이 없자, 나는 그가 이제 나와 친하게 지내고 싶지 않은가보다고 생각했다. 친구 관계, 특히 새로운 친구 관계가 갑작스럽게 깨질 때 사람들이 흔히 생각하듯이, 나는 내가 누구이고 무엇을 하는 사람인지가 원인이 아닐까 추측했다. 내가 부주의한 언행으로 그를 몹시 화나게 했거나 기분을 상하게 한 게 아니라면 말이다. 이제 와 생각해보면, 처음에 콜먼이 나를 찾아온 것은 얼핏 잘 이해되지 않는 이유에서였다. 대학이 어떻게 그의 아내를 죽였는지 밝히는 책을 쓰도록 나를 설득하겠다는 것이었으니까. 이제 그는 그 글쟁이가 자신의 사생활을 캐고 다니는 것을 원치 않는지도 모른다. 이유야 어떻든 그는 포니아와의 관계에서 일어나는 세세한 일들을 나한테 숨기는 것이 계속 털어놓는 것보다 훨씬 현명한 처사라고 여긴 게 아닐까. 그 외 달리 어떻게 결론을 내려야 할지 나는 알 수가 없었다.

물론 당시에는 그의 출신에 얽힌 진실에 대해 전혀 아는 바가 없었다. 그 진실에 대해서도 장례식에서 결정적으로 알게 되었으니까. 아이리스가 죽기 전까지 몇 년 동안 왜 우리가 한 번도 만나지 못했는지, 왜 그가 만나기를 원치 않았는지 나는 감조차 잡지 못했다. 알고 보니, 내가 이스트오렌지에서 겨우 몇 마일 떨어진 곳에서 자라서 그랬던 것이다. 그 지역에 대해 보통 이상으로 익숙한 내가 뉴저지에 사는 그의 가족에 대해 자세히 알아보지 않고 넘어가기에는 아는 게 너무 많고 호기심도 많아서 그랬던 것이다. 내가 닥 치즈너의 방과 후 권투교실에 다니던 뉴어크 유태인 소년들 가운데 하나였다면? 실제로 나는 그 아이들 중 하나였다. 하지만 1946년과 1947년의 일이었는데 그 무렵

실키는 나 같은 아이들에게 자세 잡는 법과 움직이는 법, 펀치를 날리는 법을 가르치는 닥을 돕고 있지 않았고, 제대군인원호법의 혜택으로 뉴욕대에 다니고 있었다.

콜먼은 'Spooks' 원고를 쓰는 동안 나와 친구처럼 지내면서 실상 바보처럼 위험을 무릅쓴 셈이었다. 자신이 이스트오렌지고의 졸업생 대표로 고별사를 했던 흑인 학생이었다는 것, 백인으로 해군에 입대하기 전까지 모턴 스트리트 보이스클럽에서 권투를 배워 뉴저지 인근의 아마추어 시합에 출전했던 유색인 소년이었다는 것, 거의 육십 년 가까이 감춰왔던 그 비밀들이 드러날 수도 있었으니까. 그해 한여름에 그가 갑자기 나와 관계를 끊은 것은, 나로서는 이유가 짐작이 안 가지만, 어찌 보면 당연한 것이기도 했다.

자, 내가 그를 마지막으로 만났던 때로 돌아가보겠다. 8월의 어느 토요일, 영 적적해진 나는 차를 몰고 이튿날 열릴 음악회의 공개 리허설을 구경하러 탱글우드로 갔다. 콜먼의 집 근처에 차를 세우고 있었던 그날 이후로 일주일이 지난 무렵이었는데, 여전히 콜먼도 그립고 친구가 있었던 시절도 그리웠기 때문에, 리허설을 구경하러 모여든 얼마 안 되는 토요일 아침의 청중 사이에 섞여볼까 했던 것이다. 공연장의 반의반을 채울까 말까 한 청중들 중에는 음악 애호가인 피서객들과 다른 지역에서 온 음대 학생들도 있었지만, 대부분은 보청기를 끼고 있거나 쌍안경을 들고 다니는 사람들, 그날 하루를 보내려고 버스를 타고 버크셔에 와서는 〈뉴욕 타임스〉나 뒤적거리는 나이든 관광객들이었다.

어쩌면 오랜만에 집밖을 나다녀서 이상해졌던 건지도 모른다. 아주 잠깐 사교적인 존재(혹은 사교적임을 가장한 존재)가 되는 경험을 한 탓인지도 모르고. 아니면 나 또한 승선객 혹은 추방자로서, 이제는 너무도 생생하게 실감되는 노년이라는 포위망에서 벗어나 음악의 부력浮力으로 멀리 흘러갈 수 있기를 기대하며 공연장에 모여든 노인들과 같은 신세가 아닌가 하는 생각이 스쳐지나가서였는지도. 어쨌든 콜먼 실크에게는 생애 마지막이었던 그 여름, 산들바람이 불던 그 화창한 토요일, 나는 벽이 없는 헛간 모양인 그 공연장 건물을 보며, 한때 허드슨강 위로 동굴처럼 뻗어 있었던 부두들에 대해 계속 생각했다. 원양 여객선들이 맨해튼에 정박하던 시절부터 있어온, 철재 서까래로 지붕을 인 거대한 부두들. 그중 하나가 그 거대한 모습 그대로 물 위로 솟아올라 북쪽으로 120마일을 로켓처럼 날아와서, 부서진 데 하나 없이 널찍한 탱글우드의 잔디밭에, 뉴잉글랜드 산악지대가 한눈에 들어오는 풍경 속 키 큰 나무들 사이에 완벽하게 상륙한 것만 같았다.

무대 근처의 빈자리들 중에서 자리를 맡아놓기 위해 스웨터나 재킷을 걸쳐놓지 않은 자리 하나를 발견하고 그쪽으로 걸음을 옮기는 동안에도 나는 줄곧 생각했다. 우리는 모두 어딘가로 함께 가고 있는 것이라고. 어쩌면 사실은 모든 것을 뒤로하고 이미 와버렸고 거기 도착했을지도 모른다고…… 그때 우리는 그저, 보스턴 심포니 오케스트라가 라흐마니노프와 프로코피예프, 림스키코르사코프의 곡들을 리허설하는 걸 듣기 위해 기다리고 있었던 것뿐이었지만. 공연장 발밑은 단단히 다져진 갈색삼림토였기 때문에 내가 앉은 의자가 육지에 발 딛고 있음이 그보다 더 명확할 수는 없었다. 공연장 지붕 꼭대기에 새 몇 마리가 앉아 있었는데, 악장과 악장 사이에 묵직한 정적이 감돌 때마다

지저귀는 소리가 들린다. 제비와 굴뚝새 들이 바삐 날갯짓해 숲에서 비탈을 타고 내려왔다가 다시 휭 날아가버린다. 여기가 홍수에 떠다니는 노아의 방주였다면 어떤 새도 저토록 자유로울 수 없겠지. 우리는 대서양에서 서쪽으로 세 시간 정도 운전해야 닿는 곳에 있었지만, 그럼에도 여기 이곳에 있는 동시에, 다른 노인들과 함께 이미 불가사의한 미지의 바다로 출항해버렸다는, 이중의 감각을 떨쳐버릴 수 없었다.

상륙에 대해 생각하던 내 마음속에 있던 것은 단지 죽음뿐이었을까? 죽음과 나? 죽음과 콜먼? 혹은 죽음과 거기 모인 사람들? 여름 소풍을 나온 야영객들처럼 버스를 타고 돌아다니는 데서 여전히 즐거움을 찾을 수는 있지만 그럼에도, 실체가 분명한 인간 군집으로서, 감각할 수 있는 살과 따뜻하고 붉은 피를 지닌 존재로서, 아주 얇고 아주 깨지기 쉬운 삶의 막에 의해 가까스로 망각으로부터 떨어져 있는 그들이?

내가 도착했을 때는 리허설 전 프로그램이 막 끝나가고 있었다. 티셔츠와 황갈색 면바지 차림의 활기 넘치는 한 강사가 오케스트라 단원들의 텅 빈 자리를 뒤로하고 서서 청중에게 곧 듣게 될 곡들 중 마지막 곡을 소개하고 있었다. 청중을 위해 테이프에 녹음된 라흐마니노프의 작품을 일부 틀어주면서, 그의 교향 무곡들이 지닌 '어둡지만 율동적인 면'에 대해 밝은 목소리로 이야기했다. 강사의 이야기가 끝나고 청중들이 박수를 치자 그제야 누군가가 무대 옆에서 나와 팀파니의 덮개를 벗겨내고 보면대에 악보를 펼쳐놓기 시작했다. 무대 뒤쪽에서 무대 담당 두 명이 하프를 들고 나타났고, 이어서 연주자들이 서로 이야기를 나누면서 줄줄이 입장했는데, 리허설이라서 강사와 마찬가지로 다들 편한 복장이었다. 오보에 연주자 하나는 회색 후드 티셔츠 차림이었고, 콘트라베이스 연주자 둘은 물 빠진 리바이스 청바지를 걸쳤고, 바이올린 연주자들은 남녀 모두 바나나 리퍼블릭 옷으로 보이는 똑같은 옷을 입고 있었다. 지휘자가 안경을 쓰는 동안—세르지우 코미시오나라는 초청 지휘자로, 늙은 루마니아 사람이었는데 터틀넥 셔츠에 백발은 산발을 하고 발에는 에스파드리유*를 신고 있었다—어린애들처럼 예의바른 청중이 다시 한번 박수를 치기 시작했다. 그때 콜먼과 포니아가 무대에 가까운 자리를 찾아 통로를 내려오는 것이 보였다.

두 사람—큰 키에 얼굴은 바짝 야윈 금발 여자와, 여자보다 키는 작고 나이는 훨씬 많아 보여도 걸음걸이는 운동선수처럼 민첩한 날씬하고 잘생긴 반백의 남자—이 내 자리에서 세 줄 앞의, 오른쪽으로 20피트 정도 떨어진 빈자리를 찾아 앉았다. 근심 걱정 없는 피서객 같은 모습에서 강렬하고 우아한 음악 제조기로 막 변신하려는 참인 연주자들은 이미 자리를 잡고 앉아 악기를 조율하고 있었다.

림스키코르사코프의 곡은 오보에와 플루트의 선율이 아름답게 어우러진 한 편의 동화 같았는데 그 달콤함이 청중을 완전히 사로잡았다. 오케스트라가 첫 곡을 끝내자 고령의 청중들은 갑자기 천진난만해진 듯 또 한번 열광적인 박수를 터뜨렸다. 연주자들이, 우리가 갖고 있는 인생에 대한 생각들 중에서 가장 젊고 가장 천진한 생각을, 현실에서는 결코 일어나지 않고 일어날 수도 없는 방식의 삶에 대한 불멸의 열망을 우리 밖으로 끄집어냈던 것이다. 적어도 나는 그렇게 생각했다. 그러면서 옛 친구와 그의 정부 쪽으로 시선을 돌렸는데, 콜먼이 갑자

---

* 원래 해변에서 신는 토속적인 신발로, 바닥은 삼베를 엮어서 대고 등은 천으로 두른 것.

기 자취를 감춘 이후 내가 상상했던 것만큼 두 사람이 평소와 다르거나 사람들로부터 고립되어 보이지는 않았다. 두 사람은, 특히 포니아는 전혀 불건전한 사람들처럼 보이지 않았다. 포니아의 깎아놓은 듯한 미국인다운 얼굴은 창문은 있지만 출입문은 없는 좁은 방을 연상시켰다. 그들은 인생과 불화하는 것처럼 보이지 않았고, 공격적이거나 방어적인 모습도 아니었다. 그런 낯선 환경에서 혼자 있었다면 포니아는 지금 보이는 것처럼 편하게 있지 못했을 것이다. 하지만 콜먼이 곁에 있었기 때문에 그녀가 그 자리에 대해 느끼는 편안함은 콜먼에게 느끼는 편안함 못지않게 자연스러워 보였다. 거기 함께 앉아 있는 그들은 무법자 한 쌍이 아니었다. 오히려 그들만의 극도로 농밀한 평온함을 성취해낸 연인처럼 보였는데, 버크셔카운티는 말할 것도 없고 이 세상 어디에서건 자신들의 존재가 야기할지 모를 그 어떤 감정이나 환상도 전혀 개의치 않을 것 같았다.

나는 콜먼이 그녀에게 어떻게 처신했으면 한다고 미리 귀띔한 건지 궁금했다. 그가 그랬다면 그녀는 그 말을 귀담아들었을까. 그런 귀띔이 필요한지 어떤지도 궁금했다. 왜 그가 그녀를 탱글우드에 데려온 건지도 궁금했다. 단순히 음악을 듣고 싶어서? 그녀에게 음악을 들려주고, 라이브 연주를 보여주고 싶어서? 은퇴한 고전학 교수는 이제 아프로디테의 비호를 받으며 피그말리온으로 가장한 채 탱글우드라는 환경 속에서, 반항적이고 관습을 따르지 않는 포니아에게 고상하게 문명화된 갈라테이아*의 삶을 주려는 걸까? 콜먼은 그녀를 교육시키고

* 피그말리온이 만든 조각상. 이 조각상을 사랑하게 된 피그말리온이 아프로디테에게 기도해 생명을 얻는다.

그녀에게 영향을 주러 나선 걸까? 그녀의 유별남, 그 비극으로부터 그녀를 구원하러 나선 걸까? 탱글우드가 그들의 분방함을 덜 이단적인 것으로 만들기 위해 크게 내딛는 첫걸음일까? 이제 와서 왜? 도대체 왜? 왜일까. 그들이 누리고 공유하는 모든 것은 지하에서, 아무도 모르는 천연의 상태에서 진화해온 것인데? 왜 구태여 '애인'처럼 여기저기 돌아다니며 그 관계를 표준화시키고 규율에 맞추려 하는 걸까? 도대체 왜 그런 시도를 하는 걸까? 공개되어봤자 강렬함만 약해질 텐데, 실제로 두 사람이 원하는 게 그런 걸까? 그게 콜먼이 원하는 걸까? 이제 그들의 삶에서 길들이기가 불가피해진 걸까? 아니면 그들이 여기 와 있는 건 전혀 그런 뜻이 아닌 건가? 장난 같은 것? 사람들을 흔들어대고 고의로 자극하기 위해 계획된 연기를 하는 것일까? 그러면서 저 육욕의 야수들은 남몰래 저들끼리 미소를 짓고 있는 건가? 아니면 단순히 음악을 감상하러 나타난 걸까?

오케스트라가 잠시 휴식을 취하고 프로코피예프의 〈피아노협주곡 2번〉을 연주하기 위해 피아노를 무대 위로 올리는 동안, 두 사람은 기지개를 켜거나 주변을 어슬렁거리지 않았다. 그래서 나도 그대로 자리에 앉아 있었다. 공연장 밖에서 음악을 들으며 즐거운 시간을 보내는 대체로 좀더 젊은 청중들, 이십대 연인들이나 어린 아기를 안고 있는 엄마들이나, 도시락 바구니에서 벌써부터 점심을 꺼내 펼쳐놓은 가족 소풍객들은 너른 잔디밭 위로 눈부시게 쏟아지는 햇볕 덕분에 따사로웠을 테지만, 공연장 안쪽은 시원하다기보다는 가을 날씨만큼이나 살짝 쌀쌀했다. 그리고 내 자리에서 세 줄 앞에 앉은 콜먼은 포니아 쪽으로 머리를 조금 기울이고 그녀에게 조용하고 진지하게 뭔가 말하고 있었다. 무슨 이야기를 하는지는 나로선 당연히 알 수 없었다.

　우리는 알 수 없기 때문이다. 그렇지 않은가? 모두가 알고 있다니……　어떤 일이 어떻게 해서 그런 식으로 일어나는지를 안다고? 인간사를 규정하는 사건들, 불확실성들, 사고들, 불화, 충격적인 부조리의 연속인 난맥상 아래에 무엇이 있는지도? 아무도 알 수 없는 거요, 루 교수. "모두가 알고 있다"라는 말은 상투어를 이용한 호소인데, 경험을 진부하게 만들어버리는 출발점이다. 무엇보다 못 견디게 싫은 것은, 상투어를 내뱉는 자들의 위선적인 진중함과 권위의식이다. 우리가 유일하게 아는 것은, 상투적이지 않은 의미에서, 우리 모두가 아무것도 모른다는 사실이다. 아무것도 알 수 없다. 아는 것도 실은 알지 못한다. 의도? 동기? 결과? 의미? 모르는 건 전부 놀랍게 느껴진다. 하지만 더 놀라운 건 우리가 안다고 믿는 것들이다.

　청중이 다시 자리에 앉는 동안 나는 치명적인 병이 아무에게도 들키지 않게 우리 모두의 몸속을 한 명 한 명 열심히 갉아먹는, 만화 같은 장면을 떠올리기 시작했다. 야구 모자에 눌려 폐색된 혈관, 파마한 흰 머리칼 아래에서 자라고 있는 악성종양, 제대로 작동하지 못하고 위축되거나 기능을 멈춘 신체 기관, 여기 있는 청중 전체를 결코 일어날 것 같지 않은 재앙 쪽으로 슬며시 몰아가는 수천억 개의 살인 세포를 생생하게 떠올리기 시작했다. 나는 자신을 제어할 수 없었다. 죽음이 우리 모두를 휩쓴다. 어마어마한 인명이 사라진다. 오케스트라 연주자들, 청중, 지휘자, 무대장치 기술자들, 제비들, 굴뚝새들. 탱글우드 한 곳에서만 지금과 서기 4000년 사이에 얼마나 많은 죽음이 있을지 한번 생각해보라. 그런 다음 거기에 세상 만물의 수를 곱해보라. 쉼 없는 사멸. 이 얼마나 기상천외한 생각인가! 대체 어떤 편집광의 머리에서 이런 생각이 나온 걸까? 하지만 오늘은 정말 화창하다. 하늘이 내린 선물 같은 날이다. 이 지상의 그 어느 곳보다 무해하고 멋진 매사추세츠의 한 휴가지에서 맞는 아무 부족함 없는 완벽한 날.

그때 브론프먼이 나타난다. 브론프먼은 브론토사우루스다! 미스터 포르티시모*! 브론프먼은 나의 병적인 생각을 링 밖으로 깨끗이 날려버릴 수 있을 정도로 대단한 속도와 대단한 허세로 프로코피예프를 연주하기 위해 등장한다. 그는 상체가 눈에 띄게 우람한데, 그 자연의 힘을 스웨트셔츠 속에 감추고 있다. 방금 전까지 서커스에서 괴력을 뽐낸 후 무심코 음악 공연장으로 산책 나온 것 같은 사람, 피아노 연주쯤은 자신이 뽐내는 어마어마한 근력에 대한 우스운 도전으로 여길 것 같은 사람이다. 예컨대 브론프먼은 피아노 연주자라기보다는 피아노를 옮기는 일을 하면 딱 맞을 사람 같다. 피아노를 치겠다고 덤벼든 사람 가운데 탄탄하고 작달막한 나무통처럼 보이는 이 수염 덥수룩한 러시아계 유태인 같은 사람은 일찍이 본 적이 없다. 그가 연주를 끝내면 피아노를 내다버릴 수밖에 없을 거라는 생각이 들었다. 그는 피아노를 때려부술 것처럼 두드려댄다. 피아노가 무언가를 숨기는 것을 허용하지 않는다. 그 안에 있는 것이 무엇이 됐든 튀쳐나오지 않고는, 그것도 공중에 두 손을 번쩍 들고 나오지 않고는 못 배길 것이다. 그렇게 되자, 그 안의 모든 것이 공개되자, 마지막 진동이 끝까지 울리고 나자, 그는 의자에서 일어나 구원받은 우리를 남겨둔 채 가버린다. 쾌활하게

---

* '매우 세게'라는 뜻의 음악 용어.

손을 한 번 흔들고는 갑자기 사라진다. 그가 프로메테우스 못지않은 힘으로 자신의 불길을 전부 거둬가버려도 이제 우리의 생명은 꺼지지 않을 것 같다. 아무도 죽지 않는다, 아무도. 브론프먼이 그에 대해 뭐라도 할말이 있는 한!

리허설 중간에 휴식 시간이 한번 더 있었는데, 이번에는 포니아와 콜먼이 공연장 밖으로 나가려고 일어섰고, 그래서 나도 일어났다. 나는 콜먼에게 어떻게 말을 걸어야 할지, 아니면 말을 걸지 말아야 할지 확신이 서지 않아 두 사람이 먼저 나갈 때까지 기다렸다. 그 공연장 안의 다른 사람들과 마찬가지로 나 또한 그에게 불필요한 존재처럼 보였으니까. 그럼에도 나는 여전히 그가 그리웠다. 게다가 내가 뭘 어쨌단 말인가? 그와 처음 만났을 때 그랬던 것처럼 친구가 있었으면 하는 열망이 표면으로 떠올랐고, 또다시 나는 그것을 효과적으로 잠재울 방법을 찾을 수 없었다. 자석처럼 사람을 끌어당기는, 나로서는 구체적으로 표현할 수 없는 콜먼의 어떤 매력 때문에.

나는 10피트 정도 뒤에서 두 사람을 지켜보았다. 느릿느릿 걷는 사람들 무리에 섞여 두 사람은 양지바른 잔디밭을 향해 경사진 통로를 천천히 올라갔다. 콜먼은 이번에도 조용히 포니아에게 무슨 말을 하고 있었는데, 그녀가 모르는 무언가에 대해 설명하는 듯한 모습으로, 한 손을 그녀의 견갑골 사이 척추 위에 얹고는 그녀를 안내했다. 공연장 밖으로 나간 두 사람은 잔디밭을 가로질러 걸어가기 시작했다. 정문을 지나 주차장이 있는 흙밭으로 가는 것 같아 나는 따라가려는 생각을 접었다. 공연장 쪽으로 시선을 돌리자 안쪽이 보였다. 무대 위로 조명이 비치고, 연주자들이 휴식을 취하러 나가기 전에 옆으로 나란히 뉘어놓은 여덟 대의 아름다운 콘트라베이스가 보였다. 왜 이런 광경에서 마저 나는 결코 헤아릴 길 없는 죽음을 떠올리는 걸까. 수평으로 놓인 악기들의 무덤? 왜 좀더 명랑한 것, 고래떼 같은 것을 떠올리지 못하는 걸까?

라흐마니노프를 들으러 자리로 돌아가기 전에 잔디밭에 서서 기지 개를 켜며 몇 초 더 볕을 쬐고 있는데, 두 사람이 돌아오는 게 보였다. 보아하니 둘은 그저 흙 위를 걷기 위해 자리를 뜬 듯했다. 콜먼이 그녀에게 저멀리 남쪽으로 펼쳐진 풍경을 보여주려 했는지도 모르겠다. 이제 그들은 오케스트라의 공개 리허설 마지막 곡인 〈교향 무곡〉을 들으러 다시 공연장으로 향했다. 그들이 온전히 자신들만의 세계에 빠져 있는 것처럼 보였음에도 나는 내가 알아낼 수 있는 것만이라도 알아내기 위해 그들 쪽으로 가보기로 했다. 콜먼을 향해 손을 흔들면서, "안녕하세요. 콜먼, 잘 지냈어요?"라고 손을 흔들며 말하면서 나는 그들 앞을 가로막았다.

"안 그래도 자네를 본 것 같았는데." 콜먼이 말했다. 나는 그 말을 믿지 않았지만, 포니아의 마음을 편하게 해주기에는 더없이 좋은 말 아닌가, 라고 생각했다. 내 마음을 편하게 해주기에도. 그 자신의 마음을 편하게 하기에도 그렇고. 내가 갑자기 나타났는데도 전혀 짜증스럽지 않다는 듯이 태평하게 냉철한 전직 학장다운 매력을 발산하며, 그외의 다른 감정은 조금도 내색 않고 콜먼이 말했다. "브론프먼은 정말 인물이야. 난 지금 포니아에게 브론프먼이 그 피아노의 수명을 적어도 십 년은 단축시켰을 거라고 이야기하던 중일세."

"나도 마침 똑같은 생각을 한 참이에요."

"이쪽은 포니아 팔리라네." 그는 내게 이렇게 말하고는 그녀를 향해 말했다. "이쪽은 네이선 주커먼이야. 농장에서 만난 적 있지."

그녀의 키는 콜먼보다는 나와 더 비슷했다. 군살이라곤 없고 꾸민 데도 없다. 두 눈에서 읽어낼 수 있는 것도 거의 없다. 단연코 표정이 없는 얼굴이다. 관능적인 면? 전혀 없다. 어디서도 찾아볼 수 없다. 착유실을 벗어나면 모든 매력이 작동을 멈춘다. 이런 곳에 와서까지 자신이 눈에 띄지 않도록 신경쓴다. 포식자이든 피식자이든 야생동물의 기술이다.

그녀는 물 빠진 청바지 아래 모카신을 신고—콜먼도 같은 차림이었다—낡은 태터솔* 셔츠는 소매를 걷어올리고 있었는데, 나는 그것이 콜먼의 셔츠라는 걸 알아보았다.

"그러잖아도 만나고 싶었는데." 나는 콜먼에게 말했다. "언제 저녁에 두 분한테 식사라도 대접하고 싶어요."

"좋아. 그러지 뭐. 그렇게 하세."

포니아는 더이상 우리 대화에 주의를 기울이고 있지 않았다. 그녀의 시선은 나무들의 우듬지에 가 있었다. 바람결에 나무들이 흔들리고 있었는데, 그녀는 마치 나무들이 서로 이야기라도 나누고 있는 것처럼 바라보고 있었다. 그제야 나는 그녀에게 뭔가 상당히 결여된 게 있다는 사실을 깨달았다. 담소에 끼는 능력이 모자란다는 뜻이 아니다. 결여된 게 뭔지 정확히 짚어낼 수 있었다면 짚어냈을 것이다. 지성은 아니었다. 침착성도 아니었다. 예의바름이나 품위 같은 것도 아니었다.

---

* 두 가지 색이 교차하는 격자무늬.

그 정도 약은 짓이라면 그녀도 쉽게 할 수 있었다. 깊이도 아니었다. 천박함의 문제가 아니었으니까. 내적 성찰도 아니었다. 그녀의 내면세계가 활발하다는 건 눈에 뻔히 보였으니까. 온전한 정신이 결여된 것도 아니었다. 그녀는 제정신이었다. 약간 부끄러워하면서도 거만해 보이는 태도로, 그동안 겪어온 고통의 권위에 기대 도도했으니까. 하지만 결정적인 한 부분이 그녀에게는 존재하지 않았다.

그녀가 오른손 중지에 낀 반지가 눈에 들어왔다. 보석은 유백색이었다. 오팔이었다. 콜먼이 준 게 분명했다.

포니아와 대조적으로, 콜먼은 모자란 부분 없이 아주 온전했다. 겉으로 보기에는 그랬다. 구변이 좋아서인지도 몰랐다. 나는 그가 포니아를 식사 자리에 데리고 나올 생각이 전혀 없다는 것을 알고 있었다. 나뿐 아니라 누구에게라도.

"매더마스카 인 호텔이 괜찮을 것 같은데, 노천 테이블에서 먹는 거죠. 어때요?" 내가 물었다.

그러자 콜먼은 거짓으로 대답했는데, 그때처럼 예의바르게 말하는 모습은 한 번도 본 적이 없었다. "아, 그 호텔. 좋아. 꼭 그렇게 하세. 하고말고. 하지만 우리가 자넬 초대하는 걸로 하지. 네이선, 나중에 다시 이야기하세." 콜먼은 갑자기 서두르면서 포니아의 손을 그러잡았다. 그리고 고갯짓으로 공연장을 가리키며 말했다. "포니아한테 라흐마니노프를 들려주고 싶어서." 그러고 두 사람은 자리를 떴는데, 키츠의 시구처럼 그 연인들은 "폭풍우 속으로 도망쳐버렸다".

겨우 이 분 남짓한 시간 동안 너무 많은 일이 일어났다. 아니, 일어난 것처럼 보였다. 실제로 중요한 일은 없었으니까. 나는 자리로 돌아가는 대신 이리저리 돌아다니기 시작했다. 처음에는 소풍객들이 점점이 흩어져 있는 잔디밭을 아무 목적 없이 몽유병자처럼 가로질렀고, 공연장을 반 바퀴 정도 돈 다음에는 다시 뒤돌아서, 한여름에는 로키산맥의 동쪽만큼이나 경치가 훌륭한 버크셔산맥이 보이는 곳으로 갔다. 멀리 공연장에서 라흐마니노프의 무곡이 들려왔지만, 그 소리만 제외한다면 사람들과 떨어져 초록빛 습곡 깊숙한 곳에 나 홀로 서 있는 것이나 다름없었다. 나는 풀밭에 앉았고, 불현듯 설명할 길 없는 깨달음에 경악했다. 콜먼에게 비밀이 있다. 가장 확실하고 믿을 수 있는 감정선들만으로 형성된 이 남자, 하나의 권력으로서 파란만장한 내력을 지닌 이 유력자, 우아하게 교활하고 서글서글한 매력이 있고 겉보기에는 대장부의 완전체 같은 사람지만 그럼에도 그에게는 엄청난 비밀이 하나 있다. 나는 어쩌다 이런 결론에 이른 것일까? 왜 비밀이 있다고 생각하는 걸까? 콜먼이 포니아와 함께 있을 때 뭔가 숨기는 게 있으니까. 그리고 그녀와 함께 있지 않을 때도 그는 뭔가 숨기는 것이 있다. 그가 지닌 비밀이 바로 그의 매력이다. 결여된 무언가가 사람을 현혹하고, 그동안 내내 나를 끌어당기고 있었던 것이다. 그가 다른 누구도 아닌 그 자신만의 비밀로 지니고 있는 수수께끼 같은 무언가. 그는 절반의 모습만 보여주는 달처럼 자신을 연출한다. 내게는 그의 모습을 완전히 보이게 할 재간이 없다. 공백이 존재한다. 그게 내가 말할 수 있는 전부다. 두 사람이 결합하면 공백 한 쌍이 된다. 그녀에게도 공백이 있다. 콜먼은 확실히 저명한 인물 같은 분위기를 풍기고, 여차하면 완강하고 과단성 있는 적敵—자신을 모욕하는 헛소리를 받아들이느니 차라리 사임하는 쪽을 택한 성난 거물급 교수—이 되기도 하지만, 그에게도 어딘가 공백이 있다. 지워진 부분이, 삭제된 부분이 있다. 그게 뭔지 나는 짐작조차 할 수 없지만⋯⋯사실 이 직감이 이치에 맞는 건지, 아니면 그저 다른 인간에 대한 나의 무지가 비현실적으로 드러난 건지 결코 알 수 없지만.

그로부터 석 달 정도 후에, 내가 그 비밀을 알아내고 이 책—원래는 그가 내게 써달라고 요청했지만 그가 원했던 것과 다르게 쓰인 이 책—을 쓰기 시작한 후에야 나는 무엇이 그 둘 사이의 협정을 지탱했었는지 이해했다. 그가 그녀에게 자신의 이야기를 전부 털어놓았던 것이다. 포니아만은 어떻게 지금의 콜먼 실크가 만들어졌는지 알았던 것이다. 그녀가 알았다는 것을 내가 어떻게 아느냐고? 나는 모른다. 그것 또한 알 수 없었다. 알 도리가 없으니까. 이제 두 사람 다 세상을 떴으니 아무도 알 수 없다. 좋든 싫든 나는, 자신들이 알고 있다고 생각하는 세상 모든 사람들이 하는 대로 할 수밖에 없다. 나는 상상한다. 상상하는 수밖에 없다. 공교롭게도 그것은 내 생계 수단이기도 하다. 그것이 내 일이다. 이제는 그것 외에 아무것도 하지 않는다.

레스는 재향군인보훈국 병원에서 퇴원한 후, 계속 술을 멀리하고 광증이 재발하지 않도록 조력 모임에 들어갔다. 레스를 위해 루이 보레로가 세운 장기 목표는 참전용사 추모비를 찾아가는 순례 여행이었다. 워싱턴에 있는 진짜 베트남전 참전용사 추모비까지는 아닐지라도 11월에 피츠필드에 오는 이동 추모비*만이라도 말이다. 워싱턴 DC는 레스

---

* 워싱턴 DC에 있는 추모비를 찾아갈 기회가 없는 사람들을 위해 만든 복제품으로 4월에서 11월까지 미국 각지를 순회함.

가 두 번 다시 발을 들여놓지 않겠다고 맹세한 도시였다. 정부에 대한 증오심 때문이기도 했지만, 1992년 이후로는 백악관에서 유숙하는 병역 기피자에 대한 경멸 때문이었다. 그에게 매사추세츠에서 워싱턴까지 그 먼 길을 여행하라고 하는 것은 무리한 요구일 것이다. 병원에서 갓 퇴원한 사람이 그렇게 긴 시간 버스로 왔다갔다하면 지나치게 많은 감정이 떠오를 수 있으니까.

루이는 다른 사람들에게 했던 것과 똑같은 방식으로, 레스가 이동 추모비를 보러 갈 수 있게 준비를 시켰다. 우선 중국 식당에서 시작하는데, 너덧 명의 사내와 함께 중국 음식을 먹는 것이었다. 몇 번이건—필요하다면 두 번, 세 번, 일곱 번, 열두 번, 열다섯 번까지도—반복할 예정이었다. 레스가 수프에서 후식까지 모든 코스 요리를, 셔츠가 땀에 젖는 일 없이, 수프에 숟가락질을 할 수 없을 정도로 심하게 몸을 떠는 일 없이, 숨쉬기 위해 오 분마다 밖으로 뛰쳐나가는 일 없이, 결국 화장실에 가서 다 토하고 칸막이 안에 걸쇠를 걸고 숨는 일 없이, 또한 당연하게도, 이성을 잃고 중국인 웨이터에게 버럭 화를 내는 일 없이 완전히 먹어치울 수 있을 때까지 말이다.

루이 보레로는 군복무로 인한 장애보상금을 100퍼센트 지급받았고, 마약을 끊고 지금까지 십이 년 동안 약물치료를 받아왔다. 그는 퇴역 군인들을 돕는 것이 곧 자신을 치유하는 법이라고 말했다. 삼십 년 가까운 세월이 지났지만, 여전히 고통받는 베트남전 참전군인이 많았기 때문에, 그는 매일 자신의 밴을 몰고 주 곳곳을 돌아다니며 재향군인과 그의 가족들을 돕는 조력 모임을 이끌고, 그들에게 의사를 알아봐주고, AA 모임*에 들어가게 주선해주고, 가정 문제, 정신질환, 재정 문제 등 온갖 고민을 들어주고, 재향군인보훈국과의 문제에 대한 조언을 해주고, 재향군인들에게 워싱턴에 있는 추모비에 다녀오라고 설득하는 일로 하루를 보냈다.

참전군인 추모비 순례는 루이의 자랑이었다. 그가 모든 일을 주선했다. 버스들을 전세 내고 음식을 마련했다. 너무 심하게 울까봐 혹은 속이 메슥거릴까봐 혹은 심장발작을 일으켜 죽을까봐 겁에 질린 재향군인들을 그의 천부적 재능인 따뜻한 동지애로 일일이 보살폈다. 그들은 거의 똑같은 말을 하면서 꽁무니를 빼곤 했다. "말도 안 돼요. 추모비엔 못 가요. 거기 가서 아무개의 이름을 보는 짓은 못해요. 말도 안 돼요. 절대 안 돼요. 못 간다고요." 레스도 그런 사람들 중 하나로 루이에게 이렇게 말했다. "지난번에 거기 갔다온 얘기 들었어요. 얼마나 개판이었는지 다 들었다고. 버스를 전세 내는 데 두당 이십오 달러였다면서. 점심 제공이었는데, 사람들 말로는 그 점심밥이 완전 쓰레기였다던데. 이 달러짜리도 안 되는 거 말이지. 게다가 그 뉴욕 놈, 운전사 말요, 기다리는 내내 안달했고, 맞죠, 루? 애틀랜틱시티에서 한탕 더 뛰려고 빨리 돌아가고 싶었던 거지. 애틀랜틱시티라니! 개소리 작작하시오. 일이고 사람이고 정신없이 몰아간 다음 막판에 가서 사례금이나 잔뜩 타내려고? 난 됐소, 루. 젠장 싫다고. 얼룩무늬 군복을 입은 사내새끼들이 서로 끌어안고 찔찔 짜는 꼴을 보면 토하고 말 테니까."

하지만 루이는 추모비 방문에 어떤 의미가 있는지 알고 있었다. "레스, 지금은 1998년이야. 20세기가 끝나가고 있단 말일세, 레스터. 자

＊ 알코올의존자들이 재활을 위해 익명으로 모여서 서로 격려하는 모임.

네가 문제를 직시할 때가 되었단 말이지. 자네가 한 번에 그렇게 할 수 없다는 건 나도 아네. 아무도 자네한테 그러라고 안 해. 하지만 이제 자네도 그 프로그램에 도전할 때가 된 거야, 친구. 때가 온 거라고. 추모비에 가는 것부터 시작하진 않을 걸세. 천천히 시작할 거야. 중국 식당에서부터 시작할 거라고."

하지만 레스에게 그것은 천천히 시작하는 게 아니었다. 아테네에서 지낼 당시 그는 포장음식집에서조차 포니아가 음식을 받아올 때까지 트럭 안에서 기다려야 했다. 음식집 안으로 들어가면 황인종 새끼를 보자마자 죽이고 싶어질 거라고. "하지만 저 사람들은 중국인이야. 베트남인이 아닌걸." 포니아가 말했다. "개새끼들! 저 새끼들이 뭐건 상관없어! 노란 건 똑같아! 황인종 새끼는 황인종 새끼일 뿐이야!"

지난 이십육 년간 제대로 못 잔 것이 엄살로 느껴질 만큼 그는 중국 식당에 가기 일주일 전부터 한숨도 못 잤다. 루이에게 못 가겠다고 말하기 위해 필시 오십 번도 넘게 전화했고, 그중 절반은 아마 새벽 세시 이후에 걸었을 것이었다. 하지만 루이는 몇시에 걸건 귀기울여 들어주고, 레스터가 머릿속에 있는 것을 다 이야기할 때까지 기다려주고, 통화 내내 참을성 있게 "그래…… 그래서…… 그렇군" 하고 맞장구까지 쳐주었지만, 마지막에는 언제나 똑같은 방식으로 레스터가 입을 다물게 만들었다. "자넨 거기 앉아 있기만 하면 돼, 레스. 최선을 다해서. 그저 그러면 돼. 자네 속에서 무슨 일이 벌어지든, 슬픔이든 분노든, 증오심이든 광기든, 그게 뭐든, 우리가 자네 옆에 있을 거야. 자네는 도망치지 말고 아무 짓도 하지 말고 그냥 거기 앉아 있으려고 노력하기만 하면 돼." "하지만 웨이터는 어쩌고요." 레스가 늘 꺼내는 이야기였다. "그 빌어먹을 웨이터 놈들을 어떻게 상대하지? 못해요, 루. 젠장 완전 정신이 나갈 거요!" "웨이터는 내가 상대할 거야. 자넨 그냥 앉아 있기만 하면 돼." 웨이터를 죽일지도 모른다며 레스가 아무리 고집을 부려도 루이는 그저 앉아 있기만 하라고 대답했다. 최악의 적을 죽이려는 남자를 막는 데 필요한 것이 그것, 그저 앉아 있는 것밖에 없는 듯.

레스가 퇴원한 지 채 이 주일도 지나지 않은 어느 날 저녁, 블랙웰로 향하는 루이의 밴에는 다섯 명이 타고 있었다. 우선 그들의 어머니이자 아버지이자 형제이자 지도자인 루이가 있었다. 머리가 벗어진 루이는 깔끔하게 면도를 하고 갓 다림질한 옷을 말쑥하게 차려입었으며 베트남전 참전군인이 썼던 검정 모자에 단장을 짚고 있었다. 작달막한 키에 경사진 어깨 그리고 불룩한 똥배에 더하여, 다리가 불편해서 뻣뻣하게 걷는 탓에 다소 펭귄 같다는 인상을 주었다. 다음으로는 거의 말이 없는 덩치 큰 사내 둘이 있었다. 그중 하나인 쳇은 세 번 이혼한 해병대 출신의 도장업자로, 세 명의 마누라는 짐승 같은 거대한 몸집에 우둔하고 도통 말할 마음이 없어 보이는 이 포니테일 머리의 덩치가 무서워 도망쳐버렸다. 다른 하나인 밥캣은 지뢰에 한쪽 발이 날아가버린 라이플 사수 출신으로 마이더스 머플러라는 회사에 다녔다. 마지막으로 영양 결핍으로 보이는 별종 하나가 있었는데, 비쩍 마르고 경련이 심하며 천식 환자인데다 어금니도 몽땅 빠지고 없는 그는 자신을 스위프트라고 칭했다. 징집될 때 조 브라운이었건 빌 그린이었건 뭐였건 간에 그 이름으로만 불리지 않는다면, 고향에 돌아와 아침마다 즐거운 마음으로 잠자리에서 일어나기라도 할 것처럼 제대 후 법적으로 그렇게 개명했다. 베트남전 이후 스위프트의 건강은 피부, 호흡기, 신경 등 온갖 계통의 질환으로 거의 망가졌는데, 이제는 걸프전 참전 군인에 대해 레스의 경멸감보다도 더한 적대감을 가지고 스스로를 좀먹고 있었다. 레스가 벌써부터 몸을 떨며 속이 메슥거린다고 호소하기 시작한 가운데, 스위프트는 블랙웰로 가는 내내 덩치 큰 사내들의 침묵을 벌충하고도 남을 정도로 수다를 떨어댔다. 쌕쌕거리는 그의 목소리는 그칠 줄을 몰랐다. "그 자식들한테 제일 큰 문제가 해변에 못 가는 거라고? 해변에 가서 모래만 보면 홱 돌아버린다고? 개소리 하고 있네. 예비군 팔자였다가 갑자기 제대로 된 작전 맛을 봐야 했잖아. 그래서 그 자식들이 열받은 거지. 내내 예비군으로 팔자 좋게 지낼 줄 알았는데, 소집됐으니까. 그런데 그 새끼들 개뿔도 한 게 없잖아. 전쟁이 뭔지도 모르는 새끼들. 그게 전쟁이라고? 겨우 나흘짜리 지상전 가지고? 그 새끼들이 죽인 아시아놈들이 몇 명이나 되는데? 그 새끼들 전부 사담 후세인을 못 없애서 돌아버린 거지. 그 새끼들한텐 적이 딱 한 놈밖에 없었어. 사담 후세인. 말이나 돼? 그 새끼들 멀쩡하다고. 고생 안 하고 돈 좀 만져보려는 거지. 발진? 빌어먹을 에이전트 오렌지* 때문에 내가 얼마나 발진에 시달렸는지 다들 알지? 난 육십까지 살지도 못할 텐데 그 새끼들은 발진 걱정이나 하고 있다고!"

중국 식당은 블랙웰 북쪽 언저리, 판자를 둘러쳐 폐쇄한 제지 공장 바로 너머 고속도로변에 강을 등지고 서 있었다. 낮고 길쭉한 분홍색 콘크리트블록 건물로 정면에는 판유리 창문이 있었고, 건물의 절반은

---

* 미군이 베트남전에서 사용한 고엽제.

벽돌, 그것도 분홍색 벽돌처럼 보이도록 페인트칠되어 있었다. 몇 년 전까지 그 가게는 볼링장이었다. 커다란 창문에는 한자처럼 보이는 서체로 '하모니 팰리스'라고 쓰인 네온사인이 불규칙하게 깜박거리고 있었다.

그 간판을 본 것만으로도 희미하게 깜박이던 희망의 빛을 꺼뜨리기에는 충분했다. 레스는 할 수 없었다. 절대 해낼 수 없을 것이다. 완전히 제정신을 잃고 말 것이다.

그 말들의 반복이 주는 단조로움. 그러나 공포를 이기기 위해서는 그 힘이 필요했다. 문가에서 미소를 짓고 있는 황인종 새끼 곁을 지나 자리에 앉기까지 그가 건너야 하는 것은 피의 강이었다. 그리고 메뉴판을 건네주며 미소를 짓는 황인종 새끼를 향해 치솟는 증오심, 어떻게 손써볼 수 없는 광증을 유발하는 증오심. 황인종 새끼가 그의 잔에 물을 채워주는 것의 철저한 기괴함. 그에게 물을 권한다! 그의 모든 고통이 저 물에서 기인한 것만 같았다. 그 정도로 그는 미칠 것 같았다.

"좋아, 레스, 아주 잘하고 있어. 정말 잘하고 있어." 루이가 말했다. "한 번에 한 코스씩만 해치우면 돼. 지금까진 정말 훌륭했어. 이제 메뉴를 보는 거야. 그게 다야. 메뉴만 봐. 그냥 펼쳐. 그냥 펼친 다음 수프에 정신을 집중해봐. 이제 자네는 수프 주문만 하면 돼. 자네가 할 일은 그것뿐이야. 자네가 뭘 주문할지 못 정하겠다면 우리가 대신 정해줄게. 여기 완탕 수프가 제법 괜찮아."

"빌어먹을 웨이터 새끼." 레스가 말했다.

"저 사람은 웨이터가 아니야, 레스. 저 친구 이름은 헨리야. 여기 주인이지. 레스, 수프를 뭘로 할 건지 집중해. 헨리는 이 가게를 운영해야 하니까 여기 있는 거야. 모든 게 다 잘 돌아가게 만들기 위해서 말이야. 그것 말고는 없어. 저 친구는 가게 일 말고 다른 일은 아무것도 아는 게 없어. 아는 것도 없고 알고 싶어하지도 않아. 수프는 뭘로 하겠나?"

"다들 뭘 먹을 거죠?" 그가 말했다. 레스가 말이다. 이 필사적인 연극의 한가운데에서 그가, 레스가 온갖 불안을 떨치고 다른 사람들은 뭘 먹을 건지 물었던 것이다.

"완탕 수프." 모두가 대답했다.

"좋아요. 완탕 수프."

"좋아." 루이가 말했다. "이제 다른 음식도 주문할 거야. 하나를 시켜서 나눠 먹을까? 레스 자네한테는 좀 그런가, 그냥 자네 혼자 먹고 싶은가? 레스, 뭘 먹고 싶나? 닭고기, 채소, 돼지고기? 로민* 어떤가? 면 요리인데?"

레스는 자신이 또다시 할 수 있는지 시험해보았다. "다들 뭘 먹을 거죠?"

"글쎄, 레스, 돼지고기를 먹고 싶은 사람도 있고 쇠고기를 먹을 사람도 있는데—"

"상관없어요!" 그가 개의치 않는 이유는 이 모든 게, 중국 음식을 주문하는 척하는 이 상황이 다른 행성에서 벌어지고 있는 일이기 때문이었다. 실제로 벌어지고 있는 일이 아니었다.

"포크소테는 어떤가? 레스는 돼지고기를 튀긴 포크소테로 하지. 좋

---

* 중국식 볶음국수.

아. 자네가 이제 해야 할 일은, 레스, 집중하는 거야. 쳇이 자네한테 차를 따라줄 거야. 알았나? 그래."

"빌어먹을 저 웨이터 새끼 좀 가까이 못 오게 해요." 시야 끄트머리에서 움직임을 포착한 레스가 말했다.

"보시오, 여기……" 루이가 웨이터를 불렀다. "거기 그대로 서 있으면 우리가 그쪽으로 가서 주문하겠소. 그래도 괜찮다면. 그쪽으로 가서 주문하겠소. 좀 떨어져 있어주시오." 하지만 웨이터는 제대로 이해하지 못한 것 같았다. 웨이터가 다시 그들 쪽으로 오자 루이는 부자연스럽지만 재빠르게 불편한 다리로 자리에서 일어섰다. "이보시오! 우리가 거기 가서 주문하겠다니까. 거기. 가서. 알겠소? 그래요." 다시 자리에 앉으며 루이가 말했다. "그래요." 그가 말했다. "좋아요." 10피트 정도 떨어져 미동도 없이 서 있는 웨이터를 향해 고개를 끄덕이면서. "그거요. 완벽해요."

하모니 팰리스는 실내가 컴컴했는데, 벽을 따라 인조 화초가 드문드문 놓여 있고 오십여 개의 테이블이 기다란 식당에 여러 줄로 길게 놓여 있었다. 손님이 있는 테이블은 몇 개 없었는데, 그들은 다섯 사내가 앉은 맨 끝 테이블에서 잠깐 소동이 벌어졌다는 것을 알아채지 못할 정도로 떨어져 있었다. 루이는 식당에 들어갈 때 늘 예방 조치로, 다른 손님들과 멀찌감치 떨어진 곳에 자리를 잡아달라고 헨리에게 말했다. 루이와 헨리는 이미 여러 번 이런 일을 겪었기 때문이다.

"좋아, 레스, 잘 참았어. 이제 메뉴판을 내려놔도 돼. 레스, 메뉴판을 내려놓게. 먼저 오른손부터 놓는 거야. 이제 왼손. 그렇지. 쳇이 대신 접어줄 거야."

덩치가 큰 쳇과 밥캣이 레스 양쪽에 앉아 있었다. 그날 저녁 두 사람은 일종의 헌병으로 임명된 터였고, 레스가 엉뚱한 짓을 하면 어떻게 해야 하는지 잘 알았다. 스위프트는 원탁 맞은편에서 레스를 정면으로 바라보고 있는 루이 옆자리에 앉아 있었는데, 아들에게 자전거 타는 법을 가르치는 아버지처럼, 도움을 주겠다는 말투로 레스에게 말했다. "내가 여기 처음 왔을 때가 기억나. 끝까지 해낼 자신이 없었지. 자넨 정말 잘하고 있는 거야. 나는 처음에 메뉴판 읽는 것도 못했다니까. 글자들이 말이야, 전부 내 쪽으로 헤엄쳐오는 것 같았거든. 그래서 창문을 깨고 뛰쳐나가야겠다고 생각했어. 내가 얌전히 못 앉아 있어서 두 사람이 밖으로 끌어내야 했었어. 자넨 정말 잘하고 있는 거야, 레스." 레스가 자신의 두 손이 얼마나 떨리는지 외에 다른 데 신경쓸 여력이 있었다면, 처음으로 스위프트가 경련하지 않고 있다는 것을 알아챘을 것이다. 지금 스위프트는 몸을 떨지도 않았고 욕설을 늘어놓지도 않았다. 루이가 스위프트를 데리고 온 것도 그래서였다. 다른 사람이 중국 식당에서 식사하는 것을 돕는 것이야말로 스위프트가 세상에서 가장 잘하는 일처럼 보였으니까. 스위프트는 다른 곳에서와 달리 이곳 하모니 팰리스에서는 잠시나마 뭐가 뭔지 제대로 생각이 나는 것 같았다. 이곳에서만큼은 자신이 인생을 엉금엉금 기어가듯 살아가고 있다는 것을 거의 잊어버렸다. 이곳에서만큼은, 적의에 차 있고 병든 이 사내에게서, 그가 한때 지녔던 용기의 너덜너덜해진 작은 조각 하나를 분명 볼 수 있었다. "자넨 잘하고 있어, 레스. 제대로 하고 있는 거야. 이제 차를 조금 마시면 돼." 스위프트가 권했다. "쳇이 차를 따라줄 거야." "심호흡을 해." 루이가 말했다. "바로 그거야. 심호흡을 하는 거야,

레스. 수프를 먹은 뒤에 더 못하겠다 그러면 여기서 나갈 거야. 하지만 이 첫 단계는 끝까지 견뎌야 해. 포크소테는 성공 못해도 괜찮아. 하지만 수프까지는 참아야 해. 여기서 나가지 않고는 못 배길 것 같을 때를 대비해 암호를 정하세. 도저히 어쩔 수 없을 때 나한테 그 암호를 말하는 거야. '찻잎' 어떤가? 자네가 그 말만 하면 우린 여기서 나가는 거야. 찻잎. 필요하면 말하게. 하지만 정말 필요할 때만이네."

웨이터가 그들이 주문한 수프 다섯 그릇을 쟁반에 받쳐 든 채 약간 떨어진 곳에 서 있었다. 쳇과 밥캣이 당장 자리에서 일어나 수프를 받아 테이블에 가져다놓았다.

지금 레스는 "찻잎"이라고 말해버리고 그 빌어먹을 곳에서 나가고 싶을 뿐이다. 그러지 못할 이유가 어디 있는가? 난 여기서 나가야 해. 난 여기서 나가야 해.

"난 여기서 나가야 해"라는 말을 되뇌는 것으로 그는 스스로를 무아지경의 상태로 만든다. 그리고 식욕이 없는데도 수프를 먹기 시작한다. 조금씩 떠서 삼킨다. "난 여기서 나가야 해." 이 말은 그의 머릿속에서 웨이터를 지워버리고 식당 주인도 지워버리지만, 벽 쪽에 붙어 있는 테이블에 앉아 완두콩 꼬투리를 까서 냄비에 떨어뜨리고 있는 두 여자는 지워버리지 못한다. 30피트나 떨어져 있는데도 레스는 두 여자의 노란 귀 네 짝의 뒤쪽에 뿌린 싸구려 화장수 냄새를 맡는다. 어디서 산 건지 모르지만 갓 헤집어놓은 흙냄새만큼이나 후각을 얼얼하게 자극한다. 베트남의 어둡고 빽빽한 정글 속에 소리 없이 숨어 있던 저격수의 땀내를 감지해 목숨을 지켰던 그 놀라운 능력으로, 레스는 두 여자의 냄새를 맡고 이성을 잃기 시작한다. 여기서 여자들이 저러고 있을 거라고 아무도 이야기해주지 않았어. 얼마나 저러고 있을 거지? 젊은 여자 두 명이다. 노란 것들. 왜 저기 앉아 저러고 있는 거지? "난 여기서 나가야 해." 하지만 여자들에게서 주의를 돌릴 수 없기 때문에 그는 움직일 수가 없다.

"저 여자들 왜 저러고 있는 거죠?" 레스가 루이에게 묻는다. "왜 저 짓을 멈추지 않죠? 저걸 계속해야 해요? 밤새도록 저러고 있는 거예요? 똑같은 짓을 하고 또 하는 거예요? 왜 저러는 거예요? 왜 저러는지 누가 좀 말해줘요. 저 여자들 저짓 좀 못하게 해줘요."

"진정하게." 루이가 말한다.

"난 흥분 안 했어요. 그냥 알고 싶다고요. 저 여자들 계속 저러고 있을 건가요? 누가 좀 못 하게 하면 안 돼요? 아무라도 무슨 수를 낼 수 없어요?" 이제 그의 목소리는 점점 커지고 있었고, 여자들을 멈추게 하는 것보다 그 사태를 막는 게 더 어려워 보인다.

"레스, 우린 지금 식당에 있어. 식당이니까 콩 요리를 준비하고 있는 거고."

"완두콩이에요." 레스가 말한다. "저건 완두콩이라고요!"

"레스, 수프를 먹었으니까 이제 다음 요리가 나올 거야. 다음 요리 말이네. 당장은 그게 세상 전부일세. 그게 다라고. 그게 전부야. 이제 자네가 할 일은 포크소테를 먹는 거야. 그게 전부야."

"수프는 먹을 만큼 먹었어요."

"그래?" 밥캣이 말한다. "더 안 먹겠다고? 다 먹은 거야?"

이런 고통을 먹는 일로 전환하는 짓을 얼마나 더 할 수 있을까? 곧 닥쳐올 재난에 사면초가가 된 레스는 간신히 목소리를 낮추어 말한다.

"가져가요."

바로 그때 웨이터가 움직인다. 빈 그릇들을 가져가려는 것 같다.

"안 돼!" 레스가 고함을 지르자, 루이는 다시 자리에서 벌떡 일어난다. 이제는 서커스단의 사자 조련사 같은 표정으로—몸을 잔뜩 긴장시킨 레스는 웨이터를 향해 당장이라도 달려들 태세다—지팡이를 들어 웨이터에게 뒤로 물러나라고 말한다.

"거기 있으시오." 루이가 웨이터에게 말한다. "거기 있으라고. 빈 그릇은 우리가 가져다주겠소. 가까이 오지 마시오."

완두콩을 까던 여자들이 일손을 멈췄다. 레스가 일어나 거기로 가서 어떻게 멈춰야 할지 보여줄 필요 없이.

그리고 이제 헨리도 한패다, 분명하다. 팔다리가 길고 호리호리하고 미소를 띠고 있는 헨리, 청바지와 화려한 셔츠 차림에 운동화를 신고 있는 젊은 남자, 물을 따라줬던 식당 주인이라는 그 남자가 문간에 서서 레스를 빤히 쳐다보고 있다. 미소를 짓고 있지만 빤히 노려보고 있다. 위험한 남자다. 그가 출구를 막고 있다. 헨리가 저 자리에서 비켜야 한다.

"다 괜찮소." 루이가 헨리에게 소리친다. "음식이 아주 맛있어요. 훌륭해. 그래서 우리가 여기 또 오는 것 아니겠소." 그런 다음 그는 웨이터에게 말한다. "그냥 내 지시대로만 해주시오." 그는 치켜들었던 지팡이를 내리고는 다시 자리에 앉는다. 쳇과 밥캣은 빈 그릇을 모아 웨이터한테 가서 그가 들고 있는 쟁반에 올려놓는다.

"또 누구 없나?" 루이가 묻는다. "처음 여기 왔을 때 어땠는지 이야기해줄 사람?"

"없는데요." 쳇이 말한다. 그사이 밥캣은 레스가 남긴 수프를 기분 좋게 먹어치운다.

이번에는 웨이터가 그들이 주문한 나머지 음식을 들고 주방을 나서자마자 쳇과 밥캣이 얼른 일어나 그쪽으로 간다. 빌어먹을 멍청한 황인종 새끼가 또 잊어버리고 테이블로 다가올까봐.

그리고 이제 올 것이 왔다. 음식 말이다. 음식이라는 이름의 고통. 새우와 쇠고기가 들어간 로민. 무구가이팬.* 후추로 양념한 쇠고기. 돼지고기를 두 번 튀긴 포크소테. 갈비. 쌀밥. 쌀밥이 주는 고통. 음식에서 피어오르는 김이 주는 고통. 음식 냄새가 주는 고통. 거기 있는 모든 음식이 그를 죽음에서 구하기로 되어 있다. 레스를 소년 레스로 되돌려놓는다. 그것은 그가 되풀이해 꾸는 꿈. 망가지지 않은 농장 소년이 나오는 꿈이다.

"먹음직스럽네!"

"더 맛있어졌는데!"

"레스, 쳇한테 자네 접시에 좀 덜어주라고 할까, 아니면 자네가 직접 덜어 먹겠나?"

"배고프지 않아요."

"상관없네." 루이가 말한다. 쳇이 레스의 접시에 음식을 수북이 널어놓는다. "꼭 배가 고파야 할 건 없네. 그게 중요한 게 아니니까."

"이제 거의 끝나가요?" 레스가 묻는다. "난 여기서 나가야겠어요. 이봐요, 농담 아니에요. 정말 여기서 나가야겠다니까요. 참을 만큼 참

---

* 닭고기와 버섯, 각종 야채를 볶은 중국 요리.

았어요. 더는 못 참겠어요. 돌아버릴 것 같아요. 참을 만큼 참았다니까요. 나가도 된다고 했잖아요. 난 나가야겠어요."

"난 암호를 듣지 못했네, 레스." 루이가 말한다. "그러니까 계속할 걸세."

이제 레스는 심하게 몸을 떨기 시작한다. 쌀밥을 앞에 놓고 어쩔 줄 모른다. 밥을 뜬 포크에서 밥알이 뚝뚝 떨어질 정도로 심하게 떤다.

그런데 하느님 맙소사, 웨이터 하나가 물을 가지고 온다. 새로운 웨이터가 빙 돌아서 레스터의 뒤쪽으로, 빌어먹을 불쑥 나타난 것이다. 레스가 "으아아!" 고함을 지르면서 웨이터의 목을 조르려 달려들고 웨이터의 물주전자가 그의 발밑에서 폭발하듯 깨진 것은 순식간이었다.

"멈춰!" 루이가 소리친다. "물러서!"

완두콩을 까던 여자들이 비명을 지른다.

"이 친구한테 물 같은 건 필요 없소!" 소리를 지르면서 머리 위로 지팡이를 치켜들고 벌떡 일어나 소리치는 루이가 여자들 눈에는 미친 것처럼 보인다. 하지만 루이를 보고 미친 것 같다고 생각한다면 이 여자들은 진짜 미쳐버리는 게 어떤 건지 모르는 것이다. 전혀 모른다.

다른 테이블 손님들이 자리에서 일어나는 걸 본 헨리가 급히 달려가 조용한 어조로 그들이 다시 앉을 때까지 설득한다. 저 사람들은 베트남전 참전군인들로 저들이 찾아올 때마다 나라를 위한다는 의무감에 친절을 베풀고 문제를 일으켜도 한두 시간 정도는 그냥 받아준다고 설명했다.

그후 식당은 완전히 정적에 잠긴다. 레스가 깨작거리는 동안 다른 사람들은 제 음식을 다 먹어치운다. 이제 테이블 위에 남은 음식이라곤 레스의 그릇에 담긴 것밖에 없다.

"다 먹은 거야?" 밥캣이 레스에게 묻는다. "그거 안 먹을 거야?"

이제 레스는 "가져가요"라는 말조차 할 수 없다. 그 말을 내뱉으면 식당 밑에 묻힌 송장들이 모두 일어나 복수를 하려고 달려들 것 같다. 한마디만 해. 그럼 처음부터 여기 없어서 어떤 꼴이었는지 보지 못했더라도 지금 당장 빌어먹을 정도로 확실히 알려줄 테니까.

이제 점괘 과자가 나온다. 대부분의 사람들은 점괘 과자를 좋아한다. 운세를 읽어보며 깔깔거리고 차를 마시는 것, 누가 그런 걸 싫어하겠는가? 하지만 레스는 소리친다. "찻잎!" 그러고는 자리를 박차고 나가버리자 루이가 스위프트에게 소리친다. "따라가. 가서 잡아, 스위프티. 잘 감시하게. 놓치면 안 돼. 우린 계산을 하고 나갈 테니까."

돌아오는 길에는 누구도 입을 열지 않는다. 밥캣이 침묵하는 건 뱃속이 음식으로 그득하기 때문이다. 쳇이 침묵하는 건 그동안 너무 자주 소동을 일으켜 계속 처벌을 받은 경험을 통해 자신처럼 엉망인 인간은 차라리 입을 닥치고 있는 것이 상대를 돕는 일임을 오래전에 터득했기 때문이다. 그리고 스위프트의 침묵 또한 쓰라리고 언짢은 침묵이었는데, 쌈빅이는 네온 불빛을 뒤로하자 하모니 팰리스에서 기억해낸 그의 모습 또한 사라져버리는 것 같았기 때문이다. 스위프트는 이제 고통에 불을 지피느라 여념이 없다.

레스가 조용한 것은 잠들었기 때문이다. 식당에 오기까지 꼬박 열흘 동안 심한 불면증에 시달린 탓에 마침내 나가떨어진 것이다.

다른 사람들을 내려주고 밴에 레스와 둘만 남았을 때, 레스가 정신이 들자 루이가 말했다. "레스? 레스? 자네 아주 잘했어, 레스터. 자네가 진땀을 흘리는 걸 보고 나는, 으음, 끝까지 해낼 수 없겠어, 하고 생각했네. 자네 안색이 어땠는지 자네도 한번 봤어야 하는데. 믿을 수가 없었지. 그 웨이터 그 길로 끝장나는 줄 알았다니까." 정글에서 귀향한 지 사십팔 시간밖에 안 된 자신을 집으로 불러 따스하게 맞아준 매제를 죽이려 달려들까봐 처음 며칠 밤을 누이의 차고에 있는 방열기에 스스로를 수갑으로 묶어놓고 있었던 루이. 그런 그가 이제는, 다른 사람들의 마음속에 그 악마 같은 충동이 비집고 들어갈 수 없도록 필요한 것들을 챙겨주는 데 깨어 있는 시간을 거의 다 바치고 있다. 그는 십이 년 넘게 술을 마시지 않고 맨 정신을 유지하고 있고, 12단계를 충실히 이행하며 치료제를—불안증에는 클로노핀을, 우울증에는 졸로프트를, 지글지글 타는 듯한 발목과 무언가가 신경을 갉아먹는 듯한 무릎과 지독히 쑤셔대는 엉덩이에는 살살레이트를 복용했는데, 소염제인 살살레이트는 복용시 대개 속이 쓰리고 가스가 차고 대변이 마려웠다—거르지 않고 복용해왔다. 그 결과 루이는 다시 다른 사람들에게 점잖게 이야기할 수 있게 되었고, 집에서는 그렇지 않더라도 밖에서는, 남은 평생 내내 통증 덩어리일 두 다리로 비효율적으로 움직여야 한다는 사실 때문에, 모래 바닥 위에 우뚝 서기 위해 애써야 한다는 사실 때문에 미칠 것 같은 괴로움이 덜하다고 느낄 만큼은 전쟁의 잔해를 털어낼 수 있었다. 근심 걱정 없는 루이가 웃는다. "난 그 웨이터가 아주 가망 없겠다고 생각했네. 하지만, 이봐." 루이가 말한다. "자네는 수프만 통과한 게 아니야. 그 빌어먹을 점괘 과자까지 해냈다고. 내가 점괘 과자까지 가기까지 몇 번을 시도했는지 아나? 네 번이야. 네 번이나 시도했단 말일세, 레스. 첫번째 시도에서 난 곧장 화장실로 달

40

려갔는데, 사람들이 날 거기서 끌어내는 데 십오 분이나 걸렸지. 내가 마누라한테 자네에 대해 뭐라고 할 건지 아나? 이렇게 말할 거야. '레스가 훌륭히 해냈어. 레스가 아주 잘했다고.'"

하지만 다시 그곳에 가야 할 때가 되자 레스는 거부했다. "내가 거기 앉아 있었던 걸로 됐잖아요?" "난 자네가 먹는 걸 보고 싶네." 루이가 말했다. "난 자네가 식사하는 걸 보고 싶어. 거길 돌아다니고 사람들하고 이야기도 하고 식사를 하는 거 말이야. 우리에게 새 목표가 생긴 걸세, 레스." "당신의 목표 따윈 이제 듣고 싶지 않아요. 난 통과했어요. 아무도 안 죽였다고요. 그걸로 됐잖아요?" 하지만 일주일 뒤 그들은 다시 밴을 타고 하모니 펠리스에 갔다. 똑같은 등장인물들, 똑같은 물잔, 똑같은 메뉴판, 심지어 식당에서 일하는 아시아 여자들의 살결에서 풍기는 싸구려 화장수 냄새까지 똑같았다. 그가 먹잇감을 추적할 수 있게 해주는 그 고자질쟁이 냄새는 똑같이 달콤하고 자극적인 방식으로 레스에게 흘러왔다. 두번째 방문에서 레스는 식사를 하고, 세번째 방문에서는 식사도 하고 주문까지 하며—여전히 웨이터가 테이블 가까이 오지 못하게 막아야 했다—, 네번째 방문에서는 웨이터에게 식사 시중을 들도록 허락하고 미친 사람처럼, 배가 터질 때까지, 한 일 년 음식 구경을 못한 사람처럼 먹는다.

하모니 펠리스에서 나온 다음 그들은 다 같이 하이파이브를 주고받는다. 쳇까지 들떠 있다. 쳇이 말을 한다, 쳇이 외친다. "셈퍼 파이!"*

"다음번에는." 차를 몰아 집으로 돌아가는 동안 무덤에서 부활한 것

---

* 미 해병대의 구호. '언제나 충성!'이라는 뜻.

처럼 의기양양해진 레스가 말한다. "다음번에는, 루이, 당신은 나한테 더 심한 걸 바랄 것 같은데요. 다음번에는 내가 여기 와서 식사하는 걸 좋아하길 바랄 거예요!"

하지만 다음 순서는 추모비를 대면하는 일이다. 그는 추모비에 가서 케니의 이름을 봐야 한다. 그런데 그 일만은 절대 할 수 없다. 재향군인보훈국에서 받은 책자에 실린 케니의 이름을 한 번 본 것만으로 충분했다. 그후 일주일 동안 앓았으니까. 오직 그 생각밖에 나지 않았다. 어쨌거나 늘 그 생각만 하기는 하지만. 목 없는 시체가 되어 그의 곁에 누워 있는 케니. 밤이고 낮이고 그는 생각한다. 왜 케니지? 왜 칩이지? 왜 버디인 거야? 왜 내가 아니고 그들이냐고? 이따금 그는 그 친구들이 운이 좋았다고 생각하기도 한다. 그들에게는 전부 끝난 일이니까. 안 돼, 절대로, 무슨 수를 써서라도 추모비에는 안 가. 그 추모비. 절대 안 돼. 못해. 안 해. 어쩔 수 없어.

날 위해 춤을 춰주게.

함께한 지 육 개월 정도 된 어느 날 저녁 그가 말한다. "자, 날 위해 춤을 춰주게." 그리고 그는 침실에서 CD 한 장을 플레이어에 건다. 아티 쇼가 편곡하고 로이 엘드리지가 트럼펫으로 연주한 〈내가 사랑하는 남자〉가 흘러나온다. 그녀를 꼭 껴안고 있던 팔을 풀고 침대 발치 쪽의 바닥을 가리키며 그가 말한다, 날 위해 춤을 춰주게. 그러자 아주 태연하게 그녀는 체취를, 옷을 벗은 콜먼의 체취를, 햇볕에 그을린 그 피부 냄새를 맡고 있던 자리에서 바로 몸을 일으킨다. 얼굴은 그의 옆구리 맨살을 쿠션 삼아 베고, 잇새와 혀는 그의 정액으로 번들거리고, 한 손

42

은 그의 배 아래 곱슬곱슬한 거웃이 무성한 불두덩 위에 올려놓고서는 기분 좋게 누워 있던 그녀가 몸을 일으킨다. 독수리처럼 매서운 그의 눈길을 받으며. 긴 속눈썹이 드리운 음영 너머 흔들림 없는 그의 초록빛 눈동자. 그것은 결코 기절하기 직전의 고갈된 노인의 시선이 아니다. 유리창에 얼굴을 바짝 들이대고 있는 사람의 눈빛에 더 가깝다. 그녀가 춤을 추기 시작한다. 교태는 없다. 1948년에 스티나가 춘 춤과는 다르다. 그녀는 애교스러운 소녀가 아니니까. 그가 기뻐하는 모습을 보는 게 좋아서 춤을 추는 애교스러운 소녀가 아니니까. 자신이 뭘 하고 있는지에 대해 별생각 없이 "저 사람을 위해 할 수 있어. 저 사람이 원하니까. 그리고 내가 할 수 있는 일이니까. 그래서 하는 거야"라고 자신에게 이야기하는 애교스러운 소녀가 아닌 것이다. 그렇다. 꽃봉오리가 꽃이 되거나 암망아지가 암말이 되어가는 모습처럼 천진하고 순진무구한 장면이 결코 아니다. 포니아도 물론 그렇게 할 수는 있다. 하지만 그녀의 방식은 한창 피어오르는 성숙미를 티 내지 않는 것이다. 그녀 자신과 그와 모든 산 자와 죽은 자를 젊은이들 식으로 막연하게 이상화하지 않는 것이다. 그가 말한다. "자, 날 위해 춤을 춰주게." 그러자 그녀는 예의 그 헤퍼 보이는 웃음을 흘리며 말한다. "안 될 게 뭐 있어요? 난 그런 거에 후해요." 그리고 그녀는 움직이기 시작한다. 자신의 피부가 구겨진 옷인 양 쓸어내린다. 모든 것이 제자리에 있어야 한다는 듯, 팽팽할 곳은 팽팽해야 하고 앙상할 곳은 앙상해야 하고, 둥글 곳은 둥글어야 한다는 듯 자신의 피부를 매만진다. 훅 끼쳐오는 그녀의 체취. 그녀가 양 손가락을 목에서부터 쓸어올려 따스한 두 귀를 가로질러 천천히 두 뺨과 입술을, 머리카락을, 이제 잿빛으로 변해가는 금발을, 조금 전 섹스로 축축해지고 헝클어진 자신의 머리칼을 죽 쓰다듬어나가는 동안 허물없이 풍겨오는 향긋한 식물성 냄새. 그녀는 해초를 가지고 노는 듯, 스스로도 자신의 피부가 정말 해초이고 애초부터 줄곧 해초였다고 믿는 듯, 바닷물에서 건져낸 해초를 크게 한번 쓸어서 짠물을 뚝뚝 떨어뜨리듯 움직인다. 어쨌거나 그녀가 잃을 게 무엇인가? 뭐 그리 대단한 일이라고? 몰두해. 쏟아내는 거야. 이것이 그가 원하는 일이라면, 그를 납치해 유혹하는 거야. 처음 하는 일도 아니잖아.

그녀는 그것이 나타나기 시작하는 순간 느낀다. 그것, 그 이어짐을. 그녀는 움직인다. 이제 그녀의 무대가 된 침대 발치께 마룻바닥 위를 움직인다. 지난 몇 시간 사이에 매혹적으로 흐트러지고 살짝 윤기가 돌기 시작한 그녀의 몸, 조금 전의 정사로 더럽혀지고 성유聖油를 뒤집어쓴 그 몸, 금발, 농장일을 하면서도 볕에 타지 않은 흰 살결, 대여섯 군데 상처, 외양간에서 넘어졌을 때 어린아이처럼 까진 한쪽 무릎, 방목지 울타리를 손보면서 온 팔다리에 생겨 이제는 반쯤 나은 아주 가느다란 생채기들, 매주 울타리를 옮기느라 말뚝을 뽑아내고 박으면서 유리섬유 조각에 찔려 쓰리고 벌겋게 부어오르고 거칠어진 두 손, 착유실에서 혹은 콜먼과의 섹스 중에 생겼을 정확히 목에서 몸통으로 이어지는 부분에 보이는 꽃잎 모양의 연지색 멍 자국, 깡마른 허벅지의 살고랑에 난 또다른 검푸른 멍 자국, 벌레에 물리고 쏘여서 생긴 자국, 그의 거웃 한 가닥, 깜찍한 잿빛 사마귀처럼 그녀의 뺨에 붙은 그의 거웃 한 가닥, 치열의 곡선이 보일 만큼만 벌어진 그녀의 입. 그리고 거기 있는 것이 즐겁기 때문에 다른 곳에 가려고 서두르는 기색이 없는 몸짓. 그녀는 움직인다, 그리고 지금 그는 그녀를 보고 있다. 리드미컬하게 움직이는 길게 잡아늘인 듯한 그 몸을. 보기보다 훨씬 강하고 놀랄 만큼 묵직한 가슴이 달린 그 몸이 곧고 긴 두 다리를 따라 아래로 내려가고 내려가고 또 내려가서 마치 그의 체액이 찰랑찰랑 찬 국자처럼 그를 향해 몸을 구부린 모습을. 그는 순순히, 물결치듯 주름진 침대보 위에 몸을 쭉 뻗은 채, 구불구불 소용돌이처럼 한데 뭉친 베개들로 머리를 괴어, 그의 머리가 그녀의 골반과 그녀의 배, 움직이고 있는 그녀의 배와 같은 높이에 있도록 만든 채 사소한 것 하나도 놓치지 않고 그녀를 보고 있다. 그는 그녀를 보고 있고, 그녀도 그가 자신을 보고 있다는 걸 안다. 둘은 이어져 있다. 그녀가 뭐라도 좋으니 그녀 자신을 위해 요구했으면 하고 그가 바란다는 것을 그녀도 안다. 이 사람은 내가 여기 서서 이렇게 움직이면서 내 것을 요구하기를 원하는 거야. 그녀는 생각한다. 그게 뭘까? 이 사람이야. 이 사람 말이야. 이 사람은 자기 자신을 나한테 내주려는 거야. 좋아, 좀 세기는 하지만 한번 해보지 뭐. 그래서 눈을 내리깔고 묘한 시선을 그에게 보내면서, 그녀는 움직이고 또 움직인다. 그리고 정식으로 주도권이 그에게서 그녀에게로 옮겨가기 시작한다. 그녀로서는 꽤 기분 좋은 일이다. 음악에 맞춰, 주도권이 옮겨오는 것을 느끼며 이렇게 몸을 흔드는 것, 웨이터를 무를 때 손가락을 까딱하듯 아주 가벼운 명령만 내려도 그가 침대에서 기어나와 그녀의 발가락을 핥으려 들 거라는 걸 아는 것. 그렇기 때문에 춤을 추고 얼마 되지 않아 그가 과일이라도 되는 듯 껍질을 까서 베어먹을 수 있게 된 것이다. 남자한테 얻어맞는 것이나 잡역부인 게 다가 아니다. 나는 대학에서 다른 사람들의 오물을 치운다. 우체국에서도 다른 사람들의 오물을 치우고. 다른 사람들 오물을 치워야 하는 건 엄청 힘들다. 사실을 알고 싶다고? 그래, 그 일은 거지 같다. 그나마 괜찮은 일이라는 말 따위는 꺼내지도 마라. 하지만 내가 구한 일이다. 그 세 가지 일이 내 일이다. 내 차는 수명이 엿새도 안 남았으니 제대로 굴러가는 싸구려 차 한 대라도 사려면 그 일들 세 개 다 해야 한다. 처음 겪는 일도 아니다. 그건 그렇고 낙농장 일은 정말 못해먹을 짓이다. 포니아와 암소들 어쩌고 하면 그럴듯하게 들리고 멋져 보이기도 하겠지만, 다른 일도 힘든데 그것까지 하면 아주 등골이 빠질 지경이다……하지만 지금 나는 한 남자와 알몸으로 방 안에 있고, 저기 성기와 해군 문신을 드러낸 채 누워 있는 그 남자를 보고 있다. 분위기도 차분하고 그도 평온하다. 내가 춤추는 모습을 보며 흥분한 것 같기는 하지만 그는 무척 평온하고, 마침 조금 전에 사정한 참이다. 그는 아내를 잃었고 직장을 잃었으며, 인종차별주의자 교수라고 공개적으로 모욕까지 당했다. 인종차별주의자 교수라는 말이 어떤 의미인가? 하루아침에 그런 사람이 될 수는 없다. 인종차별주의자가 된다는 건, 평생을 그렇게 살아온 사람이 된다는 것이다. 딱 한 번 실수했다는 뜻이 아니다. 당신이 인종차별주의자라면 당신이 항상 인종차별주의자였다는 뜻이다. 갑자기 당신의 전 생애가 인종차별주의로 얼룩지는 것이다. 그것은 낙인인데, 심지어 사실도 아니다. 그런데도 그는 지금 평온하다. 이건 그를 위해 내가 해줄 수 있는 일이다. 나는 그를 이처럼 평온하게 만들 수 있고, 그는 나를 이처럼 평온하게 해줄 수 있다. 내가 할 일이라곤 그저 계속 몸을 움직이는 것뿐. 그는 춤을 춰달라 하고, 나는 안 될 거 없지 하고 생각한다. 못할 이유가 없다. 내가 춤을 추는 걸 보면서 그가,

이게 뭔가 특별한 것인 양 가장하는 그에게 나 또한 가담할 거라고 생각하지만 않는다면. 그는 우리가 세상을 다 가진 것처럼 굴 것이고, 나는 그가 그러도록 내버려둘 것이고, 얼마 후에는 나도 그럴 것이다. 그럼 안 될 게 뭐 있느냐고? 내가 춤을 출 수는 있지만……그는 잊어선 안 된다. 내가 오팔 반지 하나 말고는 아무것도 몸에 걸치지 않고 있다 해도, 그가 내게 준 반지 하나 말고는 내 몸에 아무것도 없다 해도, 이것은 그저 이것일 뿐이라는 것을. 불빛 아래 벌거벗고 애인 앞에 서서 몸을 흔드는 것일 뿐이다. 좋아, 당신은 남자고 한창때도 아니고, 당신이 살아온 한평생에서 내가 차지하는 부분은 조금도 없지만, 그래도 나는 지금 무슨 일이 일어나고 있는지 안다. 당신은 한 명의 남자로서 내게 온다. 나도 그렇게 당신에게 간다. 그거야말로 대단한 일 아닌가. 하지만 그뿐인 것이다. 나는 불빛 아래 알몸으로 당신 앞에서 춤을 추고 있고, 당신도 알몸이고, 다른 건 아무래도 상관없다. 우리가 해온 일 가운데 가장 단순한 일이다. 이것이. 그러니 이것 이상의 무언가가 있다는 생각으로 망쳐놓지 말아줘요. 당신이 그러지 않는다면 나도 안 그럴게요. 이 이상의 무언가일 필요는 없잖아요. 있죠, 나 당신이 훤히 보여요. 콜먼.

그러고 그녀는 그것을 소리 내어 말한다. "있죠, 나 당신이 훤히 보여요."

"그래?" 그가 말한다. "그럼 이제 지옥이 시작되겠군."

"당신, 혹시 그런 게 궁금하다면, 이런 생각 하고 있지 않아요? 신이 존재하는 걸까, 하는 생각. 왜 내가 이 세상에 존재하는지 알고 싶죠? 이게 다 뭔지 알고 싶죠? 이런 거예요. 당신이 여기 있고, 그래서 나는 당신이 원하는 걸 해주는 거예요. 당신이 다른 어딘가에 있는 다른 누군가라고 생각할 필요가 없다는 말이에요. 당신이 여자고 남편과 한 이불을 덮고 있잖아요, 그럼 당신은 섹스를 위해 섹스를 하는 것도 아니고 절정에 이르기 위해 섹스를 하는 것도 아니고 그냥 남편과 한 이불을 덮고 있기 때문에 섹스를 해요. 그리고 그건 해야 할 일을 한 게 되죠. 그런데 당신이 남자고 아내와 함께 있잖아요, 그럼 당신은 아내하고 섹스를 하면서도 우체국 청소부와 섹스하고 싶다고 생각하죠. 좋아요. 있잖아요, 당신은 청소부하고 섹스를 하고 있어요."

콜먼이 웃으면서 부드럽게 말한다. "그게 신의 존재를 입증한다는 건가?"

"이걸로 안 되면 아무것도 입증 못해요."

"춤을 계속 추게." 그가 말한다.

"죽고 나면," 그녀가 묻는다. "천생연분과 결혼 못한 게 뭐 그리 중요하겠어요?"

"전혀 중요하지 않지. 살아 있을 때도 중요하지 않고. 춤이나 계속 추게."

"그럼 뭐죠, 콜먼? 뭐가 중요한 거죠?"

"이것." 그가 말했다.

"역시 당신밖에 없다니까." 그녀가 대답한다. "이제 좀 가르친 보람이 있네요."

"이게 그건가, 나를 가르치고 있는 건가?"

"누군가가 이미 가르쳤어야 해요. 그래요, 난 당신을 가르치고 있어요. 하지만 이것 말고 다른 것까지 잘할 거라는 식으로 날 보진 마요. 이것 이상의 뭔가를 말예요. 그러지 마요. 나랑 그냥 이렇게 있어요. 더 가지 마요. 이것에만 매달려요. 다른 건 생각하지 마요. 나랑 그냥 이렇게 있어요. 당신이 원하는 건 뭐든 할게요. 여자가 당신한테 이런 말을 진심으로 한 적이 몇 번이나 있어요? 난 당신이 원하면 뭐든지 할 거예요. 이 순간을 놓치지 마요. 헛소리를 갖다붙이지도 마요, 콜먼. 지금 우리가 할 건 이게 다예요. 내일 일은 생각하지 마요. 과거로 난 문이든 미래로 난 문이든 다 닫아버려요. 사회적 사고방식, 그것도 다 닫아버려요. 그 대단한 사회가 요구하는 거요? 사회적으로 정해진 방식요? '이렇게 해야 하고, 저렇게 해야 하고, 그렇게 해야 하고' 그런 거요? 전부 집어치우라고 해요. 우리가 어떤 사람이어야 하는지, 우리가 어떻게 행동해야 하는지, 그런 게 모든 걸 망쳐놓는 거예요. 나는 계속 춤을 출 수 있어요. 그게 필요하다면요. 이 은밀하고 짧은 순간, 그게 우리에게 필요한 전부라면요. 당신은 이 작은 조각은 가질 수 있어요. 시간에서 잘라낸 작은 조각요. 그 이상은 안 돼요. 난 당신이 그걸 알았으면 좋겠어요."

"춤을 계속 추게."

"이건 정말 중요한 거예요." 그녀가 말한다. "만약 내가 이렇게 생각하는 걸 포기해버린다면……"

"뭘? 뭘 생각하는데?"

"난 어렸을 때부터 창녀 짓이나 하는 계집이었어요."

"그래?"

"그 인간은 늘 나 때문이라고, 자기 때문이 아니라고 중얼거렸어요."

"계부 말이군."

"맞아요. 그 인간이 그렇게 말했죠. 어쩌면 그 인간 말이 맞을 수도 있어요. 하지만 여덟 살, 아홉 살, 열 살 때에는 달리 선택의 여지가 없었어요. 잘못된 것은 그 짐승 같은 짓이었으니까요."

"열 살 때는 그게 어땠나?"

"나한테 집을 통째로 등에 지고 옮기라고 요구하는 것 같았죠."

"한밤중에 문이 열리고 그자가 자네 방으로 들어설 때는?"

"전쟁터에 있는 어린애 같았죠. 살던 도시가 폭격당한 후에 찍힌 아이들 사진을 신문에서 본 적 있어요? 딱 그랬어요. 폭탄만큼이나 엄청났어요. 하지만 몇 번을 폭격을 당해 만신창이가 되었어도 나는 계속 견뎠어요. 그게 함정이었죠. 계속 견딘 거요. 그러다 열두 살인가 열세 살 때 가슴이 나오기 시작했어요. 생리도 시작됐구요. 갑자기 나 자신이 성기를 둘러싼 몸뚱이에 지나지 않는 것처럼 느껴졌어요…… 하지만 춤 이야기로 돌아갈게요. 모든 문을 닫아요, 콜먼. 과거로 난 문이건 미래로 난 문이건 말이에요. 난 당신이 훤히 보여요, 콜먼. 당신은 문들을 닫지 않고 있어요. 여전히 사랑에 대한 환상을 갖고 있어요. 그거 알아요? 난 사실 당신보다 더 늙은 남자가 필요해요. 머릿속에서 사랑이니 뭐니 하는 헛소리를 완전히 몰아낸 사람 말이에요. 콜먼, 당신은 나한테는 너무 젊어요. 당신을 한번 봐요. 딱 피아노 선생이랑 사랑에 빠진 학생 같아요. 콜먼, 당신은 나한테 홀딱 빠져 있는데, 나 같은 부류한테 당신은 너무 젊어요. 난 훨씬 더 늙은 남자가 필요해요. 최소한 백 살은 되어야 할 것 같아요. 휠체어 타고 다니는 친구 중에 나한테 소개해줄 만한 사람 없어요? 휠체어 신세라도 상관없거든요. 춤을 추면서 밀고 다니면 되죠. 어쩌면 당신한테 그런 형이 있을지도 모르겠네요. 당신을 봐요, 콜먼. 꼭 남학생 같은 눈으로 날 보고 있잖아요. 제발, 제발, 당신보다 더 늙은 친구가 있으면 전화 좀 해줘요. 계속 춤을 출 테니, 그런 친구한테 전화 좀 걸어줘요. 통화하고 싶어요."

이런 이야기를 하면서도 그녀는, 그를 매혹하는 것이 바로 자신의 이런 모습과 춤이라는 것을 알고 있다. 그리고 이건 너무도 쉬운 일이다. 난 정말 숱한 남자들을, 숱한 남근들을 유혹해왔다. 남근들이 나를 발견하고는 접근해왔지. 그저 남근만 달고 다니는 평범한 사내나 그것에 대해 이해가 없는 사내들이 아니었다. 그런 자들이 전체 90퍼센트나 된다. 나한테는 어른이건 애송이건 스모키처럼 그것을 제대로 이해하고 있는 남자들, 진정 수컷다운 면을 지닌 사내들이 꼬여들었다. 그런 재주가 없다고 자학하는 사람도 있겠지만, 나는 그런 재주를 가졌고, 옷을 입고 있어도 알아보는 남자들은 알아본다. 그들은 그게 무엇인지 알기 때문에 날 발견해내고 내게로 온다. 하지만 이것, 이것, 이것은 어린애한테서 사탕을 뺏는 것만큼 쉬운 일이다. 분명하다. 그는 기억하고 있다. 어떻게 그가 기억하지 않을 수 있겠는가? 일단 그 맛을 보고 나면 기억할 수밖에 없다. 세상에! 오럴 섹스 이백육십 번, 평범한 섹스 사백 번, 항문 섹스 백여섯 번을 하고 난 후에, 연애놀음을 시작하다니. 하지만 원래 그런 거다. 섹스를 하기 전부터 사랑이 시작되는 길 세상 사람들이 평생 몇 번이나 겪겠는가? 섹스를 하고 나서 내가 사랑에 빠진 게 몇 번이더라? 아니면 이거야말로 그건가? 이게 최초인가?

"내가 어떤 기분인지 알고 싶지 않아요?" 그녀가 그에게 묻는다.

"알고 싶군."

"엄청 좋아요."

"그러니 살아 있는 동안 이것에서 벗어날 수 있는 사람이 누가 있겠나?" 그가 묻는다.

"저도 같은 생각이에요, 선생님. 당신 말이 맞아요. 콜먼. 이러다 큰일 나겠어요. 일흔한 살 나이에 이짓에 빠진다구요? 일흔한 살에 이짓 때문에 달라진다구요? 안 되겠어요. 다시 음탕한 짓이나 하는 게 낫겠어요."

"계속 추게." 그가 그렇게 말하면서 침대 곁에 놓인 소니 플레이어의 버튼을 누르자 〈내가 사랑하는 남자〉가 재생된다.

"그만. 그만. 제발요. 내 청소부 이력에 대해서도 생각해봐야 한단 말이에요."

"멈추지 마."

"멈추지 마." 그녀가 따라 한다. "그 말을 전에 어디선가 들었던 것 같은데." 사실 그녀는 '멈추다'라는 말이 '말다'라는 말과 함께 쓰이지 않은 걸 거의 들어본 적이 없다. 남자에게서는 특히. 그녀 자신도 거의 그렇고. "난 '멈추지 마'라는 말이 한 단어라고 늘 생각했어요." 그녀가 말한다.

"한 단어지. 계속 추게."

"그렇다면 딴 데로 새지 마요." 그녀가 말한다. "한 남자와 한 여자가 한 방에 있어요. 옷을 벗은 채로. 우린 우리에게 필요한 걸 다 갖고 있어요. 우리한테 사랑은 필요 없어요. 스스로를 깎아내리지 마요. 감상적인 얼간이라는 걸 스스로 드러내지 말라구요. 그러고 싶어 안달이 나겠지만, 그러지 마요. 우리, 지금의 이 모습을 잃지 마요. 한번 상상해봐요, 콜먼. 이 모습을 계속 유지하는 걸 상상해보란 말이에요."

그는 내가 이런 식으로 춤추는 걸 한 번도 본 적 없고, 내가 이런 식으로 이야기하는 것도 한 번도 들은 적 없다. 내가 이런 식으로 이야기하는 건 아주 오랜만이다. 어떻게 하는지 잊어버린 줄 알았다. 아주 오랫동안 감추고 살았으니까. 내가 이런 식으로 이야기하는 건 아무도 들어본 적 없다. 숲에서 매나 까마귀 들은 어쩌다 들었는지 모르겠지만, 그것들 말고는 없다. 이건 내가 남자를 즐겁게 해주는 일반적인 방식이 아니다. 내가 사용했던 것 중 가장 무모한 방식이다. 상상이라니.

"상상해봐요." 그녀가 말한다. "날마다 나타나서 이짓을 하는 여자를요. 모든 걸 소유하고 싶어하지 않는 여자를요. 아무것도 소유하고 싶어하지 않는 여자를요."

그녀는 평생 한 번도 아무것도 더 소유하고 싶어하지 않았다.

"대부분의 여자는 모든 걸 소유하고 싶어하죠." 그녀가 말한다. "그런 여자들은 당신의 우편물도 갖고 싶어하죠. 당신의 미래도 갖고 싶어하구요. 당신의 환상까지 갖고 싶어하죠. '어떻게 나 말고 다른 여자랑 섹스하고 싶어할 수 있는 거야. 내가 당신의 이상적인 여자여야 한다고. 나랑 집에 있을 때 포르노는 왜 보는 건데?' 그 여자들은 당신 자체를 소유하고 싶은 거예요, 콜먼. 하지만 쾌락은 그 사람을 소유하는 데서 나오는 게 아니거든요. 쾌락은 바로 이런 거예요. 대등한 상대와 한 방에 있는 거요. 아, 당신이 훤히 보여요, 콜먼. 내 인생을 통째로 당신한테 넘겨버린다 해도 나는 당신을 계속 소유할 수 있어요. 그냥 춤을 추는 것만으로도. 그렇지 않나요? 내가 잘못 아는 거예요? 당신은 이게 마음에 들어요, 콜먼?"

"대단한 행운이지." 눈을 떼지 못한 채 콜먼이 말한다. "믿을 수 없을 만큼 큰 행운이야. 이걸로 인생이 나한테 진 빚을 갚은 거야."

"아, 그래요?"

"당신만한 사람은 없어. 트로이의 헬레네."

"무명의 헬레네, 아무것도 없는 헬레네겠죠."

"계속 추게."

"당신이 훤히 보여요, 콜먼. 정말로 보인다니까요. 내가 뭘 보는지 궁금하지 않아요?"

"당연히 궁금하지."

"당신은 내가 당신한테서 노인의 모습을 보고 있는지 궁금하겠죠, 안 그래요? 당신은 내가 당신한테서 노인의 모습을 보고 도망칠까봐 두려워하고 있어요. 내가 당신한테서 젊은 남자들과 다른 점들을 볼까봐, 기운 빠진 모습이나 이미 사라져버린 것들을 볼까봐, 그래서 날 잃을까봐 두려워하고 있어요. 당신이 너무 늙었기 때문이죠. 하지만 내가 뭘 보고 있는지 당신 알아요?"

"뭔데?"

"어린아이요. 꼭 어린애처럼 사랑에 빠진 당신이 보여요. 그래선 안돼요. 그러면 안 된다고요. 그것 말고 또 뭐가 보이는지 들어볼래요?"

"그럼."

"그래요, 이젠 그게 보여요. 노인이 보여요. 죽어가고 있는 노인이 보여요."

"이야기해봐."

"당신은 모든 걸 잃었어요."

"그렇게 보이나?"

"그럼요. 춤추고 있는 나를 뺀 모든 게 보여요. 내가 뭘 보는지 궁금하죠?"

"뭔데?"

"당신이 그런 패를 받아 마땅한 사람이 아니었다는 거요, 콜먼. 그게 보여요. 당신이 노발대발하고 있는 게 보여요. 그리고 그러다 끝을 맞을 거라는 것도요. 성난 노인으로요. 그래서는 안 되는 거였어요. 나는 그게 보여요. 당신의 울분이요. 분노와 치욕이 보여요. 노인으로서 시간이 무엇인지 이해하고 있는 당신이 보여요. 그건 죽음이 가까워지기 전에는 이해하지 못하는 거죠. 하지만 지금 당신은 이해하게 됐어요. 그래서 두려운 거죠. 되돌아갈 수 없으니까요. 다시 스무 살이 될 수 없으니까요. 그 시절이 다시 오지 않으니까요. 그런데 이런 식으로 인생이 끝나는 거죠. 그리고 죽어가는 것보다 더 싫은 것, 죽게 되는 것보다 더 끔찍한 게 바로 당신을 이 지경으로 몰아넣은 그 빌어먹을 개자식들이죠. 당신한테서 모든 걸 빼앗아간 자들이요. 당신 안에서 그게 보여요, 콜먼. 내가 잘 아는 일이기 때문에 볼 수 있어요. 눈 깜짝할 사이에 모든 걸 바꿔놓은 그 빌어먹을 개자식들. 당신의 인생을 빼앗아 쓰레기통에 던져넣은 놈들. 당신의 인생을 빼앗은 다음 자기들끼리 쓰레기통에 던져넣기로 결정했죠. 당신은 당신한테 딱 어울리는 춤추는 여자애를 찾아온 거예요. 그자들은 뭐가 쓰레기인지 정하고, 당신을 쓰레기라고 정했어요. 개소리라는 게 뻔한 일을 가지고 한 남자를 모욕하고 명예를 떨어뜨리고 망가뜨린 거죠. 자기들에겐 아무런 의미도, 그야말로 아무런 의미도 없는 추잡한 말 한마디를 가지고요. 그리고 그게 당신을 분노하게 만드는 거예요."

"자네가 그 정도로 관심이 있는 줄은 미처 몰랐네."

그녀가 그 헤퍼 보이는 웃음을 웃는다. 그러고는 춤을 춘다. 어리고 사랑스러운 여자애들이 가지는 이상주의도 이상화도 유토피아에 대한 공상 같은 것도 없이, 현실이 어떠한지 아주 잘 알고 자신의 삶이 돌이킬 수 없이 허망한 것임을 알면서도, 혼란스럽고 무정한 일들을 그토록 많이 겪었음에도, 그녀는 춤을 춘다! 그리고 지금껏 한 번도 남자에게 해본 적 없는 방식으로 이야기를 한다. 그녀처럼 섹스를 하는 여자들은 이런 식의 이야기는 하지 않는 법이다—적어도 그녀 같은 여자와 섹스를 하지 않는 남자들은 그렇게 생각하고 싶어한다. 그녀처럼 섹스를 하지 않는 여자들도 그렇게 생각하고 싶어한다. 모든 사람이 그렇게 생각하고 싶어한다. 포니아는 멍청하다고. 뭐, 그러라지. 그래서 당신들 기분이 좋아진다면. "그래요, 멍청한 포니아가 신경 좀 쓰고 있었죠." 그녀가 말한다. "안 그랬다면 멍청한 포니아가 어떻게 알겠어요? 멍청한 포니아, 이게 내가 거둔 성공이에요, 콜먼. 이게 가장 분별 있는 내 최고의 모습이에요. 결국은 콜먼, 나도 당신의 춤을 지켜보고 있었던 셈이죠. 내가 어떻게 이런 걸 아느냐고요? 바로 당신이 나하고 있기 때문이에요. 당신이 돌아버릴 정도로 성나지 않았다면 뭐하러 나하고 있겠어요? 그리고 내가 돌아버릴 정도로 화나지 않았다면 뭐하러 당신하고 있겠어요? 이게 최고의 섹스를 가능하게 해주는 거예요, 콜먼. 모든 걸 똑같이 만들어버리는 분노. 그러니까 딴 데로 새지 마요."

"계속 춤을 추게."

"쓰러질 때까지요?" 그녀가 묻는다.

"쓰러질 때까지." 그가 그녀에게 말한다. "마지막 숨을 내쉴 때까지."

"당신이 원한다면."

"내가 어떻게 자네를 찾아낸 거지, 볼룹타스?" 그가 말한다. "내가 어떻게 자네를 찾아냈을까? 자넨 누구지?" 다시 〈내가 사랑하는 남자〉를 틀기 위해 버튼을 누르면서 그가 묻는다.

"난 뭐든 당신이 원하는 존재가 될 수 있어요."

콜먼은 그저 일요판 신문을 펼치고는 대통령과 모니카 르윈스키에 대한 기사를 읽어주었을 뿐이었다. 그런데 포니아가 벌떡 일어서며 소리쳤다. "그 빌어먹을 강의 좀 집어치울 수 없어요? 지긋지긋해요! 난 배울 수 없어요! 안 배운다고요! 안 배우고 싶다고요! 빌어먹을, 나한테 뭔가 가르치려 들지 좀 말란 말예요. 아무 소용 없을 테니까!" 그러고는 아침식사를 하다 말고 뛰쳐나가버렸다.

여기서 밤을 보낸 게 실수였다. 그녀는 집으로 돌아가지 않았고, 이제 그를 싫어하게 되었다. 가장 싫은 게 뭐냐고? 그가 자신의 고통을 진심으로 대단하게 여기는 것이다. 아테나 대학의 모든 사람이 그에 대해 어떻게 생각하는지, 뭐라고 말하는지가 그의 삶을 뒤흔들 만큼 대단하다고 그가 진심으로 생각한다는 것이다. 그를 싫어하는 인간들이라고 해봤자 쓰레기 같은 자들뿐이다. 그게 뭐 그리 대수인가. 게다가 그게 그에게 닥친 가장 끔찍한 일이라고? 글쎄, 별 대단찮은 일이다. 질식해서 죽어가던 두 아이, 그런 게 대단한 일이다. 의붓딸의 질에 손가락을 쑤셔넣는 계부를 둔 것, 이런 게 대단한 일이다. 은퇴하기 직전에 쫓겨난 것쯤은 대단한 일이 아니다. 이게 그가 싫은 이유이다. 그의 고통이 지닌 사치스러운 특권. 절망적이었다고? 지상에 존재하는 진짜 고통이 뭔지도 모르면서, 그는 자신이 절망적이었다고 생각하는 걸까? 정말로 절망적인 게 어떤 것인지 아는가? 아침에 착유 작업을 끝내고 난 다음 남편이라는 작자가 그 쇠파이프를 들고 내 머리를 내리갈긴다. 난 파이프가 날아오는 것조차 보지 못한다. 그리고 그 작자야말로 절망적이었다! 인생은 그 작자한테야말로 빚을 지고 있다!

어쨌든 결론은, 그녀가 아침 식탁에서 교육당하는 걸 원치 않는다는 것이다. 가엾은 모니카가 뉴욕에서 괜찮은 일자리를 얻지 못할지도 모른다고? 그래서 뭐? 내 알 바 아니다. 내가 대학에서 하루종일 일하고 목장에 돌아와 빌어먹을 암소들 젖을 짜느라 등골이 빠질 것 같다고 해서 모니카가 신경이나 쓸 것 같은가? 우체국에서 빌어먹을 쓰레기통까지 가는 게 귀찮아 쓰레기를 바닥에 내버리는 인간들 뒤치다꺼리를 하느라 죽어나는 건? 모니카가 신경이나 쓸 것 같은가? 그 계집은 계속해서 백악관에 전화질을 해대고 있겠지. 아무리 전화해도 반응이 없으니 엄청 괴롭겠지. 그래서 다 끝났다고? 그런 것도 끔찍한 일인가? 내 인생은 시작조차 해본 적 없다. 시작되기도 전에 끝나버렸으니까. 쇠파이프에 맞고 기절하는 꼴을 한번 당해보라. 어젯밤? 그래, 인정한다. 괜찮았다. 멋진 밤이었다. 또 그런 밤을 보내고 싶다. 하지만 일을 세 개나 뛰어야 한다. 바뀐 건 아무것도 없다. 그래서 어젯밤 같은 순간이 오면 그냥 즐기는 거다. 그래봤자 아무것도 바뀌지 않으니까. 엄마한테 자기 남편이 밤만 되면 찾아와 내 질에 손가락을 집어넣는다는 이야기를 하면 어떨까. 그래봤자 바뀌는 건 없다. 이제 엄마도 사실을 알았으니 날 도와줄지도 모른다고? 하지만 달라지는 건 아무것도 없다. 우리는 춤을 추면서 어젯밤을 보냈다. 하지만 아무것도 바뀌지 않는다. 그는 워싱턴에서 벌어진 사건들에 대한 기사를 내게 읽어준다. 그래서 뭐가, 대체 뭐가 바뀌는가? 빌 클린턴이 자기 물건을 그 계집한테 빨게 했다는, 워싱턴에서 벌어진 그 분별없는 연애질에 대한 기사를 그가 읽어준다. 시도 때도 없이 퍼지는 내 차에 그런 게 무슨 도움이 되는데? 정말로 그런 기사가 중요하다고 생각하는 건가? 그런 건 중요하지 않다. 전혀 중요하지 않다. 내겐 아이가 둘 있었다. 그애들은 죽었다. 오늘 아침에 모니카와 빌이 안됐다는 생각조차 들지 않은 건 죽은 두 아이 때문이라고 해두면 어떨까? 이런 게 내 문제라고 한다면, 그렇게 생각하라지 뭐. 난 세상의 대단한 문제들에 신경쓸 기운이 남아 있지 않으니까.

그 집에서 밤을 보낸 게 실수였다. 아주 완벽히 마법에 걸리다니 실수다. 아무리 심하게 천둥이 치고 폭우가 몰아쳐도 그녀는 운전해 집으로 돌아갔다. 팔리가 그녀의 차를 따라오며 도로에서 강물로 떠밀까 겁이 날 때도 그녀는 운전해 집으로 돌아갔다. 그런데도 그녀는 그 집에 머물렀다. 그 춤 때문에 머물렀는데 아침이 되자 화가 치민다. 그녀는 그에게 화가 난다. 멋진 새날이 밝았으니 신문에 무슨 기사가 실렸는지 볼까. 그는 신문이 어젯밤 이후로 뭐라고 떠드는지 보고 싶은 걸까? 어쩌면 그들이 이야기를 나누지 않았다면, 그저 아침만 먹고 그녀가 그 집을 나섰다면 거기서 하룻밤을 보낸 게 아무 문제도 없었을 텐데. 하지만 강의가 시작되었다. 그건 그가 저지를 수 있는 최악의 행태였다. 그가 어떻게 했어야 하느냐고? 그녀에게 뭔가 요깃거리나 주고는 집으로 보내줬어야 했다. 하지만 춤을 춘 대가를 치르고 말았다. 난 그 집에 머물렀다. 멍청하게도 그 집에 머무른 것이다. 밤에 떠나는 것, 나 같은 여자한테는 그게 무엇보다도 중요하다. 내가 아무리 모르는 게 많아도 이것 하나는 안다. 다음날 아침까지 머무르는 순간, 의미가 생긴다. '콜먼과 포니아'라는 환상. 그것은 영원이라는 환상에 대한 탐닉, 곧 세상에서 가장 진부한 환상에 대한 탐닉의 시작이다. 난 돌아갈 곳이 있다, 안 그런가? 세상에서 가장 멋진 곳은 아닐지라도, 어쨌든 돌아갈 곳이 있다. 거기로 가야 한다! 아무리 늦게까지 그짓을 하더라도 끝나면 가야 한다. 메모리얼데이*에는 뇌우가 몰아쳤는데, 전쟁이라도 터진 것처럼 천둥이 온 산자락을 가르고 때리고 세차게 내리쳤다. 버크셔 산악지대가 적의 기습이라도 받는 것 같았다. 하지만 나는 새벽 세시에 일어나 옷을 주워 입고는 그의 집을 나섰다. 번개가 번쩍하더니 나무가 쪼개지고 가지들이 우지끈 부러지고 우박이 머리 위로 총알처럼 쏟아져내리는데도 나는 그의 집을 나섰다. 모진 바람을 온몸에 맞으면서 나는 그의 집을 나섰다. 온 산이 폭발하듯 우르릉댔지만, 나는 그의 집을 나섰다. 그의 집에서 차가 있는 데까지 가다가 죽을 수도 있었지만, 번개에 맞아 죽을 수도 있었지만 나는 머무르지 않았다. 나는 떠났다. 그런데 밤새도록 그와 한 침대에 누워 있었다니? 커다란 달이 떠 있고, 온 세상이 고요하고, 달과 달빛이 사방을 환하게 비추고 있었는데도 난 그의 집에 머물렀다. 그런 밤이라면 장님이라도 집을 찾아가는 데 문제없었을 텐데, 나는 집에 가지 않았다. 그리고 잠도 자지 않았다. 잠을 이룰 수가 없었다. 뜬눈으로 밤을 지새웠다. 그 남자 가까이에 눕고 싶지 않았다. 그 남자 몸에 닿고 싶지 않았다. 벌써 몇

---

* 전몰장병을 기리기 위한 미국의 기념일. 5월 마지막 주 월요일.

달째 그 남자의 항문을 핥아주었는데도 어떻게 대해야 할지 알 수 없었다. 새벽까지 침대 한 귀퉁이에 누운 채 세상으로부터 배척당한 사람처럼, 나무 그림자가 서서히 잔디밭을 가로지르는 것만 보고 있었다. 그는 정말로 그러기를 원한 것은 아니지만 그래도 "자고 가지그래"라고 말했고 나는 "그 초대를 받아들여야 할 것 같네요"라고 말하고 그렇게 했다. 적어도 우리 둘 중 하나는 끝까지 냉정할 수 있었을 만한데, 아니었다. 우리 둘은 최악의 생각에 굴복하고 말았다. 매춘부들이 그녀에게 해준 말, 매춘부들의 위대한 지혜를 잊어버리고 말았다. "남자가 돈을 주는 건 같이 잤기 때문이 아니야. 집에 가라고 주는 거야."

하지만 자신이 그의 무엇을 싫어하는지 아무리 잘 안다 해도, 자신이 그의 무엇을 좋아하는지 또한 그녀는 잘 안다. 바로 그의 너그러움이다. 그녀는 너그러운 사람이라고는 근처에도 가본 적이 없었다. 게다가 내 머리에 쇠파이프를 휘두르지 않는 남자라는 사실이 갖는 위력. 그가 다그친다면 나는 심지어 내가 똑똑하다고 그에게 인정하고 말 것이다. 어젯밤에도 거의 그랬잖아? 그는 내 말에 귀기울였고, 난 똑똑했다. 그는 내 말에 귀기울여준다. 또한 내게 충실하다. 그는 어떤 일로도 나를 나무라는 법이 없다. 날 해코지하려는 생각 따위 전혀 없다. 그래서 그게 이토록 길길이 화낼 이유인가? 그는 나를 신사하게 대한다. 진심에서 우러나는 행동이다. 그가 내게 반지를 준 것으로도 알수 있다. 사람들이 그를 발가벗겨 내몰았고, 그는 알몸으로 내게 왔다. 그의 생에서 제일 죽을 만큼 힘든 순간에. 내 주위에 꼬이던 남자들 중에 이런 남자는 없었다. 그냥 내버려두면 그는 내가 차를 사는 걸 도와주려 할 것이다. 그냥 내버려두면 내가 사려는 것이 뭐든 그는 도와주려 할 것이다. 이 남자와 지내는 것은 전혀 고통스럽지 않다. 그의 목소리의 높낮이만으로도, 그 목소리를 듣는 것만으로도 나는 마음이 놓인다.

네가 버리고 도망치려는 게 이런 거야? 이게 네가 어린애처럼 싸움을 거는 이유란 말이야? 그 남자를 만난 것만 해도 완전히 우연이다. 생애 최초의 운 좋은 우연인데―생애 최후의 운 좋은 우연일지도―넌 어린애처럼 발끈 화내고 도망치는 거야? 이 관계가 끝나기를 정말로 원하는 거야? 그를 만나기 전의 생활로 다시 돌아가려고?

하지만 그녀는 뛰쳐나왔고, 집에서 뛰쳐나와 헛간에서 자신의 차를 끌어내, 오듀본소사이어티에 있는 까마귀를 보기 위해 산길을 달렸다. 5마일쯤 계속 달린 후 도로를 벗어나 오듀본 진입로인 좁다란 비포장 길로 들어섰다. 꼬불꼬불 커브가 많은 길을 0.25마일가량 가자, 나무들 사이로 회색 널지붕을 인 이층집 한 채가 나타났다. 오래전에는 주거지였지만, 이제는 오듀본의 지역 본부 건물로 활용되며 숲과 생태관찰 산책로 기슭에 서 있었다. 그녀는 자갈이 깔린 진입로에 들어섰다. 통나무 울타리에 부딪힐 정도로 차를 바짝 붙여, 허브가든 이정표가 못질된 자작나무 앞에 세웠다. 다른 차는 한 대도 눈에 띄지 않았다. 그녀는 해낸 것이다. 산비탈을 구를 수도 있었는데 말이다.

입구 근처에 달린 풍경이 미풍에 댕그랑거렸다. 유리 소리처럼, 신비롭게, 마치 수도원이 구경도 하고 명상도 하러 온 방문객들을 말없이 환영하는 것처럼―작지만 가슴을 울리는 어떤 존재에 대한 숭배가 이곳에서 이루어지고 있는 것처럼. 하지만 깃발이 아직 깃대에 게양되지 않았고, 문에는 일요일에는 오후 한시에 문을 연다고 적힌 표지판이 붙어 있었다. 그러나 그녀가 문을 밀자 열렸고, 앙상한 층층나무 가지가 아침 햇살을 받아 드리운 옅은 그림자를 지나 그녀는 현관으로 들어섰다. 여러 재료를 다양하게 배합한 모이가 든 묵직하고 커다란 포대들이 겨울철 구매자들을 위해 바닥에 쌓여 있었다. 맞은편 벽에도 갖가지 모이통이 든 상자들이 창문 높이까지 쌓여 있었다. 그 기념품 가게는 모이통 말고도 자연을 주제로 다룬 책과 답사용 지도, 새소리가 담긴 오디오테이프, 동물에게서 영감을 얻어 만든 자질구레한 장신구 따위를 팔았는데, 지금은 불이 꺼져 있었다. 그녀는 다른 쪽으로 방향을 틀어, 동물 박제 몇 개와 살아 있는 표본 동물 몇 종—거북, 뱀, 새장 속의 새 몇 마리—이 있는 좀더 큰 전시실로 들어섰다. 직원 중한 명인 듯한 열여덟이나 열아홉 살쯤 된 통통한 여자애가 있었다. 여자애는 "안녕하세요"라고 인사만 할 뿐, 아직 개관 시간이 안 됐으니 어쨌느니 수선을 떨지 않았다. 단풍철이 끝난 11월 초에 이 외진 산속까지 찾아오는 사람이 아주 드물어서였는지 여자애는 아침 아홉시 십오분에 불쑥 나타난 여자를 내보내려 하지 않았다. 여자의 복장이 한가을에 버크셔 산중에서 야외 활동을 하기에 어울리지 않는데도 말이다. 잿빛 스웨트팬츠 위에 남성용 줄무늬 파자마를 걸치고 맨발에 사람들이 보통 뮬이라고 부르는 뒤축 없는 실내용 슬리퍼를 신고 있었으니까. 여자의 긴 금발 또한 아직 솔질이나 빗질도 하지 않은 상태였다. 하지만 전체적으로 볼 때, 방탕한 여자라기보다는 차림새가 단정치 못한 여자에 가까웠고, 그래서였는지 직원 여자애도 발치에 놓인 상자속 뱀에게 생쥐들을 먹이로 주면서—집게 끝으로 생쥐를 한 마리씩 집어 뱀에게 내밀면 뱀이 공격하듯 입에 물고 한없이 느려터진 소화

과정을 시작한다—그저 "안녕하세요"라고 인사하고는 일요일 아침 업무를 계속했던 것이다.

까마귀는 가운데 새장, 옷장 크기의 우리 속에 있었다. 애기금눈올빼미 두 마리가 든 새장과 송골매 새장 사이에. 저기 있네. 그녀는 벌써 기분이 좋아졌다.

"프린스. 얘, 멋쟁이." 그리고 그녀는 혀를 입천장에 댔다 떼며 까마귀를 향해 소리를 냈다. 딱. 딱. 딱.

그녀는 뱀에게 먹이를 주고 있는 여자애를 향해 돌아섰다. 지난번 포니아가 까마귀를 보러 왔을 때는 못 본 얼굴로, 새로 들어온 직원임이 분명했다. 아니면 비교적 최근에 들어왔거나. 포니아 자신도 몇 달째 까마귀를 보러 오지 않았는데, 콜먼을 만나기 시작하면서 아예 찾아오지 않았다. 그러고 보면 그녀가 인간이라는 종족을 떠날 방법을 찾아다닌지도 꽤 오래되었다. 아이들이 죽은 후로는 여기 꾸준히 찾아오지 못했다. 한때는 일주일에 네다섯 번씩 들르기도 했는데. "쟤 밖으로 꺼내면 안 될까요? 잠깐이면 되는데."

"그러세요." 여자애가 말했다.

"내 어깨에 앉히고 싶어서요." 그렇게 말하고 포니아는 새장 유리문의 걸쇠를 풀기 위해 몸을 숙였다. "오, 안녕, 프린스. 와, 프린스. 어디 좀 보자."

문이 열리자 까마귀는 앉아 있던 횃대에서 문 위로 뛰어올라 앉더니 고개를 길게 빼고 좌우를 살폈다.

그녀는 나지막이 웃었다. "이 표정 좀 봐요. 이 녀석 내가 누군지 확인하고 있어요." 그녀가 여자애를 돌아보며 소리쳤다. "자, 봐." 그녀는 까마귀에게 그렇게 말한 다음, 콜먼이 선물한 오팔 반지를 보여주었다. 지난 8월의 토요일 아침에 탱글우드까지 같이 갔던 날, 그가 차 안에서 준 반지였다. "봐, 이리 와봐. 어서 이리 와." 그녀는 새에게 한쪽 어깨를 내밀며 속삭였다.

하지만 까마귀는 그녀의 청을 싹 무시하고는 다시 새장 안으로 깡충 뛰어들어가더니 횃대 위의 삶으로 돌아갔다.

"프린스가 내키지 않는 모양이네요." 여자애가 말했다.

"아가?" 포니아가 다정하게 불렀다. "이리 와. 응? 나, 포니아야. 네 친구잖아. 착하지. 어서." 하지만 새는 움직일 기미가 없었다.

"자기를 붙잡으려고 그런다는 걸 알면 안 내려올 거예요." 여자애가 말했다. 그러고는 죽은 생쥐가 한 무더기 담긴 쟁반에서 집게로 한 마리를 집어, 아까 준 생쥐를 1밀리미터씩 입안으로 삼켜 한참 만에 다 먹은 뱀에게 또 내밀었다. "자기를 잡으려 하는 것 같으면 손이 안 닿는 데로 가서 꼼짝도 안 해요. 하지만 자기를 신경쓰지 않는 것 같으면 내려올 거예요."

녀석의 인간 같은 행동에 두 사람 다 웃었다.

"좋아." 포니아가 말했다. "잠깐 혼자 내버려두지, 뭐." 포니아는 여자애가 쪼그려 앉아서 뱀에게 먹이를 주는 곳으로 갔다. "난 까마귀가 좋아요. 가장 좋아하는 새죠. 큰까마귀도 좋아하고. 예전에 실리폴스에 살았기 때문에 프린스에 대해 잘 알아요. 저 녀석이 히긴슨 상점 근처에서 배회하던 시절부터 알았어요. 어린 여자애들 머리핀을 훔치는 게 저 녀석 일이었죠. 반짝이거나 알록달록한 게 보이면 무조건 달려들었어요. 그걸로 유명했죠. 프린스에 대한 신문기사가 저기 붙어 있었는데. 프린스 이야기랑, 둥지가 부서진 후에 프린스를 길러준 사람들 이야기랑, 프린스가 그 상점 주변에서 얼마나 거들먹거렸는지가 거기 다 나와 있어요. 바로 저기에 핀으로 꽂혀 있었는데." 몸을 돌려, 전시실 입구 옆에 있는 게시판을 가리키며 포니아가 말했다. "다 어디 갔어요?"

"프린스가 찢어버렸어요."

포니아가 아까보다 훨씬 큰 소리로 웃음을 터뜨렸다. "프린스가 찢었다고요?"

"부리로요. 발기발기 찢어버렸어요."

"자신의 과거를 아무한테도 알리고 싶지 않았던 거예요! 자기 과거가 부끄러웠던 거야! 프린스!" 활짝 열려 있는 새장 문 쪽으로 돌아보며 포니아가 외쳤다. "악명 높은 네 과거가 부끄러웠구나? 오, 착한 녀석, 넌 착한 까마귀야."

그런 후 포니아는 전시실 여기저기에 놓인 전시대 위의 박제 동물들 중 하나에 눈길을 주었다. "저거 스라소니예요?"

"네." 뱀이 새로 내민 죽은 생쥐를 향해 혀를 날름거리다 덥석 물 때까지 참을성 있게 기다리며 여자애가 대답했다.

"이 근처 살던 녀석인가요?"

"모르겠어요."

"저 산 위에서 본 적이 있거든요. 내가 본 녀석이랑 똑같이 생겼어요. 어쩌면 그 녀석일지도 모르겠네." 그리고 그녀는 다시 깔깔거렸다. 그녀는 술에 취하지 않았다. 술은 고사하고 콜먼의 집에서 마시던 커피도 절반 넘게 남기고 뛰쳐나왔다. 하지만 그녀의 웃음소리는 이미 몇 잔 걸친 사람처럼 들렸다. 이곳에서 뱀과 까마귀와 박제된 스라소니와 함께 있는 것만으로도 그녀는 아주 기분이 좋았는데, 그중 어느 녀석도 그녀에게 무언가를 가르치려 들지 않았기 때문이었다. 이 녀석들은 〈뉴욕 타임스〉를 읽어주려 하지 않을 것이다. 이 녀석들은 지난 삼천 년간의 인류 역사에 대해 뒤늦게 공부시키려 들지 않을 것이다. 인류의 역사에 대해서라면 그녀도 필요한 건 다 알았다. 무자비했던 사람들과 무방비했던 사람들에 대해서. 정확한 연대나 이름 따위는 알 필요 없었다. 무자비한 사람들과 무방비한 사람들, 그게 바로 빌어먹을 인류의 역사다. 이곳에서는 누구도 그녀에게 뭔가를 읽으라고 들이대지 않을 것이다. 직원 여자애를 제외하면, 이곳에 있는 어떤 것도 글을 읽을 줄 모르니까. 저 뱀이 글을 읽을 줄 모른다는 것은 분명하다. 그저 생쥐를 먹어치우는 법만 알 뿐이다. 천천히 편안하게. 시간은 아주 많으니까.

"그 뱀은 무슨 종이에요?"

"검정쥐잡이뱀이에요."

"통째로 삼켜버리네요."

"네."

"창자에서 소화를 시키는 거군요."

"네."

"얼마나 먹어요?"

"저게 일곱 마리째예요. 평소보다 오늘은 좀 느리게 먹는 편이에요. 더는 안 먹을 것 같아요."

"매일 일곱 마리나요?"

"아뇨. 일주일이나 이 주일에 한 번요."

"그런데 뱀을 어딘가에 풀어주기도 하나요, 아니면 평생 저기서 지내요?" 그녀는 먹이를 주느라 커다란 플라스틱 용기에 옮기기 전에 뱀이 있던 유리 케이스를 가리키며 말했다.

"맞아요. 저 안에서만 살아요."

"그것도 괜찮을지도." 포니아는 그렇게 말하고는 전시실 저편에 있는 까마귀를 보기 위해 돌아섰다. 녀석은 여전히 새장 안 횃대에 앉아 있었다. "자, 프린스, 나 여기 있어. 넌 거기 있고. 그리고 난 너한테 전혀 관심 없거든. 내 어깨에 앉기 싫으면 관둬." 그녀는 다른 박제 동물 하나를 가리켰다. "저기 있는 쟤는 무슨 동물이에요?"

"물수리예요."

그녀는 물수리를 요모조모, 특히 날카로운 갈고리발톱을 유심히 뜯어보았다. 그러고 다시 큰 소리로 웃음을 터뜨리며 말했다. "물수리는 건드리지 말아야겠네요."

뱀은 여덟 마리째 생쥐를 먹을지 말지 고민하는 것 같았다. "내 아이들한테 생쥐 일곱 마리를 먹일 수만 있다면," 포니아가 말했다. "아마도 난 세상에서 가장 행복한 엄마일 텐데."

여자애가 미소를 지으며 말했다. "저번 일요일에요, 프린스가 새장에서 나와 주변을 날아다녔어요. 우리가 여기 데리고 있는 다른 새들은 한 마리도 못 날아요. 프린스가 유일하게 날 수 있는 새예요. 속도도 꽤 빠르죠."

"아, 나도 알아요." 포니아가 말했다.

"물을 버리고 있는데 프린스가 일직선으로 날아 나오더니 나무들 사이로 들어갔어요. 몇 분도 안 돼 까마귀 서너 마리가 날아왔어요. 나뭇가지 사이에 있는 프린스를 포위하더라고요. 그러고는 난리를 피웠어요. 프린스를 괴롭혀댔죠. 등짝을 쪼기도 하고. 소리를 지르기도 하고. 프린스한테 돌진해 몸을 부딪치고 그러는 거예요. 몇 분 만에 그렇게 모여들어서 말예요. 프린스는 까마귀 소리를 제대로 못 내요. 까마귀 말을 몰라요. 야생 까마귀들은 프린스를 좋아하지 않아요. 결국 프린스가 저한테 내려왔는데, 제가 밖에 있었거든요. 안 그랬으면 걔들이 프린스를 죽였을지도 몰라요."

"사람 손에서 자라서 그래요." 포니아가 말했다. "평생 우리 같은 사람들 근처를 맴돌아서 그래요. 인간의 때가 묻은 거예요." 혐오나 경멸이나 비난의 기색 없이 그녀는 말했다. 슬픈 기색조차 없이. 그런 것이다─특유의 무미건조한 어투로 포니아는, 뱀에게 먹이를 주고 있는 여자아이에게 그렇게만 이야기했다. 우리는 오점을 남긴다. 우리는 자취를 남기고, 우리 자신의 흔적을 남긴다. 불순함, 잔인함, 학대, 실수, 배설물, 정액─달리 이 세상에 존재할 방법이 없다. 불복종과는 상관없다. 은총이나 구원 혹은 속죄와도 상관없다. 그것은 모든 사람의 내면에 존재한다. 내제되어 있다. 타고난 것이다. 규정지어진 것이다. 밖으로 드러나기 전에 이미 오점은 존재한다. 아무런 신호도 없이 이미 존재한다. 오점은 표지標識가 필요치 않을 정도로 본질적이다. 오점은 불복종보다 선행하고, 불복종을 포함하며, 모든 설명과 이해를 혼란스럽게 만든다. 그것이 바로 모든 것을 깨끗하게 한다는 것이 농담에 지나지 않는 이유이다. 그것도 아주 잔인한 농담. 순수성에 대해 환상을 갖는 건 소름끼치는 일이다. 미친 짓이다. 더 많은 불순함은 고사하고 정화淨化에 대한 탐구라니 무슨 짓이란 말인가? 오점은 피할 수 없다. 그녀가 말하려는 건 그게 전부다. 물론 포니아의 생각이 그렇다는 것이다. 우리 인간은 불가피하게 오점을 지닌 존재라는 것. 끔찍하고 본질적인 불완전함을 받아들인 존재. 그녀는 그리스인, 콜먼의 그리스인과 닮았다. 그리스인의 신들과 닮았다. 그들은 옹졸하다. 말다툼을 하고 싸워댄다. 증오하고 살인을 한다. 섹스도 한다. 제우스가 원했던 건 섹스―여신들, 인간들, 암소들, 암곰들을 상대로―가 전부였는데 자신의 본래 모습뿐 아니라. 흥미롭게도 짐승으로 변신해 그짓을 하고 다녔다. 거대한 황소로 변해 여자 위에 올라타고, 날개를 퍼덕이는 흰 백조가 되어 여자를 겁탈하고. 신들의 왕은 욕정을 채울 상대가 부족해 늘 허덕인다. 사악한 짓을 하지 못해 안달한다. 욕망이 초래하는 온갖 미친 짓. 그 방탕. 그 타락. 더없이 난잡한 쾌락. 그리고 그 모든 것을 지켜보는 그의 아내인 여신의 분노. 영원히 홀로이고, 영원히 불가지한 존재이며, 편집광으로 보일 정도로 유일신으로만 존재하고 존재했으며 존재할, 유대인들을 염려하는 것 말고는 잘하는 일이 없는 히브리인의 신과는 다르다. 그리고 완벽하게 중성화된 기독교의 인신人神이나 조금도 더러움을 타지 않은 그의 어머니와도 다르며, 몹시 아름다운 숭고함이 불러일으키는 죄의식과 수치심과도 전혀 다르다. 대신 그리스인의 제우스는 모험에 휘말리고, 생생하게 감정을 드러내고, 변덕스럽고, 관능적이고, 그의 화려한 존재 방식과 떼려야 뗄 수 없으며, 결코 혼자가 아니고 결코 비밀스러운 존재가 아니다. 대신 신성을 지닌 오점이다. 포니아 팔리가 콜먼을 통해 이런 지식을 조금이라도 얻었더라면, 그녀의 현실에 딱 맞는 위대한 종교를 찾았을 텐데. 인간의 오만

한 환상대로 신의 형상을 따라 창조된, 우리의 신이 아닌 그들의 신. 방탕한 신. 타락한 신. 혹여 그런 게 있다면, 인생의 형상을 한 신. 인간과 똑같이 생긴 신.

"네. 그게 인간이 까마귀를 길러서 생기는 비극이죠." 여자애가 대답했다. 포니아의 말을 전혀 알아듣지 못한 것은 아니지만 정확히 이해한 것도 아닌 채. "야생 까마귀들은 프린스가 같은 종족이라는 걸 알아보지 못해요. 프린스도 못 알아보고요. 그럴밖에요. 그런 걸 각인이라고 불러요." 여자애가 포니아에게 말했다. "프린스는 까마귀인데도 까마귀처럼 행동하는 법을 모르는 거예요."

갑자기 프린스가 까악거리기 시작했는데, 진짜 까마귀의 울음소리가 아니라 스스로 우연히 터득한, 다른 까마귀들을 미쳐 날뛰게 했던 그 울음소리였다. 녀석은 이제 새장 문 위에 앉아 비명을 지르듯 울어대고 있었다.

매혹적인 미소를 지으며 포니아가 돌아서서 말했다. "칭찬으로 받아들일게, 프린스."

"여기 와서 자기 흉내를 내는 초등학생들 흉내를 내고 있는 거예요." 여사애기 설명했다. "학교에서 소풍을 나온 아이들이 까마귀 흉내를 내잖아요? 프린스는 그 아이들 소리를 각인한 거예요. 에둘이 저런 소리를 내거든요. 프린스는 자기 나름의 언어를 고안해낸 거예요. 아이들한테 배운 걸로."

포니아가 목소리를 변조하며 말했다. "난 프린스가 만들어낸 저 이상한 소리가 좋아요." 그러면서 다시 새장 쪽으로 돌아갔고 문에서 겨우 몇 인치 떨어진 데에 섰다. 그녀는 한 손을, 반지 낀 손을 들어올리며 새에게 말을 걸었다. "여기. 여기. 내가 너 가지고 놀라고 뭘 가져왔는지 봐." 그녀는 반지를 빼서 녀석이 가까이 들여다볼 수 있도록 위로 쳐들었다. "프린스가 내 오팔 반지를 맘에 들어하는데요."

"우리는 프린스한테 가지고 놀라고 열쇠를 줘요."

"그럼, 프린스가 출세한 거네요. 우리도 아직 못했는데 말이죠. 자, 여기. 삼백 달러짜리야." 포니아가 말했다. "어서, 가지고 놀아도 돼. 이렇게 비싼 반지를 주는데도 몰라보는 거야?"

"가져갈 거예요." 여자애가 말했다. "안으로 갖고 들어갈 거예요. 하는 짓이 딱 팩랫*이라니까요. 먹이를 받으면 새장 벽에 난 틈새에 꽂아넣고는 부리로 쳐서 안으로 밀어넣어요."

까마귀가 부리로 반지를 단단히 물고는 머리를 좌우로 획획 움직였다. 반지가 바닥에 떨어졌다. 떨어뜨린 것이다.

포니아는 허리를 숙여 반지를 집어들고는 다시 까마귀에게 내밀었다. "자꾸 떨어뜨리면 안 줄 거야. 너도 알잖아. 삼백 달러짜리야. 너한테 삼백 달러짜리 반지를 주는 거야. 너 도대체 뭐야, 기둥서방이라도 되는 거야? 가지려면 받아야 해. 알겠지? 받을 거지?"

까마귀는 다시 부리로 그녀의 손가락 사이에서 반지를 잡아채 단단히 물었다.

"고마워." 포니아가 말했다. "안에 가져가." 그녀는 여자애한테 들리지 않게 속삭였다. "네 새장 안에 갖다놔. 어서. 너한테 주는 거야."

하지만 까마귀는 다시 반지를 떨어뜨렸다.

---

* 북미에 분포하는 쥐. 무엇이든 물어다 보금자리에 모아두는 습성이 있다.

"걔 아주 영리해요." 여자애가 포니아를 향해 소리쳤다. "우리는 쟤랑 놀아줄 때 생쥐 한 마리를 통에 넣고 뚜껑을 닫아서 주는데, 그러면 쟤가 통을 열 방법을 찾아낸다니까요. 정말 놀라워요."

다시 한번 포니아는 반지를 집어 내밀었고, 녀석은 그걸 받아 다시 떨어뜨렸다.

"아, 프린스, 너 일부러 그러는 거구나. 지금 놀자는 거지, 그렇지?"

까악. 까악. 까악. 까악. 그녀의 얼굴에 부리를 들이댄 채 까마귀가 자기만의 특별한 울음소리를 터뜨렸다.

포니아는 한 손을 뻗어 까마귀의 머리를 쓰다듬기 시작했고, 그리고 아주 천천히 머리에서 몸통으로 쓰다듬어 내려왔다. 까마귀는 그저 가만히 있었다. "아, 프린스. 와, 정말 아름답게 반짝거리는구나. 나한테 노래를 흥얼거리네." 한껏 들뜬 목소리로 그녀가 말했다. 마침내 만물의 이치를 알아내기라도 한 것처럼. "얘가 흥얼거리네." 그녀도 같이 흥얼거리기 시작했다. "우우…… 우우…… 으으음." 등에 난 깃털을 어루만져주는 손길을 느끼고 소 울음소리 비슷한 소리를 내는 프린스를 흉내낸 것이었다. 그러다 갑자기 딱, 딱, 부리를 부딪는 소리로 바뀌었다. "와, 그거 멋진걸." 포니아가 속삭이고는 고개를 여자애 쪽으로 돌려 쾌활하게 웃으며 말했다. "이 녀석 파는 건가요? 이 딱 소리 끝내주네요. 내가 살게요." 그러고는, 딱딱 소리를 내고 있는 녀석의 부리 쪽으로 점점 가까이 자신의 입술을 가져가면서 속삭였다. "그래, 내가 널 데려갈게, 내가 널 살게—"

"걔 물기도 해요. 눈 조심하세요." 여자애가 말했다.

"아, 얘가 무는 건 나도 알아요. 벌써 두어 번 물렸거든요. 처음 만났

을 때도 날 물었어요. 하지만 딱 소리까지 내다니. 와, 얘들아, 얘가 내
는 딱딱 소리 좀 들어보렴."

그녀는 자신이 죽으려고 얼마나 애를 썼는지 기억해냈다. 두 차례였
다. 실리폴스에서 살던 방 안에서였다. 아이들이 죽은 다음 달, 두 번
이나 자살을 시도했다. 첫번째에는 거의 성공할 뻔했다. 간호사에게
이야기를 들어서 안다. 모니터에 심장박동 표시도 뜨지 않았다고 한
다. 그러면 보통은 죽어요, 하고 간호사는 말했다. 하지만 어떤 여자들
은 아주 운이 좋다. 나는 정말 열심히 노력했다. 샤워를 하고 다리 제
모도 하고, 내가 가진 가장 좋은 치마인 긴 데님 스커트를 입은 기억이
난다. 랩어라운드스커트였다. 그리고 그해 여름 그 무렵에 브래틀버러*
에서 산, 자수로 장식된 블라우스를 입었다. 진과 발륨**이 기억나고, 무
슨 가루도 희미하게 생각난다. 이름은 잊어버렸다. 쥐약 같은 거였는
데 쓴맛이 나서 버터스카치 푸딩에 넣었다. 내가 오븐을 틀었던가? 아
니면 잊어버렸었나? 창백해졌을까? 얼마나 오래 잠들어 있었을까? 언
제 사람들이 문을 부수기로 한 걸까? 누가 문을 부수기로 했던 건지
는 지금도 모른다. 준비를 하는 내내 나는 거의 황홀경에 빠져 있었다.
살다보면 축하할 만한 순간들이 있다. 의기양양해지는 순간들 말이
다. 옷을 한껏 차려입을 필요가 있는 순간들. 아, 난 정말 잘 차려입었
는데. 머리도 땋았다. 눈 화장도 했다. 날 낳아준 어머니가 자랑스럽게
여길 만한 모습이었고, 칭찬을 들을 만했다. 아이들이 죽었다는 소식
을 전하기 위해 바로 그 전주에 엄마에게 전화를 걸었었는데. 이십 년

---

* 버몬트 주의 도시.
** 신경안정제.

만에 처음 건 전화였다. "포니아예요, 엄마." "그런 이름 가진 사람 몰라요. 미안해요." 그러고는 전화가 끊겼다. 나쁜 년. 내가 가출한 후로 그 여자는 만나는 사람마다 붙잡고 떠들어댔다. "남편이 좀 엄한 편인데 포니아는 규칙을 지키며 살 수 없는 아이예요. 걘 한 번도 규칙 같은 걸 지킨 적이 없으니까." 고전적인 은폐 수법. 세상에 어느 부잣집 여자애가 계부가 엄하다고 가출을 한단 말인가? 그애가 가출한 건 계부가 엄한 인간이 못 되었기 때문이야. 나쁜 년아. 계부가 방탕하기 이를 데 없어서 의붓딸을 그냥 놔두지 않았기 때문이라고. 어쨌든 나는 내가 가진 옷 중에서 제일 좋은 옷으로 쫙 빼입었다. 조금이라도 후줄근하게 보여서는 안 되니까. 두번째 시도 때는 차려입지 않았다. 그리고 옷을 차려입지 않은 것만 봐도 모든 걸 알 수 있다. 첫번째 시도에서 실패한 이후 나는 열의를 잃었다. 두번째는 갑작스러웠고 충동적이었으며 즐거운 마음 따위 없었다. 첫번째 때는 결심이 서기까지 오랜 시간이 걸렸는데, 온갖 일들을 예상하며 며칠 밤낮을 보냈다. 조제약. 그 가루약을 구입하는 일. 처방전을 받는 일. 하지만 두번째 때는 서둘렀다. 독창성도 없었다. 중도에 멈췄는데 숨이 막히는 걸 견딜 수 없어서 그랬던 것 같다. 목이 꽉 졸려 정말 조금도 숨을 들이쉴 수 없었다. 그래서 서둘러 전선의 매듭을 풀어버렸다. 첫번째 시도에서는 서두를 일이 전혀 없었다. 조용하고 평온했다. 애들은 세상을 떠났고 걱정하고 챙겨야 할 사람도 없고, 온 세상의 시간을 전부 가진 것 같았다. 그때 제대로만 했더라면. 그때는 기쁨이 있었는데. 마침내 아무것도 존재하지 않는 상태에 이르면 마지막 기쁨의 순간이 있다. 분노 속에서 선택한 방식으로 죽음을 맞은 순간, 그때까지의 분노는 사라지고 없다. 오로지 희열뿐이다. 이 생각이 머릿속에서 떠나질 않는다. 이번주 내내 그렇다. 그가 〈뉴욕 타임스〉에 실린 클린턴 관련 기사를 읽어주는 동안에도 나는 닥터 키보키언*과 그가 발명한 일산화탄소 흡입 기계에 대해서만 생각하고 있었다. 깊이 들이마시기만 하면 돼. 더 들이마실 게 없을 때까지 빨아들이기만 하면 되는 거야.

"'정말 귀여운 아이들이었습니다.' 이웃 주민은 말했다. '그런 일이 나나 내 친구들에게 일어나는 건 상상도 하기 싫습니다. 그나마 다행인 건 포니아가 아이들이 이제 신의 보살핌을 받게 되었다고 믿는다는 거예요.'"

신문에 실린 어떤 재수 없는 인간의 말이다. 관내 주택 화재로 어린이 두 명 질식사. "도널드슨 경사의 발표에 따르면, 1차 조사에서 난로가 원인임을 나타내는 증거를 포착했으며…… 그 국도 주변에 사는 주민들의 증언에 따르면 자신들이 화재가 났음을 알아차렸을 때 아이들의 어머니가……"

아이들의 어머니가 어떤 놈의 거시기를 빨고 있던 걸 내팽개치고 뛰쳐나갔었지.

"얼마 후 집 안 복도에서 아이들의 아버지인 레스터 팔리가 나타났다고 이웃 주민들은 증언했다."

확실히 나를 죽일 태세였는데. 하지만 그 인간은 나를 죽이지 못했다. 그리고 나도 나를 죽이지 못했다. 놀랍다. 죽은 아이들의 엄마를 아직 아무도 죽이지 않았다니 놀랍다.

---

* 잭 키보키언. 미국의 의사. 말기 환자들의 안락사를 공개적으로 주장하고 실제로 환자들의 안락사를 돕기도 하다 결국 살인죄로 복역했다.

"아니, 그러지 못했어, 프린스. 그것마저도 실패했어." 그녀는 새에게 속삭였다. 그녀의 손바닥 아래 윤기 흐르는 흑빛 몸통은 일찍이 그녀가 애무했던 그 어떤 것보다 따스하고 매끄러웠다. "그래서 대신에 우리가 여기 이렇게 함께 있게 된 거야. 까마귀로 사는 법을 모르는 까마귀 한 마리랑, 여자로 사는 법을 모르는 여자 하나가 말이야. 우리는 천생연분이야. 나하고 결혼해줘. 엉터리 까마귀, 넌 나의 운명이야." 그런 다음 그녀는 뒤로 물러나 허리를 숙여 절했다. "잘 있어, 나의 왕자님."

그러자 새가 반응을 보였다. "멋져. 멋져. 멋져"라고 들리는 듯한 고음의 울음소리에 그녀는 다시 한번 웃음을 터뜨렸다. 직원 여자아이에게 작별인사를 하려고 몸을 돌린 그녀가 말했다. "길에서 남자들한테서 듣는 말보다 훨씬 낫네요."

그녀는 반지를 거기 두고 왔다. 콜먼의 선물을. 여자애가 보지 않는 틈을 타 새장 안에 반지를 숨겼다. 까마귀와의 약혼. 이게 정답이다.

"고마워요." 포니아가 소리쳤다.

"무얼요. 좋은 하루 보내세요." 여자애가 포니아의 등에 대고 소리쳤다. 포니아는 아침을 마저 먹고 콜먼과의 관계가 어떻게 될지 보기 위해 다시 콜먼의 집으로 차를 몰았다. 반지는 새장 안에 있다. 프린스가 가지고 있다. 프린스가 삼백 달러짜리 반지를 가지고 있다.

피츠필드에 있는 이동 추모비를 보러 가는 여행은 베터런스데이*에

---

* 미국에서 참전군인들을 기리는 날. 11월 11일.

시작되었다. 그날은 국기가 조기弔旗로 게양되고, 여러 도시에서 퍼레이드가 벌어지며─백화점에서 행사를 하기도 하고─, 레스와 똑같은 기분인 재향군인들이 국민과 조국 그리고 정부에 대해 일 년 중 그 어느 날보다도 혐오감을 많이 느끼는 날이었다. 지금 나더러 시시한 퍼레이드에 참가해, 악단이 음악을 연주하고 인간들이 깃발을 흔들어대는 꼴을 보며 행진을 하라는 건가? 지금 저 인간들이 아주 잠깐 베트남전 참전군인들의 존재를 인식하고 자기만족을 느끼기 위해 하는 짓거리들을 거들라는 건가? 지금 행진에 나와서 그를 보고 싶어 저렇게 안달하는 인간들이 그가 귀향했을 때는 어째서 그에게 침을 뱉었던 거지? 재향군인들은 길바닥에서 자는데 병역을 기피한 놈들은 백악관에서 자다니, 어떻게 이럴 수 있지? 국군통수권자 뺀질이 윌리*. 순 개자식 같으니. 재향군인보훈국 예산은 줄줄 새고 있는데 유태인 계집의 푸짐한 젖이나 주물럭거리고. 섹스에 대해서 거짓말을 하고 있다고? 웃기고 있네. 빌어먹을 정부는 입만 열면 죄다 거짓말인데. 그래, 미합중국 정부는 베터런스데이로 더 조롱하지 않아도 이미 이 레스터 팔리를 조롱할 만큼 조롱했다.

그런데도 그는 하고많은 날 중에서 하필 그날, 루이의 밴을 타고 피츠필드로 향했던 것이다. 거의 십오 년 동안 전국을 순회한, 진짜 추모비의 절반 크기인 복제품을 향해 가고 있었다. 이번에는 피츠필드해외참전군인회 주최로 11월 10일부터 16일까지 호텔 라마다 인의 주차장에서 전시되고 있었다. 중국 음식 먹기 시험에서 그를 돌봐줬던 이

─────────────

* 빌 클린턴을 가리킴.

들이 이번에도 함께했다. 그들은 그가 혼자 감당하게 내버려두지 않을 거라고 그를 계속 안심시켰다. 우리도 같이 가서 자네 곁에 붙어 있을 거고, 여차하면 하루 이십사 시간, 일주일 내내 자네와 함께 있을 걸세. 루이는 레스가 여행 후 자기 집에서 자기 부부와 함께 지내도 된다는 제안까지 했다. 아무리 시간이 걸리더라도 자기 부부가 레스를 돌봐줄 수 있다는 것이었다. "레스, 원치 않으면 혼자 자네 집에 돌아가지 않아도 되네. 난 자네가 굳이 그럴 필요가 없다고 생각해. 우리 집에 와서 나랑 테시랑 같이 지내보세. 테시는 전부 봐왔거든. 테시는 이해해준다네. 테시는 신경 안 써도 돼. 내가 귀국했을 때, 나를 격려해준 사람이 바로 테시였네. 당시 나는 아무도 나한테 이래라저래라 할 수 없다고 생각하고 있었지. 누가 건드리지 않아도 폭발하기 일보 직전이었어. 무슨 소린지 자네도 잘 알 거야. 자네도 다 알 거야, 레스. 하지만 천만다행히도 테시가 굳건하게 내 곁을 지켜줬네. 만약 자네가 원한다면 테시는 자네 곁을 지켜줄 거야."

　루이는 레스에게 형제나 마찬가지였다. 최고로 이상적인 형제였다. 하지만 추모비를 보러 가는 문제에 한해서는 레스를 그냥 내버려두지 않았기 때문에, 레스가 추모비를 대면해야 한다는 데에 빌어먹을 정도로 광적인 집착을 보였기 때문에, 레스는 그의 목을 움켜쥐고 콱 솔라버리고 싶은 충동을 억누르기 위해 무진 애를 먹었다. 절름발이 스페인놈아, 날 좀 내버려줘! 네놈이 추모비에 참배하러 가는 데 십 년이나 걸렸다는 이야기는 집어치워. 추모비 참배 후에 인생이 얼마나 바뀌었느니 하는 것도 집어치워. 마이키랑 어떻게 화해했는지 하는 이야기도 집어치우라고. 추모비에서 마이키가 너한테 했다는 이야기도 집어치우라고. 알고 싶지 않다고!

그럼에도 불구하고 그들은 출발했다. 그곳으로 가고 있는데, 루이가 또다시 그에게 이야기한다. "'괜찮아, 루.' 마이키가 나한테 그랬지. 케니도 자네한테 그렇게 말할 거야. 마이키는 말일세, 레스, 이제 그만 내 인생을 살아도 괜찮다고 말해줬다네."

"못하겠어요, 루. 차 돌려요."

"진정하게, 친구. 벌써 절반이나 왔어."

"빌어먹을 차 돌리라고!"

"레스, 직접 가보지 않고는 몰라. 가봐야 해." 루이가 다정한 목소리로 말했다. "가서 직접 알아봐야 할 거 아닌가."

"알고 싶지 않다고!"

"약을 조금만 더 먹는 게 어떻겠나? 아티반 조금. 발륨 조금. 조금 더 먹는 건 해롭지 않아. 레스한테 물 좀 줘, 쳇."

루이는 피츠필드에 도착하자, 일단 라마다 인 길 건너편에 주차했다. 레스를 밴에서 내리게 하는 게 쉽지 않았다. "안 할 거야." 레스가 말했다. 그래서 다른 사람들은 차 밖에서 담배를 피우면서 아티반과 발륨이 약효를 보일 때까지 레스를 기다렸다. 루이는 길가에 서서 레스에게 눈을 떼지 않았다. 주변에는 경찰차와 버스 들이 잔뜩 와 있었다. 추모비 앞에서는 의식이 진행되었고, 아마도 그날 아침 열다섯번째 연사일 지역 정치인 하나가 확성기에 대고 떠들어대는 소리가 들렸다. "제 뒤에 있는 추모비에 이름이 새겨진 사람들은 여러분의 친척이며 친구이며 이웃입니다. 기독교도, 유태교도, 무슬림도 있고, 흑인과 백인 그리고 아메리카 원주민도 있습니다. 모두가 미국인입니다. 이분들은 조국을 지키고 보호하겠다고 서약했고, 그 서약을 지키기 위해 목숨을 바쳤습니다. 아무리 이분들을 기리고 성대한 의식을 치른다 하더라도 우리는 감사와 존경을 충분히 표현할 수 없을 것입니다. 제가 읽어드릴 이 시는 몇 주 전 오하이오에서 누군가 이 추모비에 남긴 것인데, 여러분에게도 들려드리고 싶습니다. '우리는 기억합니다, 미소를 띤, 자랑스럽고 강한 당신을/ 당신은 우리에게 걱정하지 말라고 했습니다/ 우리는 기억합니다, 당신과 나눈 마지막 포옹과 키스를……'"

그 연설이 끝나자 또다른 연설이 시작되었다. "……하지만 이 추모비에 새겨진 이름들을 등뒤에 두고서 저는 여기 모인 여러분들을 둘러봅니다. 저처럼 중년에 이른 남성분들의 얼굴을 봅니다. 훈장이나 군복을 떠올리게 하는 다른 기념물들을 달고 계신 분들의 눈빛에서 살짝 슬픔의 기색을 봅니다. 어쩌면 그것은 만리타국에서 우리가 보병으로 형제처럼 지내던 시절에 우리 모두에게 밴 '천 야드를 응시하는 시선'* 의 흔적일지도 모르겠습니다. 그런 걸 볼 때면, 어째서인지 삼십 년 전 그때로 돌아가게 됩니다. 이 이동 추모비와 같은 이름을 가졌지만 영구히 한자리만 지키는 추모비는 1982년 11월 13일 워싱턴 국립공원에서 제막되어있습니다. 제가 거기 가기까지 대략 이 년 반이 걸렸습니다. 돌아보면, 베트남전 참전군인들이 대부분 그랬던 것처럼, 추모비가 고통스러운 기억을 되살려낼 거라는 걸 알기 때문에 의식적으로 피했던 것입니다. 그랬기 때문에, 워싱턴에 머물던 어느 날 저녁, 이스름이 깔릴 무렵, 저는 혼자 추모비에 갔습니다. 디즈니월드에 갔다 돌아오던

---

* 전쟁 트라우마를 앓는 군인의 초점을 잃은 시선을 가리키는 표현.

길이었는데, 저는 아내와 아이들을 호텔에 남겨두고 그곳을 찾아갔고, 제가 지금 서 있는 이 자리와 비슷한, 추모비의 꼭짓점 자리에 혼자 섰습니다. 그러자 기억이 한꺼번에 밀려왔습니다. 온갖 감정이 소용돌이쳤습니다. 바로 이곳 피츠필드에서 함께 성장하고 함께 야구도 했지만 이제는 추모비 위에 남은 이들이 떠올랐습니다. 제 무전병이었던 샐도 생각났습니다. 우리는 베트남에서 만났습니다. 우리는 출신지를 맞히는 게임을 했었습니다. 매사추세츠. 매사추세츠. 매사추세츠 어디? 그 친구는 웨스트 스프링필드 출신이었습니다. 저는 피츠필드 출신이라고 말했지요. 그런데 샐은 제가 베트남을 떠나오고 나서 한 달 만에 전사했습니다. 저는 4월에 고향으로 돌아왔는데, 지역신문을 집어들었다가, 피츠필드든 스프링필드든 이제 다시는 샐을 만나 한잔할 수 없게 되었다는 걸 알게 되었습니다. 함께 참전했던 다른 사람들도 떠올랐고……"

그 연설이 끝나고 나서 악대—보병군악대일 가능성이 높았다—가 〈그린베레 전송가戰頌歌〉를 연주했는데, 루이는 추모식이 완전히 끝난 뒤에 레스를 밴에서 내리게 하는 게 최선이라고 결론을 내렸다. 루이는 그런 연설이나 감상적인 음악 같은 것을 감당하지 않아도 되도록 도착 시간을 잡았지만, 식이 늦게 시작된 것이 분명했고 그래서 여전히 진행중이었던 것이다. 하지만 손목시계를 들여다보고는 정오가 다 되었으니 식이 곧 끝날 거라고 생각했다. 그리고 아니나 다를까, 갑자기 추모식이 마무리에 접어들었다. 나팔수 하나가 영결 나팔을 불었다. 다행이었다. 거리로 나와 빈 버스와 경찰차 들 한복판에 서서 영결 나팔 소리를 듣는 것은 정말 힘든 일이니까. 그 자리에 있어야 하는 것도 모자라, 온통 울음바다에 영결 나팔에 추모비까지. 영결 나팔, 고통스러운 영결 나팔, 영결 나팔의 끔찍한 마지막 음에 이어, 악대가 〈신이여, 미국을 축복하소서〉*를 연주했고, 추모비 앞에 모인 사람들이 따라 부르는 소리—"산에서 평원으로, 흰 포말이 이는 대양으로"—가 루이의 귀에도 들려왔고, 잠시 후 식이 끝났다.

레스는 여전히 밴 안에서 몸을 떨고 있었다. 하지만 계속 등뒤를 돌아보지는 않았고, 이따금 머리 위에 "그것들"이 있는지 보기 위해 고개를 들 뿐이었다. 곧 있으면 알게 될 것에 대한 두려움에 지금 레스의 일생이 걸려 있고, 지금 해야 할 일은 레스를 그곳으로 데려가 빨리 해치워버리는 것임을 루이는 잘 알았다. 그래서 어색하게 다시 밴 안으로 기어들어가 레스의 옆자리에 앉았다.

"자네를 위해 케니의 이름을 찾아보라고 스위프트를 먼저 보낼 거야, 레스. 추모비가 상당히 길거든. 스위프트랑 다른 친구들이 가서 미리 위치를 찾아놓는 게 자네가 직접 그 이름들을 다 훑는 것보다는 나을 것 같아서. 이름은 시간순으로 판에 새겨 추모비에 붙이지. 맨 처음 사람부터 맨 나중 사람까지 시간순으로 거기 올라가 있다는 말이야. 자네가 알려줘서 케니의 날짜를 아니까 찾는 데 그리 오래 걸리지는 않을 거야."

"난 안 볼래요."

스위프트가 밴으로 돌아왔다. 그는 문을 아주 조금만 열고는 그 사이로 루이에게 말했다. "케니를 찾았어요. 그 친구를 찾았다고요."

---

* 1918년 어빙 벌린이 애국을 주제로 만든 노래. 미국에서는 국가(國歌)인 〈성조기〉 못지 않게 각종 의식에서 연주된다.

"좋아, 이제 시작이야, 레스터. 우는소리는 하지 말게. 자네는 저기까지 걸어갈 거야. 호텔 뒤쪽으로 돌아가면 있어. 거기 가면 우리가 지금 하고 있는 거하고 똑같은 걸 하는 사람들이 있을 거야. 간단한 공식 추모식이 있었는데 그건 끝났으니까 자넨 걱정 안 해도 돼. 연설 같은 건 없을 거야. 헛소리도 없을 거고. 애들이랑 부모들이랑, 할머니들하고 할아버지들밖에 없을 거고, 다들 우리랑 똑같은 걸 하고 있을 거야. 화환을 바치고 있겠지. 기도문도 외고. 대부분 이름을 찾아보고 있을 거야. 사람들이 모이는 데는 다 그렇듯 자기들끼리 이야기를 하고 있을 거라니까, 레스. 우는 사람도 있겠지. 그게 거기서 벌어지는 일의 전부야. 이제 자네도 거기서 무슨 일이 벌어지는지 알게 된 거야. 서두를 건 없지만 그래도 자네는 우리랑 같이 가야 해."

11월치고는 이례적으로 따뜻한 날씨였다. 추모비에 가까이 가면서 보니 윗도리 없이 셔츠만 걸친 남자들이 많았고, 반바지 차림인 여자들도 있었다. 11월 중순인데도 사람들이 선글라스를 끼고 있다는 것만 빼면, 꽃과 사람들, 아이들, 할머니들과 할아버지들, 모든 게 루이가 설명한 그대로였다. 이동 추모비 또한 색다를 게 없었다. 레스는 잡지와 티셔츠 같은 데서 본 적이 있었다. 수도에 있는 진짜 추모비가 텔레비전에 나왔을 때, 재빨리 전원을 끄기 전에 힐끗 본 적도 있었다. 머캐덤 포장*이 된 주차장 전체에 걸쳐 눈에 익은 판들이 죽 잇대어져 서 있었다. 똑바로 세워진 짙은 색 판들이 양끝으로 갈수록 점차 높이가 낮아지는 형태의 수직형 추모비에는 흰 글자로 새긴 이름들이 빼곡히

---

* 겉에 자갈을 펴서 굳게 다지는 포장 공법.

들어차 있었다. 전사자의 이름은 성인 남자 새끼손가락의 사분의 일 크기였다. 이제 더이상 산책을 나가거나 영화관에 갈 수 없지만, 그럴 가치가 있건 없건, 매사추세츠 주의 라마다 인 주차장에서 가로 2인치 세로 4인치 틀에 떠받쳐진 이동식 검은 알루미늄판에 새겨진 이름으로만 존재하는 58209명의 전사자를 다 기록하자니 그렇게 잔글씨가 될 수밖에 없었다.

스위프트는 처음 추모비를 보러 갔을 때 버스에서 내리지도 못했다. 그래서 사람들이 버스에서 강제로 끌어내렸고, 계속 끌고 가서야 겨우 추모비를 똑바로 대면하게 할 수 있었는데, 후에 그는 이렇게 말했다. "추모비가 우는 소리를 들었어." 쳇은 처음 추모비를 보러 갔을 때 주먹으로 추모비를 치면서 악을 썼다. "여기 빌리의 이름이 있다니. 안돼, 빌리, 안 돼! 여기 있어야 하는 건 내 이름이야!" 밥캣은 처음 추모비를 보러 갔을 때 그저 손을 뻗어 거기 댔는데, 그러고는 얼어붙은 것처럼 손을 떼지 못했다. 재향군인보훈국의 의사 말로는 일종의 발작이라고 했다. 루이는 처음 추모비를 보러 갔을 때 무엇이 문제인지 요점을 파악하는 데 그리 오랜 시간이 걸리지 않았다. "좋아, 마이키." 루이는 큰 소리로 말했다. "내가 왔어. 내가 여기 왔다고." 그러자 마이키가 곧바로 자신의 목소리로 대답해줬던 것이다. "괜찮아, 루. 괜찮다니까."

레스는 이 모든 첫 경험 일화들을 알고 있었다. 그리고 지금 그는 처음으로 그 앞에 섰는데 아무것도 느껴지지 않는다. 아무 일도 일어나지 않는다. 모두가 그에게 더 나아질 거라고, 점점 받아들이게 될 거라고, 자꾸 추모비를 찾다보면 점점 나아져서 나중에는 워싱턴에도 갈

수 있고 커다란 추모비에서 케니의 이름도 찾아낼 수 있을 거라고, 그리고 무엇보다 그게 진정한 정신적 치료가 될 거라고 이야기한다. 이토록 엄청난 격려를 받았는데, 아무 일도 일어나지 않는다. 아무 일도. 스위프트는 추모비가 우는 소리를 들었다는데, 레스는 아무 소리도 들리지 않는다. 아무 느낌도 없고, 아무 소리도 들리지 않으며, 심지어 아무런 기억도 떠오르지 않는다. 자식들 둘이 죽었을 때처럼. 조금 전까지 엄청 요란을 떨었는데 아무것도 느껴지지 않다니. 여기 와서 너무 격한 감정이 들까봐 그렇게 두려워했는데, 아무 느낌도 없다니, 더 끔찍하다. 루이, 중국 식당 순례, 치료제, 금주 등 그 모든 것에도 불구하고, 그가 내내 자신은 이미 죽었다고 생각했던 게 결국 옳았던 것이다. 중국 식당에서 그는 뭔가를 느꼈고, 잠시나마 스스로를 속일 수 있었다. 하지만 케니에 대한 기억조차 떠올릴 수 없는 지금, 그는 자신이 죽었다는 것을 확신한다. 케니에 대한 기억 때문에 몹시 괴로워했었는데 이제는 어떤 식으로든 그 기억에 닿을 수도 없다.

그가 추모비에 처음 왔기 때문에 다른 사람들은 그의 곁을 떠나지 않고 챙긴다. 그들은 한 번에 한 사람씩 자신들의 전우를 참배하기 위해 잠깐 그에게서 멀어지기도 하지만, 누군가 한 사람은 꼭 그와 함께 있으며 그의 상태를 살피고, 잠시 자리를 비웠던 사람도 돌아오면 두 팔을 벌려 레스를 포옹한다. 그들 모두 이제 그 어느 때보다도 자신들이 마음이 통하는 사이가 되었다고 여긴다. 게다가 레스가 이 상황에 맞는 멍한 표정을 짓고 있기 때문에 레스가 얻었으면 하고 그들이 바랐던 경험을 레스가 하고 있다고 여긴다. 레스가 고개를 들어, 주차장 위쪽에 조기로 게양된 전쟁 포로와 작전 중 실종자를 기리는 검은

색 깃발과 세 개의 성조기 중 하나를 올려다보면서 케니나 베테런스데이 같은 것을 생각하는 게 아니라는 것을, 피츠필드에서 모든 깃발이 조기로 게양된 것은 레스 팔리가 죽었다는 사실이 마침내 확정되었기 때문이라고 생각한다는 것을 일행은 까맣게 모른다. 이것은 공인된 사실이다. 레스는 내면만 죽은 게 아니라 완전히 죽었다. 그는 이런 생각을 다른 사람들에게 말하지 않는다. 말한들 무슨 소용이 있겠는가? 진실은 진실인 것을. "자네가 자랑스럽네." 루이가 레스에게 속삭인다. "자네가 해낼 수 있다는 걸 난 알고 있었어. 이럴 거라는 걸 알고 있었다고." 스위프트가 레스에게 말한다. "혹시 이 일에 대해 말하고 싶으면……"

평온함이 레스를 압도해버린 지금, 그들 모두는 그 평온이 치유의 결과라고 착각한다. '치유의 추모비.' 호텔 앞에 내걸린 간판의 문구인데, 그것이 추모비가 하는 일이다. 케니의 이름 앞에서 참배를 마친 다음 그들은 레스를 데리고 추모비를 따라 이쪽 끝에서 저쪽 끝까지 걸으면서 사람들이 이름을 찾는 것을 구경하기도 하고, 레스터가 그 모든 것을 받아들이기를 기다리고, 지금 그가 어디에 있는지, 무엇을 하는지 깨닫기를 기다린다 "아가, 이 벽은 기어오르면 안 된단다." 한 여자가 추모비 끝의 낮은 판 너머를 넘겨다보고 있는 어린 남자애를 두 팔로 껴안으면서 조용히 타이른다. "그 이름이 뭐지? 스티브의 성이 뭐지?" 꼭대기에서부터 한 줄 한 줄 주의 깊게 손가락으로 헤아리며 추모비 판들 가운데 하나를 샅샅이 살피고 있는 나이 지긋한 한 남자가 아내에게 묻는다. "여기 있네." 한 여자가 이제 막 걸음마를 탄 어린애에게 하는 말이 들린다. 여자는 추모비에 새겨진 이름 하나를 손가락으로 짚는다. "여기야, 아가야. 자니 삼촌이란다." 그러고 여자는 성호를 긋는다. "스물여덟째 줄이 확실해?" 한 여자가 남편에게 묻는다. "확실하다니까." "그럼, 저기 있어야 되는데. 네번째 판, 스물여덟째 줄. 워싱턴에 있는 추모비에서는 찾았는데." "아, 못 찾겠어. 다시 세어볼게." "사촌이랍니다." 한 여자가 말하고 있다. "거기서 콜라병을 하나 땄을 뿐인데, 그게 폭발했대요. 부비트랩이었던 거죠. 겨우 열아홉 살이었는데. 후방에 있었고. 하느님 부디 그 아이에게 안식을." 미국재향군인회 모자를 쓴 참전용사 하나가 깨끗하게 옷을 차려입은 흑인 여성 두 명을 도와주느라 추모비 판들 가운데 한 곳 앞에 무릎을 꿇고 있다. "그분의 이름이 뭐죠?" 두 여자 가운데 더 젊어 보이는 쪽에게 남자가 묻는다. "베이츠요. 제임스 베이츠." "여기 있네요." 참전용사가 말한다. "아빠가 여기 있어요, 엄마." 젊은 여자가 말한다.

추모비는 워싱턴에 있는 추모비의 절반 크기밖에 되지 않기 때문에 많은 사람이 이름을 찾느라 무릎을 꿇어야 하고, 나이가 좀 든 사람들에게는 그게 특히 힘들다. 셀로판지로 싼 꽃다발이 추모비 여기저기에 기대어져 있다. 누군가가 종잇조각에 시를 써서 추모비 하단에 테이프로 붙여놓았다. 루이가 허리를 굽혀 읽는다. "별빛, 반짝이는 별빛 / 오늘밤 내가 본 첫 별……" 울어서 눈이 벌게진 사람들도 있다. 루이가 쓰고 있는 것과 똑같은 검은색 베트남전 참전군인 모자를 쓴 사람들도 있는데, 몇몇은 모자에 종군기장을 핀으로 달아놓기도 했다. 열 살 정도로 보이는 포동포동한 사내아이가 고집스럽게 추모비를 등진 채 한 여자에게 말한다. "읽기 싫다구." 제1보병사단 티셔츠―'빅 레드 원'*이라고 쓰여 있다―를 입고 문신을 잔뜩 한 사내는 뭔가 끔찍한 생각이 떠올랐는지 잔뜩 긴장한 채 멍한 눈길로 어슬렁거리고 있다. 루이가 멈춰 서서 그를 붙잡더니 안아준다. 일행 모두가 그 사내와 포옹한다. 심지어 레스까지 그와 포옹하게 만든다. "내 고등학교 친구 둘이 저기에 이름이 있는데, 한 명이 죽고 나서 채 사십팔 시간도 못 되어 또 한 명을 잃었소." 그의 옆에 있던 사내가 그 말을 받는다. "두 놈 다 같은 장례식장에서 장례를 치렀소. 킹스턴 고등학교 동창들한테는 슬픈 하루였지." "그 친구는 베트남에 파병된 1진이었소." 또다른 누군가가 말한다. "우리 중에서 살아 돌아오지 못한 유일한 친구지. 그 친구가 저기 있는 추모비의 자기 이름 밑에 뭘 놔두면 좋아할지 아쇼? 바로 베트남에서 그 친구가 소원했던 거요. 내가 한 자도 안 틀리게 말해 주리다. 잭대니얼스 한 병, 멋진 부츠 한 켤레 그리고 여자의 거웃을 구워 만든 브라우니라오."

사내들 네 명이 둘러서서 이야기를 하고 있다. 루이는 그들이 옛일을 떠올리며 격하게 이야기하는 소리를 듣고는 무슨 이야기인지 들어보려고 멈춰 선다. 일행은 그 자리에 서서 루이를 기다린다. 네 명의 낯선 사내는 모두 머리가 희끗희끗하다. 전부 헝클어진 잿빛 머리칼이거나 잿빛 곱슬머리인데 그중 한 사람은 잿빛 포니테일이 베트남전 참전군인 모자 뒤쪽으로 비어져 나왔다.

"거기서 기계화부대 소속이었지, 너?"

"그래. 무거운 쇳덩어리를 지고 돌아다녔는데, 조만간 그놈의 캘리버50으로 되돌아갈 줄 알았지."

∗ 제1보병사단의 별칭.

"우린 죽도록 행군했다고. 그 괴상한 중부 고원지대를 다 헤집고 돌아다녔어. 그 빌어먹을 산속을 말이야."

"기계화부대는 말이야, 한 번도 후미에 서본 적이 없어. 거기 있던 내내, 처음에 기지에 갔을 때랑 휴양소에 갔을 때를 빼면 거의 십일 개월을 최전선에서 보낸 것 같아. 그게 다야."

"무한궤도가 움직이면 그놈들은 우리가 온다는 걸 알았어. 우리가 언제쯤 도착할지도 알았지. 도착해보면 B-40 로켓포가 우릴 기다리고 있는 식이었다니까. 사수놈은 로켓포를 반들반들 닦아서 거기 우리 이름까지 써놓을 정도로 여유 만만했지."

갑자기 루이가 큰 소리로 끼어든다. "우린 살아 돌아왔잖소." 루이는 알지도 못하는 사내 네 명에게 단도직입적으로 말해버린다. "우린 살아 돌아왔소, 아니오? 살아 돌아왔단 말이오. 내게 성함을 알려주시오. 성함과 주소 좀 알려주시오." 그리고 그는 바지 뒷주머니에서 메모장을 꺼내 지팡이에 기대서서 그 사내들의 정보를 적는다. 그와 테시가 자비로 한 해에 두어 번 펴내는 소식지를 보내주려는 것이다.

그런 다음 그들은 빈 의자들 앞을 지나간다. 들어올 때는 보지 못했는데, 레스가 기절하거나 도망치는 일 없이 추모비 앞에 가도록 하는 데에 온 신경을 쏟았기 때문이다. 주차장 끝자락에 회갈색 낡은 철제 접의자가 마흔한 개 놓여 있다. 어느 교회 지하실에서 꺼내오기라도 한 것 같은데, 졸업식이나 시상식에서처럼 약간 호를 그리면서 여러 줄로 배치되어 있다. 열 개짜리 세 줄, 열한 개짜리 한 줄. 엄청 공을 들여 배치한 것 같다. 의자 등받이에는 사람들 이름이 붙어 있다. 빈 의자 위에는 이름이, 한 사내의 이름이 흰 카드에 인쇄되어 놓여 있다.

의자들이 놓인 구획은 동떨어져 있고, 아무도 앉지 못하도록 네 귀퉁이에 검은색과 보라색 천을 엮은 띠를 드리워 막아놓았다.

그리고 화환 한 개가 거기 걸려 있다. 커다란 카네이션 화환. 사소한 것 하나도 놓치는 법 없는 루이가 걸음을 멈추고 꽃송이 수를 헤아려본다. 그가 짐작했듯 마흔한 송이다.

"이게 뭐예요?" 스위프트가 묻는다.

"피츠필드 출신의 전사자들. 빈 의자들은 그들을 위한 거지." 루이가 말한다.

"개자식들." 스위프트가 말한다. "이건 완전히 대학살이잖아. 이길 수 있는 전쟁을 하든가 아예 전쟁을 말든가 했어야지. 빌어먹을 개자식들."

하지만 아직 그날 오후가 끝난 게 아니다. 라마다 인 앞의 포장도로에는 날씨에 어울리지 않게 아주 두꺼운 코트를 입고 안경을 쓴 비쩍 마른 사내 하나가 있다. 뭔가 심각한 문제가 있는 것 같다. 지나가는 사람들을 향해 손가락질을 하며 소리를 지르는데, 어찌나 고함을 질러대는지 입에서 침이 튀어나올 정도다. 순찰차에서 경찰관들이 뛰어나와 그가 다른 사람을 공격하거나, 혹시라도 몸에 숨긴 총을 꺼내 사람들에게 총질을 해대기 전에 진정시키려 애쓴다. 한 손에 는 위스키 병이 그가 몸에 지닌 전부인 것처럼 보이기는 하지만. "날 봐!" 그가 소리친다. "난 좆도 아니고, 날 보면 누구나 내가 좆도 아니라는 걸 알아! 닉슨! 닉슨! 그 새끼가 날 이 지경으로 만들었어! 그 새끼가 날 이 꼴로 만들었다고! 닉슨 그 새끼가 날 베트남에 보냈어!"

어느새 숙연해진 그들은 각자 기억의 무게를 견디며 한 명씩 밴에 올라탄다. 그러면서도 길에서 난동을 피우는 사내와 달리, 레스가 전에 없이 침착한 상태인 것에 안심한다. 그들은 초월론적인 감상을 표현하는 사람들이 아니지만, 레스의 존재에서 그런 충동을 수반하는 감정을 느낀다. 집으로 운전해 오는 동안, 그들은—레스만 제외하고—살아 있다는 것과 그것의 변화무쌍함의 신비를 뼈저리게 느낀다.

레스터는 평온해 보였지만, 그건 가장일 뿐이었다. 그는 마음을 굳혔다. 내 차를 이용하자. 나 자신도 포함해 그것들을 다 죽여버리는 거다. 강변도로를 따라가다 강이 휘는 지점에서, 같은 차선에서, 그것들이 오고 있는 차선에서, 그것들을 향해 정면으로 달려드는 거다.

그는 마음을 굳혔다. 얻으면 얻었지 잃을 건 없다. 혹시 그런 일이 생기면, 혹시 이런 꼴을 보게 되면, 혹시 이런 생각을 하게 되면 그렇게 하겠다라거나, 혹시 그렇지 않으면 하지 않겠다라거나 하는 차원의 문제가 아니다. 더이상 고민하지 않을 정도로 그는 마음을 굳혔다. 그는 자살 공격 임무를 맡았고, 그의 내면은 극도의 흥분 상태이다. 말이 사라졌다. 생각도 사라졌다. 단지 보고 듣고 맛보고 냄새를 맡을 뿐이다. 이것은 분노이고, 아드레날린이고, 체념이다. 우리는 베트남에 있는 것이 아니다. 우리는 베트남 저 너머에 있다.

(일 년 뒤, 버지니아 주 노샘프턴 재향군인보훈국 병원에 다시 수용된 그는 무無와 다름없는 이 순수한 상태를 심리치료사에게 이해하기 쉬운 말로 설명하려 애쓴다. 어쨌든 비밀은 유지된다. 그녀는 의사다. 의료윤리. 두 사람 사이의 대화 내용은 철저히 비밀이다. "무슨 생각을 했어요?" "아무 생각도." "무슨 생각이든 하긴 했을 텐데요." "전혀."

"트럭에 탄 게 언제쯤이에요?" "해가 지고 난 뒤." "저녁식사는 한 상태였어요?" "전혀." "자신이 왜 트럭에 타려 한다고 생각했죠?" "이유는 있었지." "어디로 가려는 거였는지 알고 있었군요." "그놈을 잡으려고." "누구 말이에요?" "그 유태인놈. 유태인 교수놈." "왜 그러려고 했죠?" "그놈을 잡으려고." "꼭 그래야 했어요?" "꼭 그래야만 했지." "왜 꼭 그래야 했죠?" "케니." "그 사람을 죽일 작정이었군요." "맞아. 다 같이." "그럼 사전에 계획된 거였군요." "전혀." "뭘 하려는 건지 스스로 알고 있었잖아요." "그랬지." "그런데 계획하지는 않았다고요." "안 했어." "다시 베트남에 돌아와 있다고 생각했나요?" "전혀." "과거의 일들을 회상하고 있었던 거예요?" "전혀." "정글에 있다고 생각했어요?" "전혀." "기분이 더 나아질 거라고 생각했어요?" "전혀." "아이들 생각을 했어요? 그 일에 대한 보복이었어요?" "전혀." "확실해요?" "전혀 아니야." "당신이 나한테 그랬잖아요. 그 여자가 당신 아이들을 죽였다고요. '오럴 섹스가 내 아이들을 죽였어'라고 했잖아요. 그 여자한테 그걸 갚아주려고, 복수하려고 그런 거 아닌가요?" "전혀." "우울증 증세가 있었어요?" "아니, 전혀." "두 사람과 당신 자신을 죽이러 갔던 긴데, 화가 나 있었던 것 아닌가요?" "아니, 이제 화는 안 나." "팔리 씨, 당신은 트럭에 탔고, 두 사람이 어디 있을지도 알고 있었고, 그들의 전조등을 향해 차를 몰고 돌진했어요. 그런데도 그들을 죽이려 했던 게 아니라는 거예요?" "난 그들을 죽이지 않았어." "그럼 누가 죽였죠?" "자기들이 죽인 거지.")

그냥 운전만 했을 뿐이다. 그게 그가 한 일의 전부다. 사전에 계획을 세웠든 아니든. 알고 있었든 모르고 있었든. 다른 차의 전조등 불빛이 그를 향해 오고, 다음 순간 사라져버린다. 충돌한 게 아닌가? 좋아, 충돌하지 않았다. 일단 그들이 도로 밖으로 탈선하자 그는 차선을 바꿔 계속 간다. 계속 운전만 했을 뿐이다. 다음날 아침, 도로공사 인부들과 일을 나가기 위해 기다리는 동안 시내의 자동차정비소에서 그는 사고 소식을 듣는다. 다른 사내들은 이미 알고 있다.

막연히 짐작은 했지만 충돌이 없었기 때문에 자세한 사실은 몰랐다. 그 길로 차를 몰고 집에 돌아와 트럭에서 내린 뒤에도 무슨 일이 일어난 건지 확신하지 못한다. 그에게는 대단한 날이다. 11월 11일. 베터런스데이. 그날 아침 그는 루이와 함께 길을 나선다. 그날 아침 추모비에 가고, 그날 오후 집으로 돌아오고, 그날 밤에는 전부 죽여버리러 간다. 내가 그랬나? 충돌이 없었으니 알 도리가 없지만 정신 치료의 관점에서는 분명 대단한 날이었다. 그날의 전반보다 후반이 치료에 더 도움이 되었다. 이제 진정한 평온이라는 성과를 얻었다. 이제 케니의 말을 들을 수 있다. 케니와 나란히 소총을 자동 상태로 놓고 발포하고 있는데 조장 헥터가 "자기 장비 챙겨서 여기서 빠져나간다!"라고 비명에 가까운 명령을 내렸고, 그 순간 케니가 죽었다. 그렇게 순식간에. 어느 산속에서. 적의 공격, 후퇴. 그리고 케니가 죽었다. 말도 안 돼. 그의 전우, 미주리 출신이라는 점만 제외하면 그와 성장 배경이 똑같았던 농장 촌놈. 함께 낙농장을 할 작정이었는데. 겨우 여섯 살짜리 꼬마였을 때 아버지의 임종을 지켰고, 아홉 살 때 어머니의 임종을 지켜야 했던 친구, 그 친구를 키워주었고 그 친구가 너무도 좋아해서 입만 열면 늘 이야기했던 광활한 초지를 소유한 잘나가는 낙농업자인 숙부—젖소 백팔십 마리에, 한 번에 여섯 마리씩 착유할 수 있는 착유기를 열두 대나 갖춘 착유실도 가지고 있다 했다—. 그런데 그 케니가 머리가 날아가 죽어버렸다.

이제 레스는 그의 전우와 소통할 수 있게 된 듯하다. 케니가 잊힌 게 아니라는 것을 케니에게 보여줬으니까. 케니는 레스가 그렇게 하기를 원했고, 그래서 레스는 그렇게 했다. 이제 레스는 안다. 자신이 저지른 일이 무엇이건—정확히 무엇인지 확신할 수 없지만—케니를 위해 그렇게 했다는 것을. 설사 자신이 누군가를 죽였고, 그래서 감옥에 가더라도 상관없다. 자신은 죽은 사람이니까 상관없다. 케니를 위해 마지막으로 해줄 수 있는 단 하나의 일이었다. 케니의 허락도 받았다. 이제 그가 무슨 짓을 해도 케니가 이해해준다는 것을 그는 안다.

("추모비에 갔어. 거기 그 친구의 이름이 있는데도 조용해. 기다리고, 기다리고, 또 기다렸어. 난 그 친구를 바라보고, 그 친구는 날 바라봐. 나한텐 아무 소리도 안 들려. 아무것도 안 느껴져. 그래서 뭔가가 케니의 마음에 들지 않는다는 걸 알게 됐어. 뭔가 더 해야 할 일이 있었던 거야. 뭔지는 알 수 없지만. 안 그렇다면 그 친구가 그런 식으로 나를 무시할 리는 없어. 그래서 나한테 아무 말이 없었던 거지. 내가 케니를 위해 할 일이 아직 있었던 거야. 지금은 어떠냐고? 지금은 괜찮아. 이제 케니도 편히 쉴 수 있게 된 거지." "그런데 당신은 여전히 죽은 사람인가요?" "너 뭐야, 멍청이야? 이런, 너 같은 멍청이랑 무슨 이야기를 해! 내가 그런 건 죽은 사람이기 때문이라니까!")

다음날 아침, 자동차정비소에서 그는 맨 먼저, 자동차 사고 당시 자신의 전마누라가 그 유태인과 함께 있었다는 이야기를 듣는다. 모든 사람이 여자가 오럴 섹스를 해주고 있었을 거라고, 그러다 남자가 운전대를 놓친 거라고. 그래서 차가 도로를 벗어나 난간을 부수고 둔덕을 넘어가 차 앞쪽부터 강의 얕은 곳에 처박혔을 거라고 추측했다. 그 유태인이 제대로 운전할 수 없었던 거라고.

아니. 그는 전날 밤에 있었던 일을 그 사고와 연관시키지 않는다. 그는 그냥 운전을 했던 것뿐이다. 완전히 새로운 심리 상태에서.

레스가 말한다. "그래? 무슨 일이 있었는데? 누가 여잘 죽였어?"

"그 유태인이 죽인 거야. 도로를 이탈했거든."

"여자가 거기를 빨아주고 있었겠지."

"다들 그러던데."

이게 전부다. 그 사고에 대해서도 아무 느낌이 없다. 여전히 아무것도 느껴지지 않는다. 자신의 괴로움을 제외하면 말이다. 그년은 계속 그 늙은 유태인놈의 거시기를 빨아줄 수 있는데 왜 나는 지나간 일로 이렇게 괴로워해야 하지? 고통받는 건 레스이고, 그 여자는 이제 모든 고통을 털고 떠나버렸다.

어쨌든 시내의 자동차정비소에서 모닝커피를 홀짝거리는 동안 그에게는 그 일이 그런 식으로밖에 보이지 않는다.

모두가 자리에서 일어나 트럭들을 향해 가는데 레스가 말한다. "이제는 토요일 밤마다 그 집에서 흘러나오던 음악을 들을 수 없겠군."

이따금 그렇듯 아무도 그의 말을 이해하지 못했지만, 어쨌든 사람들은 그의 말에 킬킬대고, 그렇게 하루의 일과가 시작된다.

그녀가 매사추세츠 서부에 산다는 것을 밝힌다면, 〈뉴욕 리뷰 오브 북스〉를 구독하는 동료 교수들이 그 광고를 낸 사람이 그녀라고 역추

적할지도 몰랐다. 특히 그녀가 자신의 외모와 경력까지 설명한다면. 하지만 그녀가 거주지를 명확히 밝히지 않는다면 반경 100, 아니 200, 심지어 300마일 이내의 누구에게서도 단 한 통의 응답도 받지 못할 수도 있었다. 게다가 꼼꼼하게 살펴본 결과, 〈뉴욕 리뷰〉에 광고를 낸 모든 여자가 그녀보다 열다섯 살에서 서른 살이나 많았다. 그러니 그녀가 어떻게 선뜻 실제 나이를 밝히고, 자신의 모습을 있는 그대로 묘사할 수 있겠는가? 그토록 젊고 그토록 매력적이며 그토록 많은 걸 성취했다고 말하는 여자가 개인 광고를 통해 남자를 찾는 건 뭔가 중요한 것을 감추고 있거나 어딘가 문제가 있을 것이라는 의심을 불러일으킬 수밖에 없다. 그녀가 자신을 "열정적이다"라고 묘사한다면, 음심을 품은 자들은 그 말을 의도적인 도발이나 "헤프다"는 의미로 혹은 더 나쁜 쪽으로 해석할 수도 있었다. 그러면 그녀의 〈뉴욕 리뷰〉 우편함에는 결코 엮이고 싶지 않은 남자들의 편지가 쏟아질지도 몰랐다. 그렇다고 학문적, 학자적, 지적 연구보다 섹스가 단연 중요성이 덜하다고 여기는 블루스타킹*처럼 보이면, 완전히 몸을 내맡길 수 있는 섹스 상대를 만나야만 격정을 느끼는 그녀 같은 여자에게는 너무도 얌전한 남자가 반응을 보일 것이 분명했다. "귀엽다"고 소개한다면, 막연하게 이도 저도 아닌 여자들에 속하게 될 것이다. 그렇다고 솔직하게 "아름답다"고 묘사한다면, 그녀의 옛 연인들—그녀에게 눈부시다("눈부셔! 당신 얼굴은 고양이처럼 매력적이야" 같은 문장으로), 매혹적이다, 넋을 잃을 정도다 찬사를 보냈던—에게는 결코 터무니없는 소리가 아니었던

---

* 18세기에 여성 지식인들을 경멸조로 지칭하던 말.

그 말을 다시 불러들일 정도로 솔직해질 용기가 그녀에게 있다면, 혹은 서른 단어 남짓한 글에 정확성을 기하기 위해, 그녀의 부친이 늘 예찬했던 레슬리 카롱*과 빼닮았다고 하던 어른들의 말을 인용한다면, 과대망상증 환자가 아닌 이상 남자들은 지레 겁먹고 그녀에게 접근하지 않거나 그녀를 지식인으로 진지하게 받아들이지 않을 수도 있었다. "편지에 사진 동봉 환영" 혹은 간단하게 "사진 부탁"이라고 쓴다면 지성, 학식 그리고 문화적 교양보다 잘생긴 외모를 더 높이 평가하는 사람이라는 오해를 살 수도 있었다. 게다가 보정된 사진이나 몇 해 전 사진, 혹은 완전히 엉뚱한 사람의 사진이 올 수도 있었다. 심지어 사진을 요구하면 그녀가 정말 관심을 끌고 싶은 남자들의 용기를 꺾어버릴 수도 있었다. 그렇다고 사진을 요구하지 않는다면, 결국 보스턴이나 뉴욕 혹은 그보다 더 먼 곳까지 가서, 그녀와 전혀 어울리지 않거나, 심지어 혐오감을 주는 상대와 저녁식사를 해야 할 수도 있었다. 혐오감을 준다는 건 꼭 외모의 문제만은 아니었다. 혹시 거짓말쟁이라면? 사기꾼이면? 사이코패스면? 에이즈 보균자면? 폭력적이거나 잔인하거나 결혼을 했거나, 혹은 메디케어** 수혜자라면? 떼어내기 쉽지 않은 위험한 정신병자라면? 스토커에게 이름과 직장을 가르쳐주게 되면? 그렇다고 처음 만나는 자리에서 어떻게 이름을 알려주지 않을 수 있단 말인가? 결혼을 하고 가정을 이룰 수 있는 진지하고 열렬한 연애 상대를 찾아나선 마당에, 이름 같은 기본적인 사항에 대해 거짓말을 한다면 어떻게 마음을 터놓고 솔직하게 관계를 시작할 수 있겠는가? 그리고

---

* 프랑스 태생의 여배우, 댄서. 1950년대 할리우드 뮤지컬 스타.
** 65세 이상의 고령자를 대상으로 한 미국의 의료보장제도.

인종 문제는 또 어떻게 하지? "인종은 중요치 않음"이라고 정중한 요청을 넣어야 하지 않을까? 하지만 그것은 중요치 않은 문제가 아니다. 물론 중요치 않아야 하고, 중요치 않은 게 옳다. 그녀도 웬만하면 중요시하지 않았을 것이다. 하지만 열일곱 살 때 파리에서 크나큰 실수를 한 후, 그녀는 다른 인종의 남자와는 사귈 수 없다—알 수 없는 존재니까—고 확신하게 되었다.

그 시절 그녀는 어렸고 모험을 즐겼기 때문에 신중하고 싶지 않았다. 남자는 브라자빌*의 괜찮은 가문 태생으로 대법관의 아들—그의 말에 따르면 그랬다—이었는데, 낭테르 대학에서 일 년 동안 교환학생으로 공부하기 위해 파리에 머물고 있었다. 이름은 도미니크였고, 그녀는 그가 자신과 동류라고, 문학과 정신적인 사랑을 나누는 남자라고 생각했다. 그녀는 그를 밀란 쿤데라의 강연회에서 만났다. 강연회장에서 그가 말을 걸어왔고, 그곳을 나와서도 둘은 『보바리 부인』에 대한 쿤데라의 견해에 푹 빠져 있었다. 두 사람 모두, 델핀이 흥분해서 "쿤데라 병"이라고 생각했던 것에 감염되어 있었다. 체코 작가로서 박해받았고, 체코슬로바키아의 자유를 위한 위대한 역사적 투쟁에 나섰다가 패배한 사람이라는 점에서 쿤데라는 그들에게 도덕적으로 올바르고 합리적인 인물이었다. 쿤데라의 장난기는 경박해 보이지 않았다, 결코. 두 사람이 좋아한 것은 『웃음과 망각의 책』이었다. 쿤데라는 신뢰할 만한 뭔가가 있었다. 동유럽 출신다운 면모. 지식인의 결코 안주하지 않는 기질. 그의 삶에서는 모든 것이 역경처럼 보인다는 점까지.

---

* 콩고민주공화국의 수도.

두 사람 다, 슈퍼스타의 태도와는 상반되는 쿤데라의 겸손함에 완전히 반했고, 두 사람 다 쿤데라가 말하는 사유와 고통의 에토스를 믿게 되었다. 지식인으로서 겪어야 했던 그 모든 시련. 그리고 그의 외모. 델핀은 낭만적인 프로 권투선수 같아 보이는 작가의 외모에 완전히 마음을 빼앗겼는데, 그녀에게 그 외모는 그의 모든 내적 갈등의 외적 징후였다.

쿤데라 강연에서의 첫 만남 이후, 도미니크와 그녀는 철저히 육체적인 경험만 나누었다. 그녀는 그런 관계가 처음이었다. 그 관계에는 오로지 그녀의 육체밖에 없었다. 쿤데라의 강연과 너무도 깊이 교감한 나머지, 그녀는 그 교감을 도미니크와 교감한 것으로 잘못 받아들였고, 일은 너무도 순식간에 벌어졌다. 그녀의 육체 외에는 아무것도 존재하지 않았다. 도미니크는 그녀가 단순히 섹스만을 원하는 게 아니라는 걸 이해하지 못했다. 그녀는 꼬챙이에 꿰여 뒤집히고 양념이 발리는 고깃덩이 이상이 되기를 원했다. 그는 그녀를 그렇게 대했다. 그녀를 뒤집고 그녀에게 양념을 쳤다. 이 표현도 그가 한 말이었다. 그는 다른 것에는, 특히 문학에는 조금도 관심이 없었다. 내숭 그만 떨고 입좀 다물어. 이것이 그가 그녀를 대하는 태도였는데, 그녀는 어째서인지 거기 갇혀버리고 말았고, 어느 날 밤 그의 방에 갔더니 끔찍하게도 그가 자기 친구와 함께 그녀를 기다리고 있었다. 그 일로 그녀가 인종적 편견을 갖게 된 건 아니다. 다만 같은 인종의 남자였다면 그렇게까지 사람을 잘못 판단하는 일은 없었을 거라는 걸 깨달았을 뿐이다. 그녀에게 그 일은 생애 최악의 실패였고, 결코 잊을 수 없었다. 그녀에게 로마식 인장 반지를 준 교수, 그를 만나고서야 겨우 구원이 찾아왔다.

섹스, 당연하다. 그것도 멋진 섹스. 하지만 형이상학이 가미된 섹스였다. 허영심 없고 진지한 남자와의 형이상학이 가미된 섹스. 쿤데라 같은 남자. 이게 그녀의 계획이다.

그녀는 연구실을 떠날 수가 없어서, 반겨줄 고양이 한 마리조차 없는 자신의 아파트에서 또 하룻밤을 보내야 한다는 사실을 견딜 수 없어서 해가 진 지 오래되었는데도 바턴홀에 홀로 남아 컴퓨터 앞에 앉아 있었다. 지금 당면한 문제는 그녀가 내려는 광고에, 어떻게 하면 최대한 완곡한 표현을 써서 "반드시 백인만 지원 가능"이라는 요지를 넣을 것인가였다. 그녀가 그런 식의 배척을 명시했다는 사실이 대학에 알려지기라도 한다면. 맙소사, 아테나 교수들의 권력 체계에서 초고속으로 승진한 사람으로서 그런 짓을 할 수는 없다. 그런데도 사진을 요구하는 것 외에는 다른 수가 없었다. 가학적이거나 변태적인 누군가가 특별히 인종을 속일 의도로 거짓 사진을 보내는 것을 막을 방법이 없다는 건 알지만. 여자 혼자 힘으로 그리 길지 않은 생을 살아오면서 남자들이 어떻게 행동할지를 감안해 어떤 일에도 순진하게 굴지 않고 늘 세심하게 생각하려 애쓴 결과 얻은 깨달음이었다.

그래, 아테나 대학처럼 지독히 편협한 곳의 교수들 중에서는 한 번도 본 적 없는 훌륭한 남자를 찾는 데 광고는 너무 위험했다. 그녀의 품위를 떨어뜨리는 일이기도 했고. 그녀는 그런 광고를 낼 수 없었고, 내서도 안 되었다. 그럼에도 그녀는 계속했다. 생판 모르는 사람들에게 자신을 적당한 짝을 찾는 여성으로 선전하는 것의 불확실성, 명백한 위험성에 대해 생각하면서. 어문학과 학과장인 자신이 진지한 선생이나 학자가 아닌 다른 모습을 동료 교수들에게 보일지도 모를 위험을 무릅쓰는 것—결핍과 욕망을 내보이는 것이 인간적이기는 하지만 누군가 고의로 그녀를 비하하기 위해 악용할 수 있다—이 왜 현명하지 못한 일인지 생각하면서 말이다. 방금 전, 같은 과의 모든 교수에게 4학년의 논문에 대한 그녀의 최근 견해를 이메일로 전송하는 일을 끝낸 그녀는 〈뉴욕 리뷰〉에 실리는 개인 광고의 표준이라 할 수 있는 진부한 언어적 공식을 따르면서 동시에 그녀의 가치를 있는 그대로 보여줄 수 있는 문구를 작성해보려 애썼다. 한 시간 넘게 그러고 있었는데도 여전히 그녀는, 가명으로 이메일을 보내더라도 굴욕감을 느끼지 않을 만한 문구를 정하지 못한 상태였다.

매사추세츠 서부 거주. 29세. 아담한 체구에 열정적인 파리 출신 교수. 몰리에르의 작품 강의에 정통할 뿐 아니라

우수한 두뇌에 미모를 갖춘 버크셔 거주 교수. 인문학과 학과장을 맡고 있고, 메다용 드 보*도 훌륭하게 요리할 수 있음. 남자 구함

박사학위를 소지한 진지한 독신 백인 여성. 남자 구함

예일대 박사학위를 소지한 독신 백인 여성. 파리 태생의 교수. 아담한 체구, 학구적임. 문학을 애호하며, 패션을 중시하는 갈색 머리의 여성. 남자 구함

---

* 송아지 고기 스테이크.

매력적이고 진지한 학자. 남자 구함

박사학위를 소지한 독신 백인 여성. 프랑스인. 매사추세츠 거주.
남자 구함

남자 구함이라니 어떤 남자? 어떤 남자든, 여기 아테나 대학 남자들─말재간을 자랑하는 어린애, 여성화된 노파, 소심하고 따분한 가족 중독자, 아버지 노릇의 달인, 너무도 진지하고 거세라도 된 듯 너무도 무력한 자들─만 아니면 된다. 그들이 집안일을 분담한다는 데 자부심을 느끼는 것이 그녀는 역겹다. 견딜 수가 없다. "네, 가봐야 합니다, 가서 아내 일을 거들어야 하거든요. 아내가 하는 만큼 나도 똑같이 기저귀를 갈아줘야 해요. 그런 거죠." 자신이 집안일에 얼마나 도움이 되는지 떠벌리는 인간들을 보면 진저리가 난다. 실컷 도움이 되서, 난 상관없으니까. 하지만 그걸 떠벌리는 천박한 짓 좀 그만하라고. 동등하게 가사를 분담하는 남편인 걸 내세워 스스로를 구경거리로 만드는 이유기 도대체 뭐데? 그냥 도와주고 닥치고 있으면 안 되나? 이런 혐오감을 갖는다는 점에서 그녀는 그 남자 교수들이 지닌 "감성"을 높이 평가하는 동료 여교수들과는 상당히 다르다. 자기 아내를 죽어라 칭찬해대는 게 "감성"이라고? "아, 세라 리*는 이러저러한 점에서 정말 비범한 사람이야. 논문을 벌써 네 편 하고 반이나 발표하고……" 미스

---

* 미국의 가공식품 상표명이기도 함.

터 감성께서는 언제나 아내의 훌륭함을 찬양해야 직성이 풀린다. 미스터 감성께서는 메트로폴리탄미술관에서 열린 훌륭한 전시회에 대해 이야기할 때도 꼭 "세라 리가……" 하는 서두로 시작해야 직성이 풀린다. 죽어라 아내를 칭찬하거나 입을 다물고 있거나 둘 중 하나다. 침묵으로 일관하는 남편은 점점 더 풀이 죽는데, 그녀는 다른 나라에서는 그런 현상을 본 적이 없었다. 세라 리는 대학에 자리를 얻지 못한 반면, 그 남편은 예컨대 간신히 교수 자리에 목이 붙어 있는 형편이라면, 그는 아내가 부당한 대우를 받고 있다는 피해 의식을 갖게 하니 차라리 자신이 일자리를 잃는 쪽을 택하려 한다. 심지어 상황이 뒤바뀌어 아내가 일을 나가고 자신은 집이나 지켜야 하는 경우에는 일종의 자부심마저 느낀다. 프랑스 여자라면, 프랑스의 페미니스트조차도, 그런 남자에게는 오만 정이 다 떨어지고 말 것이다. 프랑스 여자는 지적이고 섹시하고 진정 독립적이다. 남자가 자신보다 말이 많다면, 그래서 어쨌다고, 논점이 뭔데? 도대체 이 열띤 논쟁은 다 어디 쓰자는 건데? 하는 반응을 보인다. "세상에, 자기도 봤잖아, 그 여자, 그 무례하고 아내 위에 군림하지 못해 안달인 남편한테 완전히 꼼짝 못하는 거"라고 하지 않는다. 그렇다, 프랑스 여자는 여자다운 여자일수록 더더욱 남자가 권위를 보여주기를 원한다. 아, 그녀가 오 년 전, 아테나에 오면서 간절히 기도한 것은 권위를 보여줄 수 있는 멋진 남자를 만나는 것이었는데. 그런데 그녀가 만난 젊은 남자 교수들은 대부분 가정적이고 거세된 것 같고, 지적으로 전혀 자극을 주지 못하고 따분하고, 아내 칭찬에 여념 없는 세라 리의 남편들이 전부다. 그녀는 파리 친구들에게 보낸 편지에서 재치 있게 그들을 '기저귀족'이라고 통칭했다.

그다음으로 '모자족'이 있다. 모자족은 '대학에 적을 둔 작가'로, 미국이라는 나라에만 있는, 믿기 힘들 정도로 우쭐대면서 대학에 빌붙어 지내는 글쟁이들이다. 어쩌면 아테나 대학이 좁은 바닥이라서 그녀가 아직 그런 부류 가운데 최악의 인간들을 제대로 구경하지 못했을지도 모르지만, 지금 말하려 하는 두 인간만으로도 충분히 끔찍하다. 그들은 강의를 하기 위해 일주일에 한 번 나타나는데, 둘 다 기혼자인데도 그녀에게 치근대는 게 정말 구제불능이다. 언제쯤 같이 점심이라도 할 수 있을까요, 델핀? 안됐지만, 그녀는 생각한다, 난 당신들한테 전혀 관심 없거든. 그녀가 강연회에서 쿤데라에게 마음을 빼앗긴 이유는 그가 늘 어딘가 그늘져 보이고, 때로는 어딘가 추레해 보이기까지 하며, 그의 의지에 반해 어쩔 수 없이 위대한 작가 노릇을 한다는 인상을 주기 때문이었다. 적어도 그녀는 그렇게 받아들였고, 그의 그런 점이 좋았다. 하지만 미국의 작가입네 하는 인간들은 분명 좋아하지도 않고, 참아줄 수도 없다. 그 인간들이 자신을 바라보면서 무슨 생각을 하는지 그녀는 안다. 당신은 프랑스인다운 자신감과 프랑스인다운 패션 감각이 있고 프랑스식 엘리트 교육을 받은 대단한 프랑스인이지만, 그래봤사 당신은 교수고, 난 작가야. 우리는 동등한 존재가 아니야.

대학에 적을 둔 이 작가들은, 그녀가 추측하기로는 엄청난 시간을 모자 걱정만 하면서 보낸다. 정말이다. 시인이건 소설가이건 둘 다 모자 페티시가 있기 때문에 그녀는 편지에서 이들을 '모자족'이라 칭했다. 둘 중 하나는 항상 찰스 린드버그*처럼 구식 비행사 복장을 하고 다

---

* 미국의 유명한 비행사.

니는데, 그녀는 특히 대학에 적을 둔 작가에게 비행사 복장과 글쓰기가 무슨 관계인지 도통 이해되지 않는다. 그녀는 파리의 친구들에게 보내는 편지에서 이 문제에 대해 해학적으로 고찰해보기도 한다. 나머지 한 사람은 지나치게 튀지 않는—이 또한 당연히 공들인 설정이다—챙이 넓은 모자를 쓰는데 옷을 대충 입은 것처럼 보이기 위해 거울 앞에서 여덟 시간씩 보내는 족속이다. 우쭐대고, 읽을 가치도 없는 글을 쓰고, 이제까지 백여든여섯 번 결혼했으며, 도저히 믿을 수 없을 정도로 자부심이 강하다. 그 인간에 대해 그녀가 느끼는 감정은 증오보다는 경멸에 가깝다. 그럼에도 버크셔 산골에 박혀 연애에 굶주린 나머지 이따금 그녀는 이 모자족에게 양가감정을 느끼는데, 하다못해 섹스 후보자로라도 그들을 진지하게 생각해야 하는 건 아닌지 고민한다. 아니지, 파리 친구들에게 그런 편지를 보냈는데 이제 와서 그럴 순 없다. 그들이 그녀의 어휘로 말을 걸려 한다는 사실 때문이라면 그들을 물리쳐야 한다. 둘 중 한 명이, 나이도 어리고 그나마 자부심을 덜 내세우는 쪽이 바타유의 글을 좀 읽었다는 이유로, 바타유에 대해 그럭저럭 알고 헤겔도 그럭저럭 읽었다는 이유로 그녀는 그와 몇 차례 데이트를 한 적이 있다. 그런데 그녀의 눈앞에서 그토록 빠르게 스스로를 에로틱과 거리가 먼 존재로 만드는 사람은 처음이었다. 한 마디 내뱉을 때마다—그것도 그녀의 어휘를, 그녀조차 이제는 다소 확신할 수 없는 어휘를 사용해—그는 스스로를 그녀의 인생에서 제명시켜나갔다.

반면, 좀더 나이든 이들로, 촌스럽고 트위드를 즐겨 입는 '인문학자족'이 있다…… 물론 그녀도 자신의 직업이 요구하는 대로 학회에 참석하고 간행물에 글을 쓰고 발표도 해야 하니 그녀 자신도 인문학자족이기는 하다. 하지만 이따금 그녀는 자신이 그들을 배신하고 있다고 느끼고 그래서 그들에게 매료된다. 그들이 예나 지금이나 늘 변함없기 때문이고, 또한 그들이 그녀를 변절자라고 생각한다는 걸 알기 때문이다. 그녀의 수업에는 추종자들이 있는데, 인문학자족은 그녀의 추종자들을 일종의 유행 현상으로 보고 경멸한다. 이 나이 지긋한 남자들, 인문학자족은 구식의 전통주의적 인문학자들인데 온갖 책을 섭렵하고 교사(그녀에게는 그들이 그런 존재이다)로 거듭난 이들이다. 이따금 그녀는 그들에 비해 자신이 천박하다고 느낀다. 그들은 그녀의 추종자들을 비웃고, 그녀의 학식을 경멸한다. 교수 회의에서 그들은 어떠한 말도 거침없이 하는데, 듣는 사람들은 그게 당연하다고 느낀다. 강의실에서도 그들은 자신들이 느끼는 바를 거침없이 말하는데, 이번에도 역시, 듣는 사람들은 그게 당연하다고 느낀다. 그 때문에 그녀는 그들 앞에 서면 맥없이 무너지고 만다. 파리와 뉴헤이븐*에서 공부한 이른바 담론이란 것들에 대해 그녀는 그 정도로 확신하지 못하기 때문에 내적으로 무너져버린다. 그녀는 성공하기 위해 그 언어가 필요할 뿐이다. 혼자 힘으로 미국에서 성공하기 위해서는 너무도 많은 것이 필요하다! 하지만 성공을 위해 취하는 모든 것은 어쨌든 타협물이고, 그 때문에 그녀는 점점 더 사이비가 되어가는 기분이 든다. 자신의 곤경을 '파우스트의 거래'라고 명명해봤자 약간의 위안을 얻을 뿐이다.

때때로 그녀는 자신이 밀란 쿤데라를 배신하고 있다고 느끼기까지

---

* 예일 대학교의 소재지.

한다. 그래서 혼자 있을 때면 조용히 심안으로 쿤데라를 떠올리며 그에게 말을 걸고 용서를 구한다. 쿤데라가 자신의 강연에서 의도했던 것은 프랑스식 세련된 궤변으로부터 지성을 해방시키고, 인간 존재와 인간희극과 관계된 것으로서 소설에 대해 이야기해보자는 것이었다. 그의 의도는 구조주의와 형식주의라는 매혹적인 덫에서, 모더니티에 대한 강박에서 수강생들을 구해내고, 그들에게 주입된 프랑스 문학이론으로부터 그들을 정화시키는 것이었다. 그의 강연이 그녀에게는 엄청난 위안이었는데, 여러 편의 논문을 발표하고 학자로서 명성도 높아지고 있었음에도 그녀는 문학이론을 통해 문학작품을 다루는 것이 늘 어려웠기 때문이다. 그녀가 좋아하는 것과 경탄해야 하는 것 사이에—경탄해야 하는 것에 대해 이야기할 때 취해야 하는 방법과 소중히 여기는 작가에 대해 스스로에게 말하는 방법 사이에—그토록 엄청난 간극이 존재하기도 하기 때문에, 쿤데라를 배신하고 있다는 기분이 그녀의 인생에서 가장 심각한 문제는 아니더라도, 상냥하고 믿음직스럽지만 그 자리에 없는 애인을 배신하는 듯한 수치심을 종종 느끼곤 한다.

그녀가 자주 데이트한 유일한 남자는, 천만뜻밖에도 교내에서 가장 보수적인 인물로, 보스턴 대학에 적을 둔 경제학자이며 포드 2기 행정부 시절에 재무장관 물망에 오르기도 했던 예순다섯의 이혼남 아서 서스먼이다. 그는 약간 덩치가 있고 약간 뻣뻣하고 늘 정장 차림이다. 그는 소수집단우대정책을 싫어하고, 클린턴을 싫어하며, 일주일에 한 번 보스턴에서 이곳으로 출강해 엄청난 강의료를 챙기고 대신 학계에서 아테나 대학의 인지도를 높여준 인물로 알려져 있다. 특히 여교수들은 델핀이 서스먼과 잤을 거라고 확신하는데, 단지 그가 한때 막강한 권력을 휘두른 인물이라는 이유 때문이다. 사람들은 이따금 델핀과 서스먼이 구내식당에서 함께 점심식사를 하는 모습을 본다. 구내식당으로 들어오는 그는 델핀을 보기 전까지는 그야말로 지루해죽을 것 같다는 표정이다. 그가 델핀에게 다가가 합석해도 되는지 물으면 그녀는 "오늘 이렇게 뵐 수 있는 기회를 주시다니 정말 관대하세요"라고 말하거나, 그 비슷한 말로 응대한다. 적당한 선을 지키는 한, 그는 그녀가 그렇게 놀리는 것을 좋아한다. 점심식사를 하면서 두 사람은 델핀이 "대화다운 대화"라고 부르는 대화를 나눈다. 그는 예산이 삼백구십억 달러나 남아도는데 정부가 납세자에게 한 푼도 되돌려주지 않는다고 말한다. 납세자가 힘들여 번 돈이니 납세자가 소비해야 하고, 납세자는 자신들의 돈을 어떻게 할지 관료들이 결정하게 놔둬서는 안 된다고 말한다. 점심식사 내내 그는 사회보장제도를 왜 민간의 투자 분석가들의 손에 넘겨야 하는지 상세하게 설명한다. 그는 말한다. 모든 사람은 누구나 자신의 미래를 위해 투자해야 한다. 사회보장제도가 x라는 수당을 지급하고, 같은 기간 동안 증시에 투자하면 최소한 그 두 배를 벌어들일 때, 우리가 왜 우리의 미래를 보장해줄 주체로 정부를 신뢰해야 하는가? 그의 주장의 근간은 언제나 개인의 주권, 개인의 자유이다. 그러나 델핀은 한 번도 재무장관이지 못한 이 재무장관에게 감히 반론한다. 대부분의 사람이 그런 선택을 할 수 있을 만큼 돈이 넉넉하지 않고 근거 있는 추측을 할 수 있을 만큼 교육을 받지 못하는 현실, 즉 시장에 대해 정통하지 못하다는 현실을 그가 잘 모른다고. 그녀는 그에게 해석해준다. 그의 이론에서는 시장에서의 철저한 주권으로 환원되는 철저한 개인의 자유라는 개념에 입각한 것이 그의 모델이라고. 흑자예산과 사회보장제도, 이 두 가지 문제가 늘 그를 괴롭히고, 둘은 만나기만 하면 늘 그에 대해 이야기를 나눈다. 그는 자신이 하고 싶은 모든 것을 클린턴이 민주당 식으로 제안하기 때문에 클린턴을 제일 싫어하는 것처럼 보인다. "잘된 일이지." 그가 그녀에게 말한다. "밥 라이시* 같은 애송이가 거기서 나온 거 말일세. 그 머저리는 사람들이 실제로 얻지도 못할 일자리를 위해 재교육을 받게 하느라 클린턴이 수십억 달러를 쓰게 했을 거야. 그 인간이 내각을 떠난 건 잘된 일이야. 적어도 밥 루빈**이 있으니까. 적어도 알 건 아는 제정신이 박힌 인간이 내각에 하나는 있으니까. 적어도 루빈이랑 앨런***은 이자율을 적정 수준으로 유지했잖아. 적어도 루빈이랑 앨런은 이 회복세를 계속 유지해왔고……"

그가 한 가지 그녀의 마음에 든 건, 경제 문제에 대한 내부자로서의 거친 의견 외에도, 뜻밖에도 엥겔스와 마르크스에 대해 대단히 해박하다는 점이다. 더 인상 깊은 건, 언제 읽어도 그녀가 늘 매료되고 좋아하는 텍스트인 『독일이데올로기』****에 정통하다는 것이다. 그가 그녀를 그레이트배링턴으로 데리고 나가 저녁식사를 할 때는 구내식당에서 점심식사를 할 때보다 로맨틱하고 지적인 분위기가 된다. 그는 저녁식

---

* 로버트 라이시. 1993년부터 1997년까지 노동장관을 지냈다.
** 로버트 루빈. 1995년부터 1999년까지 재무장관을 지냈다.
*** 앨런 그린스펀. 1987년부터 미국 연방준비제도이사회 의장을 네 번 역임했다.
**** 마르크스와 엥겔스가 공동 집필한 책. 이 책을 통해 유물론적 역사관의 골격이 확립되었다.

사 내내 그녀와 프랑스어로 이야기하는 것을 좋아한다. 몇 해 전 그가 정복했던 여자들 가운데 하나가 파리 여자였던 모양인데, 그는 이 여자에 대한 이야기를 끝도 없이 늘어놓는다. 그가 그 파리 여자와의 염문에 대해, 그 여자 전과 후에 만난 많은 연애 상대들에 대해 떠들어대는 동안, 델핀은 물고기처럼 입을 헤 벌리고 있지는 않는다. 그는 자주 여자들 자랑을 하는데, 처음에는 매력적으로 보이던 그 모습도 얼마 지나지 않아 매력이 사라진다. 자신이 그렇게 많은 여자를 정복한 것에 그녀가 깊은 인상을 받았을 거라고 그가 생각한다는 사실이 그녀는 견딜 수 없지만 약간 지루하더라도 꾹 참고 넘긴다. 그 점만 아니면 지적이고 자신감 넘치고 박식하고 세상 물정에 밝은 남자와 저녁식사를 하는 것이 기쁘기 때문이다. 식사 도중 그가 그녀의 손을 잡으면 그녀는 그가 알아들을 수 있게, 하지만 은근하게, 같이 자려는 생각을 하고 있다면 정신 차리라고 이야기한다. 이따금 주차장에서 그는 그녀의 엉덩이를 쥐고 자기 쪽으로 끌어당겨 몸을 밀착한다. 그리고 말한다. "이런 식으로 당신과 번번이 만나다보니 뭔가 열정이 생기는 건 어쩔 수 없군. 당신처럼 아름다운 여자와 데이트를 하면서 계속 수다나 떨다가 끝낼 수는 없지 않겠나." "프랑스에 이런 속담이 있어요." 그녀는 그에게 말한다. "그러니까……" "그러니까?" 재치 있는 프랑스 말을 덤으로 알게 될지 모른다고 생각하며 그가 묻는다. 그녀는 생글생글 미소를 지으며 대답한다. "모르겠어요. 나중에 생각나겠죠 뭐." 이런 식으로 그녀는 놀라울 정도로 힘이 센 그의 팔에서 부드럽게 빠져나온다. 그녀가 그를 점잖게 대하는 것은 그게 효과가 있기 때문이다. 또한 그녀가 그를 점잖게 대하는 것은, 그가 나이 차이 때문에 그녀가 주저한다고 생각한다는 걸 알기 때문이다. 그녀가 그의 차를 타고 돌아오는 길에 그에게도 설명했듯이 실상은 그렇게 빤한 문제가 아니다. 그것은 '기분'의 문제인 것이다. "그건 내가 어떤 사람인가에 관한 문제예요"라고 그녀는 그에게 말하는데, 다른 건 통하지 않아도 그 말 한마디면 두세 달 정도 그를 쫓아버릴 수 있다. 그가 다시 구내식당에 나타나 그녀가 있는지 두리번거릴 때까지. 이따금 늦은 밤이나 이른 아침에 그에게서 전화가 온다. 백베이에 있는 자기 방 침대에서 그는 그녀와 섹스에 대해 이야기를 나누고 싶어한다. 그녀는 차라리 마르크스에 대해 이야기하는 편이 낫겠다고 말하는데, 이 보수적인 경제학자가 그런 수작을 그만두게 만드는 데는 그 정도로도 충분하다. 그럼에도 그녀를 탐탁지 않아하는 여교수들은 그가 권력자이기 때문에 그녀가 그와 잤을 거라고 단정 짓는다. 그녀의 삶이 암울하고 외롭기는 하나 그녀는 아서 서스먼의 정부情婦라는 시시한 훈장 중 하나가 될 생각은 전혀 없다. 이것이 그 여자들에게는 이해되지 않는 것이다. 델핀은 그 여자들 가운데 하나가 자신을 두고 "너무 구시대적이잖아. 완전 시몬 드 보부아르 패러디야"라고 말했다는 걸 전해듣기도 했다. 그 여자는, 보부아르가 사르트르 때문에 신념을 저버렸다고, 대단히 지적인 여성이었지만 결국 사르트르의 노예가 되었다고 생각하는 것이다. 그녀가 아서 서스먼과 점심을 같이하는 것을 보고 완전히 오해한 그 여교수들에게는 모든 것이 쟁점이고, 모든 것이 이념적 태도이며, 모든 것이 배신이다. 무얼 해도 신념을 저버리는 행위인 것이다. 보부아르도 신념을 저버렸고, 델핀도 신념을 저버렸고, 어쩌고저쩌고. 델핀의 무언가가 그 여자들을 질투에 휩싸이게 하는 것이다.

델핀의 또다른 문제 하나. 그녀는 그 여교수들과 소원해지고 싶지 않다. 하지만 그녀는 남자들로부터 못지않게 그녀들로부터도 철학적으로 소외되어 있다. 그 여자들에게 이렇게 말하는 건 신중하지 못할 테지만, 미국인들의 시각에서 보면, 그 여자들이 그녀보다 훨씬 페미니스트답다. 이런 말을 하는 게 신중하지 못한 이유는 그 여자들이 이미 충분히 그녀를 멸시하고 있고, 사람들이 그녀를 어떻게 생각하는지 잘 아는 것처럼 보이며, 언제나 그녀의 동기와 목적에 의혹의 시선을 던지기 때문이다. 그녀는 매력적이고 젊고 날씬하고, 노력하지 않아도 맵시가 나며, 단시간에 높은 자리까지 승진하면서 대학 외부에까지 이름이 알려지기 시작했기 때문에, 파리에 있는 친구들과 마찬가지로 아테네 여교수들이 쓰는 진부한 말들(기저귀족이 그토록 열성적으로 거세되고 싶어하며 사용하는 그 진부한 말들)을 사용하지 않고, 사용할 필요도 없다. 콜먼 실크에게 보낸 익명의 편지에서만 여교수들의 수사법을 차용했는데, 그건 그저 우연이었을 뿐 아니라, 그때 너무 긴장했기 때문이었다. 따지고 보면 정체를 숨기려다 그런 것이니 의도된 것이기도 했다. 사실, 그녀는 아테나 대학의 페미니스트들 못지않게, 어쩌면 그 이상으로 인습에서 자유로운 여성이다. 자신이 태어난 나라를 등졌고, 즉 프랑스를 대담하게 떠나왔고, 교수로서 열심히 일하고, 논문 발표도 열심히 하고, 성공하고 싶어한다. 기댈 데가 없는 만큼 반드시 성공해야 한다. 도와주는 사람도 없고 집과 모국에서도 벗어나 완전히 혼자다. 타향살이. 자유롭기는 하나 대개는 몹시 쓸쓸한 타향살이. 야심만만하다고? 공교롭게도 그녀가 철저히 독립적인 저 페미니스트들을 모두 합쳐놓은 것보다도 야망이 큰 건 사실이다. 하지만 그 여자들이 분개하는 이유는, 남자들이 그녀에게 끌리기 때문이고, 그런 남자들 가운데 아서 서스먼 같은 유명인사가 있기 때문이며, 그녀가 장난삼아 샤넬 빈티지 재킷에 스키니진을 입거나 여름에는 슬립드레스를 입고 캐시미어와 가죽 옷을 즐겨 입기 때문이다. 그녀는 그 여자들의 끔찍한 옷차림에 대해 절대 상관하지 않는데, 그들은 무슨 권리로 그녀의 옷차림을 두고 상습범이니 뭐니 떠들어대는 걸까? 그 여자들이 자신에 대해 불쾌해하며 무슨 소리를 하고 다니는지 그녀는 다 안다. 그 여자들은 그녀가 마지못해 존중해주는 남자 교수들과 똑같은 소리―그녀가 협잡꾼이며 어디서 굴러먹다 왔는지 모르겠다고―를 하는데 그것이 더 큰 상처를 준다. "그 여자는 학생들한테 사기 치는 거야." 그들은 말한다. "학생들은 어째서 그 여자의 본 모습을 못 보는 걸까?" 그들은 말한다. "학생들한테는 그 여자가 여자 옷만 걸친 프랑스 남성우월주의자라는 게 안 보이나?" 그들은 그녀가 학과장이 된 건 더 좋은 수가 없어서였다고 말한다. 게다가 그녀가 쓰는 말들도 조롱한다. "뭐, 그 여자를 추종하는 학생들이 생겨난 건 당연히 그 여자의 상호텍스트적 매력 때문이지. 그 여자와 현상학의 관계 말이야. 그 여자 대단한 현상학자거든, 하하하!" 그녀는 그들이 뭐라고 떠들고 다니며 자신을 조롱하는지 알지만, 그럼에도 프랑스 시절과 예일대 시절에 그 어휘들에 목숨을 걸다시피 했던 것을 기억한다. 그녀는 훌륭한 문학비평가가 되기 위해서는 그 어휘들을 익혀야 한다고 믿는다. 그녀는 상호텍스트성에 대해 알 필요가 있다. 그렇다고 그녀가 사이비인 걸까? 아니! 그녀는 단지 분류 불가능한 존재일 뿐이다. 어떤 집단에서는 그것을 신비한 매력이라고 생각할 수도 있다! 하지만 이곳처럼 궁벽하고 지옥 같은 곳에서는 그저 아주 조금 분류 불가능할 뿐인데도 모든 사람을 짜증스럽게 한다. 그녀의 분류 불가능함은 아서 서스먼조차도 짜증나게 만든다. 빌어먹을, 도대체 이 여자는 왜 폰섹스조차 안 하려 하는 걸까? 이곳에서 분류 불가능한 존재가 되면, 사람들과 어울리지 못하는 존재가 되면, 그들은 그걸 이유로 들볶는다. 바로 그 분류 불가능한 존재가 되는 것이 그녀의 성장소설의 일부이며, 그녀가 늘 그 분류 불가능함을 즐겨왔다는 것을 아테나 대학의 누구도 이해하지 못한다.

특히 그녀를 아주 미치게 만드는 세 여자—철학과 교수 하나, 사회학과 교수 하나 그리고 역사학과 교수 하나—로 이루어진 결사대가 있다. 자기들처럼 따분하게 일하지 않는다는 이유로 그녀에게 잔뜩 적개심을 품은 여자들이다. 그녀의 옷차림이 세련돼 보이기 때문에 그들은 그녀가 학술지들을 충분히 읽지 않을 거라고 생각한다. 독립이라는 개념에 대한 미국식 정의와 프랑스식 정의가 다르기 때문에, 그녀는 권력을 가진 수컷들에게 영합하는 여자로 무시당한다. 하지만 남자 교수들에게 적절히 대응해온 것을 제외하면, 그녀가 실제로 그들의 불신을 살 행동을 한 적이 있던가? 그래, 그레이트배링턴에서 아서 서스먼과 저녁식사를 함께한 건 사실이다. 그것이 그녀가 자신을 그와 지적으로 동등하다고 여기지 않는다는 뜻이 되는가? 그녀의 마음속에서 그녀와 그가 동등하다는 건 전혀 의심의 여지가 없다. 그와 데이트하는 것을 자랑으로 여기지 않는다. 그녀는 그가 마지못해 『독일이데올로기』에 대해 이야기하는 걸 듣고 싶을 뿐이다. 게다가 그녀가 먼저 그들 셋한테 점심을 먹자고 청했지 않았던가? 그래서 그들이 무슨 선심이나 쓰듯 생색을 낼 수 있게 해주지 않았던가? 당연히 세 여자는 그녀의 연구 결과를 읽어보려 하지 않는다. 셋 중 누구도 그녀가 쓴 글은 보지 않는다. 결국 인식의 문제다. 그들이 빈정대는 투로 '같잖은 프랑스적 아우라'라고 부르는 것을 남자 종신교수들에게 휘두르고 있다는 것이 델핀에 대한 그들의 시선이다. 그럼에도 그녀는 그 결사대의 환심을 사고자 하는 유혹을, 그들에게 자신도 프랑스적 아우라를 싫어한다는 것을 분명히 하고 싶은 유혹을 느낀다. 프랑스적 아우라가 좋았다면 프랑스에서 살지 미국에는 왜 왔겠는가! 그리고 그녀는 남자 종신교수들을 손에 쥐고 있지도 않다. 어느 누구도. 그렇다면 그녀가 왜 혼자 지내고, 밤 열시에도 혼자 바턴홀 연구실 책상 앞에 남아 있겠는가? 그녀는 그 세 사람과 잘해보려고 노력했다가 좌절하는 짓을 일주일 만에 그만둔다. 그녀를 미치게 만들고 가장 좌절감을 안겨주는 그들에겐 그녀의 매력도 수완도 책략도 통하지 않는다. 파리의 친구들에게 보내는 편지에서 그녀는 그들을 "미美의 세 여신Les Trois Grâces"*이라고 부르는데, "grâces"를 악의적으로 "grasses"**라고 쓴다. 비계 삼인방. 이런저런 파티들—사실 델핀은 그런 파티에 참석하고 싶은 마음이 없지만—에 이 비계 삼총사는 예외 없이 얼굴을 내민다. 델핀도 거물 페미니스트가 참석하는 자리에는 초청이라도 받고 싶지만, 한 번도 초대받은 적 없다. 강연장에는 갈 수 있지만 만찬에는 결코 초대받지 못한다. 실권을 쥔 그 지옥의 삼총사가 언제나 거기 버티고 있다.

델핀은 불발로 끝난 자신의 프랑스성性에 대한 반란(그리고 자신의 프랑스성에 대한 집착)의 와중에 자발적으로 모국에서(그녀 자신으로

---

* 그리스신화에서 아글라이아, 에우프로시네, 탈리아를 통칭하는 말.
** '비계' '기름'이라는 뜻. grâces와 발음이 같다.

부터는 아닐지라도) 미국으로 옮겨온 것인데, 저 비계 삼총사의 마수에 걸려드는 바람에, 어떻게 하면 스스로에 대한 인식의 혼란을 겪지 않고 한때는 자연스러웠던 자신의 여성성을 오해받지 않고 그들로부터 제대로 된 평가를 얻을 수 있을지 끊임없이 계산하는 처지에 놓였다. 다른 한편으로는 직업적 성공을 위해 문학을 다루는 방식과 맨 처음 문학에 끌린 이유 사이의 모순 때문에 수치심이 들 정도로 동요하곤 한다. 델핀은 미국에서 스스로도 놀랄 만큼 거의 고립되어 있다. 모국을 등졌고, 고립되어 있고, 사람들과 소원하고, 삶에서 본질적인 모든 것에 대해 혼란스러워하고, 갈피를 잡지 못하는 갈망에 싸여 절망적인 상태이며, 자신을 적으로 규정하고 훈계하려 드는 세력에 에워싸여 있다. 이 모든 게 그녀가 간절히 자신의 실존을 찾아나섰기 때문이다. 전부 그녀가 용감했기 때문이고, 자신에 대해 다른 사람들이 규정해놓은 견해를 받아들이지 않았기 때문이다. 그녀가 스스로를 찾기 위해 기울인 대단히 기특한 노력이 오히려 그녀 자신을 파멸시킨 것처럼 보인다. 그녀를 이 지경에 빠지게 하다니, 인생은 몹시 심술궂은 구석이 있다. 논리적인 잣대가 아니라 비뚤어진 성미에서 나오는 모순된 변덕에 따라 한 사람의 운명을 정하다니, 인생은 그 속을 들여다보면 몹시 심술궂고 몹시 복수심이 강하다. 스스로의 생명력에 운명을 밀기는 건, 상습범의 손에 스스로를 내맡기는 것이나 다름없다. 난 미국으로 가서 내 인생의 창조자가 될 거야, 하고 그녀는 말한다. 난 가문에서 당연한 것으로 여겨지는 통념을 벗어나 스스로를 세워나갈 거야. 너무도 당연시되는, 한계까지 치닫는 열정적인 주관주의, 절정에 이른 개인주의에 맞서 싸울 거야. 그런데 그 대신, 그녀는 스스로 제어할 수 없는 연극적 상황에 갇혀버렸다. 그녀는 결국 아무것도 창조하지 못했다. 상황을 지배하려는 욕구가 있는데, 정작 지배당하는 것은 그녀 자신인 것이다.

그저 뭘 해야 할지 아는 것조차 왜 이토록 힘들어야만 할까?

학과 비서인 마르고 루치가 없다면 델핀은 완전히 고립되고 말 것이다. 내성적인 삼십대 이혼녀인 마르고 역시 늘 혼자다. 그녀는 업무 능력은 놀라울 정도로 뛰어나지만 수줍음이 몹시 많고, 델핀을 위해서라면 뭐든 해주려 하고, 이따금 손수 싸온 샌드위치로 델핀의 연구실에서 점심식사를 하기도 한다. 결국 아테나 대학의 성인 여성 가운데 유일하게 학과장의 친구가 되었다. 그리고 대학에 적을 둔 작가들이 있다. 그들은 다른 사람들이 델핀을 싫어하는 바로 그 이유 때문에 델핀을 좋아하는 것처럼 보인다. 하지만 델핀은 그들이 못 견디게 싫다. 어쩌다 그녀는 이렇게 중간에 끼어버렸을까? 어떻게 하면 벗어날 수 있을까? 자신의 타협을 파우스트의 거래라고 불러보아도 별 위안이 되지 못하는 것과 마찬가지로, 중간에 끼어버린 처지에 대해 '쿤데라 식 내면으로의 망명'이라고 생각해보려 애쓰는 것 또한 전혀 도움이 되지 않는다.

남자 구함. 좋아, 구하자. 학생들이 자주 쓰는 말대로 해보는 거다. 까짓것 한번 해보자! 젊고, 단아한 체구에, 여자답고, 매력적이고, 교수로서 성공한 프랑스 태생의 독신 백인 여성 학자, 파리에서 성장, 예일대 박사학위, 매사추세츠 거주, 남자 구함…… 어떤 남자? 이제 솔직하게 밝히자. 네가 어떤 사람인지 숨기지 말고, 어떤 남자를 구하는

지도 숨기지 말자. 매력적이고 똑똑하고 손끝만 닿아도 오르가슴에 이르는 여성이 남자 구함…… 남자를 구함…… 남자를 구함. 구체적으로, 타협하지 않고 어떤 남자를?

이제 그녀는 서둘러 써내려갔다.

강한 정신력을 지닌 어른스러운 남성. 독신. 독립적일 것. 재치. 활력. 도전 정신. 솔직함. 고학력. 비판적 유머. 매력적일 것. 지식. 양서 애호가. 뛰어난 말솜씨와 기탄없는 말투. 탄탄한 체격. 키는 5피트 8인 치나 9인치. 지중해 출신처럼 가무잡잡한 피부. 초록빛 눈동자 선호. 나이 불문. 하지만 지적인 건 필수. 살짝 머리가 센 것은 괜찮음. 오히려 호감이 갈 수도 있음……

그제야, 그렇게 적고 나서야, 그녀가 열심히 컴퓨터 화면에 불러낸 이 가공의 남자가 그녀가 이미 아는 누군가의 모습으로 압축된다. 돌연 그녀는 쓰기를 멈췄다. 이 연습 글은 단지 실험차 써본 것이었다. 조심하느라 지나치게 의미가 희석된 문구를 쓰지 않도록 재도전하기 전에 자기 억제를 좀 풀어보려 한 것뿐이었다. 그런데 그녀는 자신이 떠올린 문구 때문에, 자신이 떠올린 사람 때문에 경악하고 말았다. 곤란했다. 마흔 개 남짓한 쓸데없는 단어들을 가능한 한 빨리 지워버리고 싶다는 생각밖에 들지 않았다. 그리고 수치심을 포함해 여러 가지 이유에서 이제 그만 패배를 축복으로 받아들여야 하는 게 아닌지, 이처럼 어처구니없을 만큼 낯 뜨거운 일에 가담해서라도 중간에 끼어 있는 상태에서 벗어나려 했던 희망을 버려야 하는 게 아닌지 그녀는 생각한다. 계속 프랑스에 있었다면 이런 광고가 필요 없었을 거라고, 무슨 광고든 특히 남자를 구한다는 광고 따위는 필요 없었을 거라고 생각한다…… 미국으로 건너온 것은 자신이 이제까지 한 일 가운데 가장 용감한 일이었지만, 당시에는 그게 얼마나 용감한 짓인지 몰랐다. 그저 야망을 이루기 위한 다음 단계로서 실행에 옮겼을 뿐이었다. 결코 저속한 야망이 아니었고, 위엄마저 지닌 야망, 독립적인 인간이 되고자 하는 야망이었지만, 이제 그녀는 그 결과를 고스란히 떠안게 되었다. 야망. 모험. 매혹. 미국으로 건너가는 것에의 매혹. 우월 의식. 떠남이라는 행위에서 오는 우월 의식. 언젠가 다시 고국으로 돌아가는 기쁨을 위해, 야망을 이루고 의기양양하게 고향으로 돌아가는 기쁨을 위해 떠나왔는데. 언젠가 고향으로 돌아갔을 때 그런 말을 듣고 싶어서 떠나왔는데. 무슨 말을 듣고 싶었느냐고? "그애가 해냈어. 그애가 해냈다고. 그런 일을 해냈으니 앞으로 걘 뭐든 해낼 수 있을 거야. 체중 104파운드에 키는 겨우 5피트 2인치, 스물이라는 나이에 혼자 힘으로, 아무도 알아주는 사람 없는 그곳에 혼자 건너가 해낸 거라고. 자수성가한 거야. 그애 이름을 아는 사람이 아무도 없었는데. 혼자 힘으로 해낸 거라니까." 나는 누구에게 이런 말을 듣고 싶었던 걸까. 그리고 그런 말을 듣는다고 뭐가 달라지는 걸까? "미국에 있는 우리 딸이……" 나는 그들이 그렇게 말하기를, 그렇게 말하지 않고는 못 배기기를 바랐다. "그애가 미국에서 혼자 힘으로 성공했어." 나는 프랑스인으로서는 성공할 수 없었으니까. 진정한 의미의 성공을 거둘 수가 없었으니까. 어머니라는 존재와 어머니의 그늘에서 벗어날 수가 없었다. 어머니가 거둔 성공의 그늘도 있었지만, 그보다 더 안 좋은 것은 외가의 그늘이었다. 13세기 생 루이 국왕이 하사한 영지의 이름을 딴 발랭쿠르 가문의 그늘. 13세기에 정해진 가문의 이상을 여전히 지키고 있는 발랭쿠르 가문의 그늘 말이다. 델핀은 그런 모든 가문들, 모두가 똑같이 생각하고, 똑같이 생겼으며, 숨막힐 듯 답답한 똑같은 가치들과 숨막힐 듯 답답한 똑같은 종교적 규칙을 공유하는 순혈의 오래된 지방귀족들을 몹시 증오했다. 그들이 얼마나 대단한 야망을 품고 있든, 얼마나 자식들을 몰아붙이든, 그들 모두가 똑같이 자비심, 무욕, 극기, 믿음 그리고 존중―개성이 아닌(개성을 타도하라!) 가문의 전통에 대한 존중―에 대한 설명을 귀에 딱지가 앉도록 되풀이하며 자녀들을 키운다. 지적 능력보다도, 창조성보다도, 가문과 별개의 존재로서 자신을 깊이 있게 성장시키는 것보다도 우위에 있는 것, 다른 모든 것의 우위에 있는 것이 바로 멍청한 발랭쿠르 가문의 전통 아닌가! 그런 가치를 몸소 구현하고 집안사람들에게 강요한 사람이 바로 델핀의 어머니였다. 외동딸이 사춘기 이후 어머니로부터 가능한 한 멀리 도망칠 능력이 없는 아이였다면 요람에서 무덤까지 외동딸을 그런 가치들의 쇠사슬로 꽁꽁 묶어두었을 사람이 바로 델핀의 어머니였다. 델핀과 같은 세대의 발랭쿠르 가문 아이들은 무조건 순종하거나 아니면 불가해할 정도로 처절하게 반항하거나 둘 중 하나였는데, 델핀의 성공은 그 어느 쪽에도 속하지 않았다. 벗어나려는 생각조차 품은 사람이 거의 없었던 가문의 배경으로부터 델핀은 용케도 독특한 탈출로를 찾았다. 미국으로, 예일대로, 아테나대로 오는 것으로 그녀는 사실상 어머니를 넘어섰다. 델핀의 아버지와 그의 돈이 없었다면, 카트린 드 발랭쿠르는 스물둘의 나이에 피카르디 지방을 떠나 파리로 오는 것은 꿈도 꾸지 못했을 것이기 때문이다. 피카르디와 가문의 아성을 떠나면 어머니는 아무것도 아니니까. 어머니의 이름이 사람들에게 무슨 의미가 있겠는가? 나는 아무도 오해할 리 없는, 가문과 전혀 상관없는, 나 자신의 힘만으로 거둔 성공을 원했기 때문에 프랑스를 떠난 것이다…… 델핀은 자신이 미국인 남자를 사귀지 못하는 이유가 미국인 남자를 사귈 줄 몰라서가 아니라, 미국인 남자들을 이해하지 못하고 앞으로도 결코 이해하지 못할 것이기 때문이라고 생각한다. 그리고 미국인 남자들을 이해할 수 없는 이유가 자신의 영어가 유창하지 못해서라고 생각한다. 그녀가 자신의 유창한 영어에 대해 아무리 자긍심을 갖고 있어도, 실제로 그녀의 영어가 유창하다 하더라도, 그래도 유창하지 못한 것이다. 나는 미국 남자들을 이해한다고 생각하고, 실제로도 그들을 이해한다. 내가 이해하지 못하는 것은 그들의 말이 아니라 그들이 말하지 않는 모든 것, 그들이 말하고 있지 않는 모든 것이다. 이곳에서 그녀는 자기 지성의 50퍼센트밖에 발휘하지 못한다. 파리에서는 모든 뉘앙스를 이해했다. 여기 출신이 아니라서 사실상 나는 벙어리나 다름없는데, 여기서 똑똑하다고 해봤자 무슨 의미가 있을까…… 그녀가 유일하게 제대로 이해하는 영어―아니, 그녀가 유일하게 이해하는 미국어라고 하는 게 맞겠다―는 학계의 미국어라서, 좀처럼 미국어라고 할 수 없는 것이다. 그것이 바로 그녀가 여기에 안착하지 못했고 앞으로도 안착할 수 없는 이유이다. 그것이 바로 앞으로도 남자가 생길 수 없는 이유이자 이곳이 그녀의 고향이 될 수 없는 이유이고, 그녀의 직관이 빗나갔던 이유이자 앞으로도 계속 빗나갈 수밖에 없는 이유이며, 파리에서 학생 시절 누렸던 안락한 지식인으로서의 삶을 두 번 다시 향유할 수 없는 이유이며, 여기서 여생을 보내는 동안 이 나라에 대해서는 11퍼센트, 이 나라 남자들에 대해서는 0퍼센트밖에 이해하지 못할 이유라고 그녀는 생각한다…… 자신이 아무리 지적으로 돋보여도 타향살이 신세인 탓에 제대로 조명받지 못했다고 그녀는 생각한다…… 그녀는 자신이 주변시를 잃었다고, 그래서 정면에 있는 것만 볼 수 있고 시야 가장자리에 있는 것은 볼 수 없다고, 그래서 여기서 그녀는 자신 같은 수준의 지성을 갖춘 여자의 시각이 아닌, 평범하고 완전히 정면만 보는 시각, 이민자나 난민의 시각, 잘못된 장소에 있는 사람의 시각밖에 가질 수 없다고 생각한다…… 또 생각한다. 왜 나는 떠나왔을까? 어머니의 그늘 때문에? 그것 때문에 내 것이었던 모든 것, 내게 익숙했던 모든 것, 나를 치밀한 사람으로 만들어줬던 모든 것을 포기하고 이 불확실성의 진창에 빠진 건가? 나는 내가 사랑한 모든 것을 포기했다. 파시스트가 한 나라를 도저히 살 수 없는 곳으로 바꿔놓았을 때에나 사람들은 사랑하는 모든 것을 포기하지, 자기 어머니의 그늘 때문에 그러지는 않는다…… 내가 왜 떠났을까, 내가 무슨 짓을 저지른 걸까, 이건 말도 안 돼, 그녀는 생각한다. 내 친구들, 우리가 나눈 대화, 내가 나고 자란 도시, 남자들, 지적인 남자들. 말이 통했던 자신감 넘치는 남자들. 이해심이 있었던 성숙한 남자들. 안정적이고 열정적이며 남자다운 남자들. 강하고 위협에 굴하지 않는 남자들. 진정한 남자들이자 어느 모로 보아도 남자다운 남자들…… 그녀는 또 생각한다. 왜 아무도 날 말리지 않았을까, 왜 아무도 내게 뭔가 이야기해주지 않았을까? 고향을 떠나온 지 채 십 년도 안 되는데 인생을 두 번은 산 것처럼 느껴진다…… 자신이 여전히 카트린 드 발랭쿠르 루의 어린 딸이라고, 자신이 티끌만큼도 변하지 않았다는 생각이 든다…… 아테네에서 프랑스인이라는 점은 토박이들한테는 이국적으로 여겨질 수도 있지만 어머니에게는 전혀 특별하게 여겨질 리 없고 앞으로도 그럴 리 없을 거라고 그녀는 생각한다…… 그랬다. 그게 바로 어머니의 고정불변한 그늘에서 벗어나기 위해 그녀가 떠나온 이유이고, 그게 바로 그녀의 귀국을 막고 있으며, 그래서 지금 그녀가 정확히 어느 곳도 아닌, 여기도 저기도 아닌 중간에 붕 떠버린 것이다…… 이국적인 프랑스인의 면모 아래 자신은 언제나 그랬듯 변함없었다고, 미국에 건너와서 생긴 그 이국적인 프랑스인의 면모가 자신을 지독히 비참한, 이해받지 못하는 외국인으로 만든 것뿐이라고 생각한다…… 그녀는 자신이 중간에 끼인 것보다 훨씬 심한 상황에 있다고, 자신이 망명중이라고, 하필이면 어머니로부터 망명하겠다고 멍청하게 사서 고생중이라고 생각한다. 그런 생각을 하던 중에 그녀는, 보내기 전에 확인하는 것을 소홀히 하고, 그만 광고문을 〈뉴욕 리뷰 오브 북스〉에 보내는 대신 앞서 보낸 메일의 수신자들—아테나 대학 어문학과 교수 열 명—의 주소로 발송해버리고 만다. 처음에는 메일 주소를 살피는 것을 소홀히 했고, 두번째에는 산만하고 불안하고 정서적으로 힘든 상태에서 삭제 버튼 대신 전송 버튼을 눌러버리는 바람에 흔히 저지르기 쉬운 처음의 실수에 흔히 저지르기 쉬운 또다른 실수를 더한 것이다. 그렇게 해서 콜먼 실크를 복제한 혹은 복사한 듯한 남자를 구한다는 광고가 돌이킬 수 없이, 〈뉴욕 리뷰 오브 북스〉의 광고란이 아닌 어문학과의 모든 교수에게 전송되어버린다.

전화벨이 울렸을 때는 새벽 한시가 넘은 시각이었다. 그녀는 이미 한참 전에 연구실에서 도망쳐나왔다. 여권을 챙겨 그 나라에서 도망쳐야겠다는 일념으로 연구실에서 뛰쳐나왔던 것이다. 평소 잠자리에 드는 시각보다 몇 시간이나 지난 시각이었는데 그 소식을 알리는 전화가 걸려왔다. 무심코 전송해버린 광고문 때문에 너무도 괴로웠던 그녀는 그때까지 잠들지 못하고 머리칼을 쥐어뜯거나 거울에 비친 자신을 향해 조롱을 퍼붓거나 주방 식탁에 고개를 숙이고 두 손으로 얼굴을 가린 채 눈물을 흘리면서 온 아파트 안을 돌아다니고 있었는데, 그러다 흠칫 잠에서, 이제껏 세심하게 방어해온 성인으로서의 삶이라는 잠에서 깨어나기라도 하듯 펄쩍 뛰어오르며 큰 소리로 외쳤다. "그런 일은 없었어! 난 그런 짓 안 했다고!" 그렇다면 누가 한 짓이란 말인가? 예전에는 성가신 존재인 그녀를 짓밟아 뭉개고 어떻게든 없애버리려 최선을 다하는 사람들이, 그들과 맞서 스스로를 보호하는 방법을 그녀가 힘들게 깨우치도록 만드는 무정한 인간들이 항상 있었던 것 같은데. 하지만 오늘밤에는 비난의 화살을 돌릴 사람이 아무도 없다. 파멸을 초래한 타격을 가한 게 바로 자신의 손이니까.

미친 듯 몸부림치며 그녀는 최악의 사태만은 막아보려고 무슨 수를, 아니 무슨 수라도 찾아보려 애썼다. 하지만 도저히 믿기지 않는 절망 속에서 떠오르는 것이라곤 결코 벗어날 수 없는 대참사의 궤도뿐이었다. 몇 시간이 흐른다. 날이 밝는다. 바턴홀의 문이 열린다. 어문학과 교수들이 각자의 연구실로 들어선다. 컴퓨터를 켠다. 그리고 거기서, 모닝커피에 풍미를 더하듯, 그녀가 전송할 의사가 전혀 없었던 이메일이 발견된다. 콜먼 실크를 복제한 듯한 남자를 구하는 광고가 실린 이메일. 어문학과 교수들이 한 번, 두 번, 세 번 반복해서 읽고, 그런 다음에는 강사, 교수, 행정 관리자, 직원, 그리고 학생들에게까지 한 명도 빠뜨리지 않고 전송된다.

그녀의 강의를 듣는 학생들도 읽을 것이다. 그녀의 비서도 읽을 것이다. 그날 하루가 다 가기 전에 대학 총장까지 읽을 것이고, 이사들도 읽을 것이다. 그녀가 그 광고는 그냥 농담이라고, 그저 내막을 아는 사람들끼리 주고받는 농담에 지나지 않는다고 주장한다고 치자. 과연 대학 이사들이 그 농담의 범인을 아테나 대학에 남아 있도록 허락할까? 특히 그녀의 농담이 학생신문에 실리면 더할 것이다. 그렇게 되는 건 시간문제다. 지역신문에 실리는 것도. 프랑스 신문에까지 실리기라도 한다면.

어머니! 어머니가 느낄 굴욕감! 그리고 아버지! 아버지의 실망! 가문의 전통에 순종하는 모든 발랭쿠르 가문의 사촌, 그들이 그녀의 패배에 대해 느낄 기쁨! 과거의 편협함을 그대로 유지하고 있는, 어처구니없을 정도로 보수적인 숙부들과 어처구니없을 정도로 독실한 숙모들, 고상한 척 성당에 나란히 앉아 있을 그들이 이런 일이 터진 걸 알면 얼마나 기뻐할까! 그 광고는 단순히 문학 형식에 대한 실험이었다고 해명하는 건 어떨까. 연구실에서 혼자 별 생각 없이 개인 광고로 장난을 쳐봤다고, 이를테면……이를테면 공리주의적인 하이쿠 같은 것이었다고. 도움이 될 것 같진 않다. 엉터리 같은 핑계다. 아무것도 도움이 되지 않을 것이다. 어머니, 아버지, 오빠와 남동생, 친구들, 선생님들. 예일. 예일! 추문은 그녀의 모든 지인들에게 전해질 것이며, 그 치욕은 언제까지나 그녀를 따라다닐 것이다. 여권을 들고 도망친다 한들 어디로 갈 수 있겠는가? 몬트리올? 마르티니크?* 생계는 어떻게 하고? 방법이

---

* 카리브 해에 있는 프랑스령 섬.

없다. 그녀의 광고에 대해 알게 된다면 아무리 먼 곳에 있는 프랑스어권 변경 식민지라도 그녀에게 교사 일을 주지 않을 테니까. 순수하고 존경받는 전문직 종사자의 인생, 그런 삶을 위해 그 모든 걸 계획했고, 아무리 힘든 공부도 해냈으며, 오점 하나 없이 누구의 비난도 받지 않을 지성인으로 살아온 세월…… 그녀는 아서 서스먼에게 전화해볼까 하는 생각도 했다. 아서라면 그녀를 위해 뭔가 해결책을 찾아줄 것이다. 그러면 전화기를 집어들고 누구에게든 뭔가 의논해볼 수 있을 것이다. 그는 강인하고 영리하며, 세상 돌아가는 이치에 관해서라면 그녀가 아는 미국인들 가운데 가장 잘 알고 가장 영향력 있는 인물이니까. 아서처럼 권력을 가진 인물들은, 아무리 청렴하다 할지라도, 언제나 진실만을 말해야 한다는 고지식함에 갇히지 않는다. 그는 모든 걸 해명하기 위해 무엇이 필요한지 제시해줄 것이다. 뭘 해야 할지 일러줄 것이다. 하지만 무슨 일인지 털어놓으면 과연 그가 도와주려 할까? 그의 머릿속에 떠오르는 건 그녀가 그가 아닌 콜먼 실크를 좋아한다는 생각뿐일 텐데. 그의 자존심이 그의 이성을 대신할 것이고, 그러면 그는 세상에서 가장 멍청한 결론에 이르고 말 것이다. 그도 다른 사람들하고 똑같은 생각을 하게 될 것이다. 그녀가 콜먼 실크를 그리워하며 한숨짓는다고, 기저귀족이나 모자족은 말할 것도 없고 아서 서스먼이 아니라 콜먼 실크만을 꿈에 그리고 있다고 말이다. 그녀가 콜먼 실크를 사랑한다는 상상만으로도 그는 전화기를 쾅 내려놓고 두 번 다시 그녀와 이야기하지 않을 것이다.

정리해보자. 무슨 일이 있었는지 개괄해보는 거야. 합리적으로 행동하기 위해 충분한 시야를 확보하려 애쓰자. 그녀는 그걸 전송할 마음이 없었다. 쓰기는 했지만 전송할 생각을 하면 당혹스러웠고 보내고 싶지 않았으며 보내지도 않았다. 그럼에도 그것은 전송되었다. 그 익명의 편지처럼. 그녀는 그걸 보내고 싶지 않았고, 보낼 생각 없이 뉴욕으로 가지고 갔는데 그것 또한 발송되었다. 하지만 이번에 전송된 것은 그보다 훨씬, 훨씬 끔찍한 것이다. 이번엔 어쩌나 절망적이었던지 새벽 한시 이십분이나 되었는데도 아서 서스먼이 어떻게 생각하든 그에게 전화를 거는 것이 합리적이라는 생각이 들 정도였다. 아서가 그녀를 도와야 한다. 그녀가 저지른 짓을 원상복구하기 위해 뭘 어떻게 해야 할지 그가 말해줘야 한다. 그리고 그때, 정확히 한시 이십분, 아서 서스먼에게 전화를 걸려고 손에 전화기를 드는데 벨이 울린다. 아서가 그녀에게 전화를 걸고 있는 것이다!

하지만 그녀의 비서였다. "그분이 돌아가셨어요." 뭐라고 하는지 델핀이 제대로 알아들을 수도 없을 정도로 꺽꺽 울면서 마르고가 말한다. "마르고, 괜찮아요?" "그분이 돌아가셨어요!" "누가요?" "저도 방금 들었어요. 델핀 교수님. 너무 끔찍해요. 그래서 교수님께 전화하는 거예요. 안 할 수가 없었어요. 전화할 수밖에 없었어요. 끔찍한 일이 일어났다는 걸 교수님께 이야기해드려야 하니까. 세상에, 교수님, 너무 늦었죠, 늦은 시간이라는 건 알지만……" "안 돼! 설마 아서가!" 델핀이 소리친다. "실크 학장님요!" 마르고가 말한다. "죽었다고요?" "끔찍한 사고예요. 너무 끔찍해요." "무슨 사고요, 마르고, 무슨 일인데요? 어디서요? 천천히 얘기 좀 해봐요. 처음부터 다시. 지금 무슨 이야기를 하는 거예요?" "강에서요. 어떤 여자랑. 실크 학장님 차 안에서. 추락 사고예요." 이제 마르고의 이야기는 전혀 맥락이 없었다. 델핀은 너무 충격을 받아 자신이 전화기를 내려놓은 것도, 눈물을 흘리면서 침대로 뛰어든 것도, 침대에 누워 그의 이름을 부르며 울부짖은 것도 전혀 기억하지 못했다.

전화기를 내려놓은 후 그녀는 생애 최악의 몇 시간을 보냈다.

사람들이 광고문 때문에 그녀가 그를 좋아한다고 생각하게 될 거라고? 사람들이 광고문 때문에 그녀가 그를 사랑한다고 생각하게 될 거라고? 하지만 남편을 잃은 것처럼 구는 지금의 그녀를 본다면 사람들은 어떻게 생각할까? 그녀는 눈을 감을 수가 없었다. 눈을 감으면 그의 눈이, 쏘아보는 듯한 초록빛 눈이 터지는 장면이 보이기 때문이다. 차가 탈선하는 것이, 그의 머리가 앞으로 홱 쏠리는 것이, 충돌하는 순간 그의 눈이 터지는 것이 보인다. "안 돼! 안 돼!" 하지만 그의 눈을 보지 않으려고 눈을 뜨면, 이번에는 그녀가 저지른 일과 거기 쏟아질 조롱들이 눈에 비친다. 눈을 뜨면 자신의 치욕이, 눈을 감으면 그가 산산조각 나는 모습이 아른거려서, 밤새 그녀는 고통이라는 진자에 이리저리 흔들린다.

잠이 들 때와 똑같은 대혼란 속에서 그녀는 잠을 깬다. 왜 자신이 몸을 떨고 있는지 기억하지 못한다. 악몽 때문에 떨고 있는 거라고 생각한다. 그의 두 눈이 터져버리는 악몽. 하지만 아니다. 그건 실제로 일어난 일이고, 그가 죽었다. 그리고 그 광고, 그 일 역시 실제로 일어난 일이다. 모든 일이 실제로 일어났고, 어떻게 손써볼 수 없다. 나는 부모님한테서 그런 말을 듣고 싶었을 뿐인데……이제 그들은 이렇게 말할 것이다. "미국에 있는 우리 딸아이요? 우린 그애 이야기는 입에 올리지 않기로 했어요. 우리한텐 그런 딸 없어요." 마음을 진정시키고 뭔가 조치를 강구해보려 해도, 생각하는 것 자체가 불가능하다. 가능한 것은 오로지 정신착란과, 갑자기 심해지는 둔감함이라는 공포뿐이다. 새벽 다섯시가 막 지난 시각. 그녀는 눈을 감고 잠을 청하며 모든 것을 떨쳐버리려 애쓰지만, 눈이 감기는 순간 그의 눈이 나타난다. 그 두 눈은 그녀를 노려보고, 그런 다음 터져버린다.

그녀는 옷을 입는다. 그녀는 비명을 지른다. 그녀는 문밖으로 걸어나온다. 아직 동도 트지 않았다. 화장도 하지 않은 상태다. 액세서리도 없다. 그저 잔뜩 겁에 질린 맨얼굴. 콜먼 실크가 죽었다.

캠퍼스에 도착하니 아무도 없다. 까마귀뿐이다. 너무 이른 시간이어서 성조기도 게양되지 않았다. 매일 아침 그녀는 노스홀 꼭대기에 성조기가 걸렸는지 확인하는데, 성조기를 보면서 매일 아침 잠시나마 만족감을 얻곤 했다. 그녀는 고국을 떠나왔다. 용기 있게 실행했다. 그녀는 지금 미국에 있다! 그녀는 자신의 용기가 가상했고, 그게 쉽지 않았다는 것을 알기에 흡족했다. 하지만 지금 그곳에는 성조기가 걸려 있지 않은데, 그녀는 그 사실을 알아채지 못한다. 자신이 해야 하는 일 말고는 어떤 것도 그녀의 눈에 들어오지 않는다.

바턴홀 출입구 열쇠를 가지고 있는 그녀는 안으로 들어간다. 자신의 연구실에 도착한다. 그 정도는 할 정신이 있다. 그녀는 잠시 가만히 있는다. 그녀는 지금 생각을 하고 있다. 좋아. 하지만 무슨 수로 다른 교수들 연구실에 들어가 컴퓨터를 켜지? 패닉에 빠져 도망치는 대신, 어젯밤에 그녀가 해치웠어야 하는 일이다. 평정을 되찾고, 자신의 명성을 구출하고, 자신의 이력을 무너뜨릴 재난을 방지하려면 그녀는 계속 생각해야만 한다. 사고하는 것이야말로 그녀의 인생 전부라고 할 수 있다. 학교를 다니면서부터 훈련받은 것이 그것 말고 무엇이 있단 말인가? 그녀는 자신의 연구실을 나서서 복도를 걸어간다. 이제 그녀의 목적은 분명하고, 생각도 명확하다. 그냥 들어가서 삭제하는 것이다. 그녀에게는 그걸 삭제할 권리가 있다. 그녀가 보냈으니까. 게다가 그녀는 그걸 보낸 적조차 없다. 의도했던 게 아니었다. 그녀에게는 책임이 없다. 그냥 전송돼버린 것이니까. 하지만 교수들의 연구실 손잡이를 잡고 돌리자 전부 잠겨 있다. 이번에는 자신이 가지고 있는 열쇠들로 문을 열어보려 한다. 처음에는 건물 출입구 열쇠를, 그다음에는 자기 연구실 열쇠를. 하지만 어느 것도 소용없다. 당연히 열릴 리가 없다. 어젯밤에 그 열쇠들로 시도했더라도 효과가 없었을 것이고, 지금도 마찬가지다. 생각하는 일만 치면 그녀도 아인슈타인만큼 사고할 능력이 있지만, 생각만으로는 문들을 열 수 없다.

다시 자신의 연구실로 돌아온 그녀는 파일 서랍을 연다. 뭘 찾으려는 걸까? 이력서다. 왜 자신의 이력서를 찾는 걸까? 그녀의 이력이 끝장났으니까. 미국에 있는 우리 딸이 끝장났으니까. 그리고 끝장났기 때문에 그녀는 파일 서랍 안에 있는 파일을 모조리 끄집어내 바닥에 내팽개친다. 파일 서랍 하나가 비었다. "우리한텐 미국에 있는 딸 같은 거 없어요. 우리한텐 딸 같은 거 없어요. 아들들밖에 없어요." 이제 그녀는 생각을 해야 한다는 생각조차 집어치운다. 대신 물건을 집어던지기 시작한다. 책상에 쌓여 있는 것이 무엇이건, 벽에 걸린 것이 무엇이건 가리지 않는다. 무엇이 박살이 나건 무슨 상관이란 말인가? 그녀는 죽어라 노력했지만 실패했다. 흠잡을 데 없는 이력서, 그리고 그 이력서로 존경받던 것도 이젠 끝이다. "미국에 있는 우리 딸아이는 실패자예요."

아서에게 전화를 걸려고 전화기를 집어들 무렵에는 흐느끼고 있었다. 그는 잠자리에서 뛰쳐나와 보스턴에서 곧장 운전해 달려올 것이다. 세 시간도 안 돼 그는 아테나에 도착할 것이다. 아홉시면 그가 여기 와 있을 것이다! 하지만 그녀가 누른 번호는 전화기에 붙어 있던 비상 번호다. 그런데 그녀는 편지와 메일을 보냈을 때만큼이나 그 번호를 누르고 싶은 생각이 전혀 없었다. 그저 구원받고 싶다는 아주 인간적인 바람만 있었을 뿐이다.

그녀는 말문을 떼지 못한다.

"여보세요?" 전화를 받은 남자가 말한다. "여보세요? 누구세요?"

그녀는 간신히 말문을 연다. 어느 언어에서건 결코 축소할 수 없는 두 마디 말을. 사람의 이름. 축소할 수도, 대체할 수도 없는 것. 그녀에게 전부인 것. 전부였던 것. 그런데 이제는 세상에서 가장 우스꽝스러운 두 마디 말이 되어버린 것.

"누구시라고요? 어느 교수님요? 잘 안 들리는데요, 교수님."

"경비실인가요?"

"좀더 크게 말씀해주세요, 교수님. 예, 예, 대학 경비실입니다."

"여기로 좀 와주세요." 그녀는 애원조로 말하며 다시 한번 울음을 터뜨린다. "당장요. 끔찍한 일이 일어났어요."

"교수님? 어디 계신데요? 교수님, 무슨 일입니까?"

"바턴요." 상대가 제대로 알아들을 수 있도록 그녀는 반복한다. "바턴홀 121호요." 그녀는 그에게 말한다. "루 교수예요."

"무슨 일입니까, 교수님?"

"끔찍한 일이에요."

"괜찮으세요? 뭔가 잘못된 겁니까? 무슨 일입니까? 누가 거기 있나요?"

"제가 있어요."

"괜찮으세요?"

"누가 침입했어요."

"어디에 침입했단 말씀이세요?"

"제 연구실요."

"언제요, 교수님, 언제요?"

"모르겠어요. 밤인 것 같아요. 잘 모르겠어요."

"괜찮으신 거죠? 교수님? 루 교수님? 듣고 계세요? 바턴홀이라고 하셨죠? 확실하죠?"

머뭇거림. 생각하려 애쓰면서. 확실한가? 그런가? "확실해요." 이제는 걷잡을 수 없이 울음을 터뜨리며 그녀가 말한다. "서둘러주세요, 제발! 당장 와주세요, 제발! 누가 내 연구실에 침입했어요! 아수라장이에요! 너무 심해요! 끔찍해요! 내 물건들! 누가 내 컴퓨터에도 침입했어요! 빨리요!"

"침입이라고요? 누군지 아세요? 누가 침입했는지 알고 계시나요? 학생인가요?"

"실크 학장이 침입했어요." 그녀가 말했다. "빨리 와주세요!"

"교수님, 교수님, 듣고 계십니까? 루 교수님, 실크 학장님은 돌아가셨습니다."

"들었어요." 그녀가 말했다. "나도 알고 있다고요. 정말 끔찍한 일이에요." 그렇게 말한 다음 그녀는 비명을 질렀다. 지금까지 일어난 모든 일에 대한 공포로 비명을 질렀고, 그가 떠나면서 그녀에게, 그녀에게 해준 마지막 일을 생각하면서 비명을 질렀다. 그리고 이후 델핀은 서커스나 다름없는 하루를 보냈다.

실크 학장이 아테나 대학 청소부 한 명과 함께 자동차 사고로 사망했다는 놀라운 소식이 대학 내 전 강의실에 퍼졌을 무렵, 실크 학장이 교통사고로 목숨을 잃기 몇 시간 전에 델핀 루 교수의 연구실을 약탈하고 거짓 이메일을 전송했다는 소문이 돌기 시작했다. 사람들은 이 모든 소문을 믿기 힘들어했는데, 사고 정황에 대한 또다른 이야기가 마을사람들을 거쳐 대학 내에까지 퍼지자 거의 모든 사람이 한층 더 당혹스러워했다. 잔인하다싶을 정도로 상세한 그 이야기는 믿을 만한 출처에서 나온 거라고 했다. 시신을 발견한 주 경찰의 동생에게서 나온 이야기라고. 그의 말에 따르면 학장이 운전대를 놓친 것은, 그의 옆 조수석에 앉아 있던 아테나 대학의 여자 청소부가 운전중인 그에게 오럴 섹스를 해주었기 때문이라는 것이었다. 경찰이 차량의 잔해를 발견해 강물에서 인양했을 당시 차 안에 있던 그의 옷매무새와 여자 시신의 자세, 위치에서 미루어 추정해낼 수 있다고 했다.

교수들 대다수는, 특히 여러 해 동안 콜먼 실크를 개인적으로 잘 알고 지냈던 노교수들은 처음에는 그 이야기를 믿으려 들지 않았고, 그런 이야기를 명백한 사실인 것처럼 받아들이고 쉽게 믿어버리는 세태에 분개했다. 모욕의 잔인함이 그들을 질겁하게 했다. 하지만 그날 하루가 지나가면서 침입 사건에 대한 정보가 추가되고, 실크가 여자 청소부와 연애한 사실—두 사람이 남의 눈을 피해 함께 돌아다니는 것을 본 수많은 사람의 이야기—까지 밝혀지면서 노교수들도, 다음날 지역신문이 흥미 위주의 기사에서 언급했듯이 "변함없이 비통한 심정으로 그 혐의를 부인하기가" 점점 어려워졌다.

그리고 사람들은 몇 년 전 콜먼이 흑인 학생 두 명을 검둥이라고 불렀다는 주장이 나왔을 때도 다들 얼마나 믿을 수 없어했는지 기억해내기 시작했다. 그가 치욕 속에서 사직한 뒤 어떻게 옛 동료 교수들로부터 스스로를 고립시켰는지, 아주 가끔 시내에서 모습을 보이더라도 누구와 마주치건 상관없이 그가 얼마나 무례하다싶을 정도로 퉁명스럽게 굴었는지 기억해냈다. 그가 아테나 대학과 관계된 모든 것과 모든 사람에 대한 혐오감을 소리 높여 표하다 그만 자식들과도 사이가 틀어졌다는 이야기도 있었다는 것을 기억해냈다…… 그러다보니 그날 하루가 시작되었을 때만 해도 콜먼 실크의 인생이 그토록 고약한 종말을 맞았다고 시사하는 어떤 것에도 말도 안 되는 소리라고 치부했던 사람들조차도, 그리고 입지가 확고했던 지식인이자 카리스마 넘치는 교수였고 역동적이고 영향력이 컸던 학장이었으며 나이 일흔에도 정정하고 매력적이고 활기 넘치던 사람이었고 훌륭하게 성장한 네 자녀의 아버지이기도 했던 콜먼 같은 사람이 한때 가치 있게 여겼던 모든 것을 내버리고 그토록 갑작스럽게 소외되어 기이한 추방자로 살다가 수치스러운 죽음을 맞게 된 것을 견딜 수 없어했던 노교수들조차도 'Spooks' 사건 이후 뒤따른 콜먼 실크의 변신을 직시하지 않을 수 없게 되었다. 콜먼 자신에게 굴욕적인 최후를 가져다주었을 뿐 아니라, 그가 늙은 나이에 정부로 삼았다는 사실을 이제는 모두가 알고 있는 서른네 살의 불운한 문맹 여성 포니아 팔리를 섬뜩한, 그리고 용납할 수 없는 죽음으로 몰아넣은 그 철저한 변신을.

5
정화의식

두 번의 장례식이 있었다.

먼저 포니아의 장례식이 배틀마운틴 산정의 묘지에서 열렸다. 나는 차를 몰고 그곳을 지나갈 때마다 늘 소름이 끼쳤다. 대낮에도 으스스했고, 오래된 묘석의 고요함과 정지된 시간이 불가사의한 분위기를 풍겼다. 게다가 인디언 묘지였던 장소와 인접한 주 정부 삼림보호구역─광활하고 빽빽하게 숲이 우거진데다 비바람에 씻긴 바위들이 흩어져 있는 황야로, 폭포처럼 암벽에서 암벽으로 흘러내려온 유리알 같은 물이 핏줄처럼 개울을 이루고, 코요테와 스라소니, 심지어 흑곰까지 서식하며, 들리는 이야기로는 먹이를 찾아다니는 사슴 무리가 식민지 시대 이전만큼 개체 수가 엄청 불어났다는 곳이었다─으로 인해 한층 더 불길한 느낌을 풍겼다. 낙농장의 여주인들은 그 어두컴컴한 숲 바로 가장자리에 포니아의 무덤을 마련했고, 조문객이 얼마 없는 순수한 장례식을 준비했다. 두 여주인 가운데 좀더 외향적인 성격으로 자신을 샐리라고 밝힌 여자가 먼저 추도사를 했다. 그녀는 자신의 동업자와 자신들의 자녀들을 소개하고 나서 말했다. "우린 농장에서 포니아와 같이 살았습니다. 오늘 아침 우리가 이 자리에 있는 건 여러분과 같은 이유에섭니다. 한 생명을 기리기 위해서요."

여자는 밝고 낭랑한 목소리로 말했다. 긴 색드레스* 차림에 쾌활해 보이는 작고 동그스름한 얼굴의 여자는 농장의 여섯 아이가 최대한 덜 슬퍼하도록 명랑함을 유지하기로 마음먹었다. 저마다 가장 깨끗한 나들이옷으로 차려입은 아이들은 포니아의 관이 땅속으로 내려지기 전에 관 위에 뿌리기 위해 꽃을 한 줌씩 쥐고 있었다.

"우리 가운데 누가." 샐리가 물었다. "포니아의 따스하고 거침없는 웃음소리를 잊을 수 있을까요? 포니아가 불쑥 던지던 말이나 전염성 강한 포니아의 웃음에 우리는 배꼽을 쥐고 웃곤 했습니다. 그리고 아시다시피 포니아는 대단히 영적인 사람이기도 했습니다." 샐리는 그 말을 되풀이했다. "영적인 사람이었죠. 영적인 것을 추구하는 사람이었다는 것, 이 말이 포니아의 범신론적 믿음을 가장 잘 보여줍니다. 포니아의 하느님은 자연이었고, 포니아의 자연숭배는 우리가 기르는 몇 안 되는 암소에게까지, 인류의 유모라고 할 수 있는 가장 자비로운 존재인 세상 모든 암소에게까지 미쳤습니다. 포니아는 가족 경영 낙농장을 아주아주 존중해주었습니다. 페그랑 저랑 아이들하고 함께 가족 경

---

* 부대 자루같이 헐렁하게 만든 여성용 원피스.

영 낙농장이 뉴잉글랜드에서 실용적인 문화유산으로 살아남을 수 있게 도와주었습니다. 포니아의 하느님은 여러분이 저희 낙농장에서 보는 모든 것, 그리고 이 배틀마운틴에서 보는 모든 것입니다. 우리가 포니아의 마지막 안식처로 이곳을 선택한 것도 원주민들이 여기서 사랑하는 사람들에게 마지막 인사를 건넸던 이래 이곳이 늘 신성한 장소로 여겨져왔기 때문입니다. 포니아가 우리 아이들에게 해준 멋진 이야기들, 외양간에 집을 짓고 사는 제비와 들판의 까마귀, 들판 위 창공을 미끄러지듯 나는 붉은꼬리말똥가리에 대한 이야기들은 버크셔의 생태계가 균형이 깨지기 전에는 여러분도 바로 이 산정에서 들은 적 있을 그런 이야기였습니다. 버크셔의 생태계가 교란된 것은 몰려드는……"

누가 몰려들었다는 건지는 뻔했다. 루소의 자연주의를 환경론자 시각에서 풀어내는 그 추도사에 나는 도저히 집중할 수 없었다.

두번째 추도사의 주인공은 아테나 대학의 과거 스포츠 스타이자 대학 시설관리 책임자로 포니아의 상사였던 스모키 홀렌벡이었다. 그를 고용했던 콜먼에게 들은 대로라면 홀렌벡은 한동안 포니아에게 단순한 상사 이상이었다. 스모키의 부하직원이 된 첫날부터 포니아는 사실상 스모키의 아테나 히렘에 징집된 셈이었는데, 레스 팔리가 낌새를 채는 바람에 갑작스럽게 거기서 내쫓겼다.

샐리와 달리 스모키는 자연인 포니아의 범신론적 순수성에 대해 늘 어놓지 않았다. 대학 대표 자격으로 참석한 만큼 그는 그녀가 청소를 담당했던 기숙사의 학부생들에게 미친 영향을 필두로, 그녀의 시설관리 재능을 부각시키는 데 집중했다.

"포니아가 일하면서 그곳 학생들에게 변화가 생겼습니다." 스모키가 말했다. "마주칠 때마다 자신들에게 미소를 지으며 안녕, 잘 지내니, 감기는 다 나았니, 공부는 잘돼 하고 인사를 건네는 사람이 생긴 겁니다. 포니아는 언제나 일을 시작하기 전에 잠시 학생들과 이야기를 나누며 친해지려고 노력했습니다. 시간이 지나면서 포니아는 학생들에게 투명인간 같은 존재가 아닌, 단순한 시설관리 직원이 아닌, 학생들이 존경하는 사람이 되었습니다. 포니아와 알고 지내게 되면서 학생들은 포니아의 일을 덜어주기 위해서라도 기숙사를 어지럽히지 않으려고 신경쓰게 되었습니다. 반대로 학생들과 눈도 절대 마주치지 않고 거리를 두고, 학생들이 무엇을 하건 관심도 없고 무엇을 하는지 알고 싶어하지도 않는 시설관리 직원도 있습니다. 하지만 포니아는 그러지 않았습니다. 절대 아니었습니다. 저는 학생 기숙사의 관리 상태가 학생들과 시설관리 직원의 관계와 직접적으로 연관된다는 것을 알게 되었습니다. 학생들이 불만을 표출하느라 뭐든지 발로 차고 주먹으로 치는 통에 우리가 보수해야 하는 깨진 창문의 개수, 우리가 보수해야 하는 벽에 난 구멍의 개수…… 벽에 해댄 낙서. 별별 일들이 다 있습니다. 하지만 포니아가 관리하는 건물에서는 이런 걸 볼 수 없었습니다. 대신 우리는 높은 생산성에 기여하고, 아테나 대학이라는 공동체의 일부임을 배우고 그 일부로 살아가며 그 일부임을 느끼게 해주는 건물을 갖게 되었고……"

포니아의 애인으로서는 콜먼의 전임자 격인, 훤칠한 키에 젊고 잘생긴 곱슬머리 유부남 스모키는 그야말로 나무랄 데 없는 연기를 펼쳤다. 범신론 운운하는 샐리의 추도사와 다를 바 없이 스모키의 추도사도 그가 그 완벽한 부하직원과 관능적인 관계였다고 상상할 여지는 전혀 찾아볼 수 없었다. 스모키가 말했다. "매일 아침 포니아는 노스홀과 그 안의 행정실들을 치웠습니다. 일과가 매일 조금씩 달라지기는 했지만, 그래도 매일 아침 해야 하는 기본적인 일이 있었는데, 그녀는 그 일들을 정말 훌륭하게 해놓았습니다. 쓰레기통을 비우고 건물에 있는 화장실 세 곳을 정돈하고 청소하는 일이었습니다. 필요하다면 어디든 젖은 걸레로 닦았습니다. 사람들 왕래가 많은 구역은 매일, 왕래가 많지 않은 구역은 일주일에 한 번 진공청소기로 청소했습니다. 먼지 떨기는 보통 주 단위로 이루어졌습니다. 앞문과 뒷문의 문틀 청소는 사람들 왕래가 얼마나 많았느냐에 따라 달라지긴 했지만, 포니아는 거의 매일 청소했습니다. 포니아는 언제나 매우 능숙했고, 구석구석 놓치지 않고 신경썼습니다. 진공청소기로 청소할 수 있는 때가 있는가 하면, 그럴 수 없을 때도 있습니다. 하지만 그렇다고 누가 포니아 팔리에게 불만을 제기한 적은 지금까지 한 번도, 단 한 번도 없었습니다. 같이 일하는 동료들에게 끼칠 불편을 최소화하면서 각각의 일을 처리할 가장 적절한 시점을 포니아가 재빨리 판단했기 때문입니다."

어린아이들을 제외하고 내가 묘지를 둘러보며 세어본 열네 사람 가운데 대학 대표로 참석한 이들은 스모키와 포니아의 동료들뿐이었다. 넥타이를 매고 코트를 걸친 네 명의 보수관리반 소속 남자들은 그녀의 업무 능력에 대한 찬양 연설에 귀를 기울이며 말없이 서 있었다. 내가 알아본 바로는, 나머지 조문객은 페그와 샐리의 친구들이거나 낙농장에서 우유를 대어 먹거나 그곳을 드나들면서 포니아를 알게 된 마을사람들이었다. 그중에 내가 아는 사람은 우체국장이자 의용소방대장인 시릴 포스터가 유일했다. 시릴은 포니아가 일주일에 두 번 청소를 하러 들렀던 곳이자 콜먼이 포니아를 처음 만났던 마을의 작은 우체국에서 그녀를 알게 됐다.

그리고 포니아의 아버지가 있었다. 커다란 덩치에 나이가 지긋한 남자였는데, 샐리가 추도사에서 언급한 덕분에 그가 참석한 걸 알게 되었다. 그는 휠체어에 앉은 채로 관에서 몇 피트밖에 떨어져 있지 않았는데, 간호사나 반려자로 보이는 상당히 젊은 필리핀 여자와 함께였다. 그는 고개를 숙이고 두 손을 이마에 댄 채 이따금 눈물을 흘리는 것 같았다. 하지만 바로 그의 뒤에 서 있는 여자는 장례식 내내 무표정한 얼굴이었다.

전날 밤 아테나 대학의 뉴스그룹 fac.discuss에서 발견한 포니아를 위한 추모 글을 작성했을 만한 사람은 조문객 중에는 없었다. 그 게시물의 시작은 이러했다.

발신: clytemnestra@houseofatreus.com
수신: fac.discuss
제목: 포니아라는 사람의 죽음
날짜: 1998년 11월 12일 목요일

실크 학장의 장례식이 행사 일정에 올라 있지 않을까 궁금해서 fac.discuss의 일정 게시판을 훑어보다 우연히 그 글을 발견했다. 왜 이런 악의 가득한 글을 올린 걸까? 그저 장난삼아? 농담으로? 가학적인 충동에 사로잡혀 심술을 부린 것에 불과한(혹은 그 이상인) 걸까? 아니면 계산된 음모행위일까? 델핀 루가 올린 걸까? 그녀의 새로운 사실무

근인 고발장일까? 그건 아닌 듯했다. 그녀가 침입 운운하는 이야기 외에 더 잔꾀를 부려봤자 이로울 게 전혀 없을뿐더러, 'clytemnestra@houseofatreus.com'이 그녀의 발명품이라고 밝혀지기라도 하면 잃는 게 훨씬 더 많을 테니까. 게다가 눈앞의 증거로 볼 때, 전형적인 델핀 식 음모는 교묘하거나 계획적인 면이 없다. 그녀가 꾸미는 음모에서는 경솔한 즉흥성이나 우스꽝스러울 정도의 치졸함, 지나치게 흥분한 아마추어의 무분별함이 느껴졌는데, 나중에 범인 스스로가 봐도 개연성이라곤 없는 터무니없는 짓들뿐이었다. 아무리 끔찍한 결과를 초래하더라도 개의치 않는 신랄한 대가들 특유의 세련된 계산과 도발이 없었다.

아니, 이것은 델핀의 악행 때문에 촉발된 것이 거의 확실한 다른 악행이었다. 하지만 훨씬 더 교묘하고, 훨씬 더 대담하며, 훨씬 더 전문적이고 악질적이었다. 악의의 차원이 달랐다. 이제 그 게시물은 또 어떤 일들을 유발할까? 어디쯤에서 이런 공개적인 돌팔매질이 끝날까? 사람들은 어디쯤에서 속아넘어가길 끝내려나? 어떻게 사람들은 델핀루가 경비에게 했던 이야기를 계속 떠들어댈 수 있는 걸까? 허위라는 게 너무도 뻔한, 거짓말이라는 게 너무도 분명한 이야기를 어떻게 믿을 수가 있는 거지? 게다가 콜먼과 관계있다는 걸 어떻게 증명힐 수 있지? 증명할 수 없다. 하지만 어쨌든 사람들은 그 이야기를 믿는다. 콜먼이 연구실에 침입해 파일 서랍을 부숴 열고, 그녀의 컴퓨터에 침입해 어문학과 교수들에게 이메일을 보냈다는 그 터무니없는 이야기를 사람들은 믿고, 믿고 싶어하고, 퍼뜨리지 못해 안달이다. 말도 안 되고 개연성도 없는데도, 아무도—공개적으로는 일절—아주 단순한 의

문조차 제기하지 않는다. 골탕을 먹일 작정이었다면 뭐하러 그녀의 연구실을 마구 뒤지고 어지럽혀 자신이 침입한 사실을 공공연히 드러내겠는가? 광고문을 본 사람의 90퍼센트는 그 광고와 그를 연관 지을 생각조차 못할 텐데 뭐하러 굳이 그런 글을 쓰겠는가? 델핀 루 외에 누가 그 광고문을 읽고 그를 떠올리겠는가? 그녀의 주장대로 그런 행동을 하려면 그가 미쳤어야 한다. 하지만 그가 미쳤다는 증거가 어디 있는가? 그가 미친 짓을 하고 다녔다는 병력이라도 있는가? 혼자 힘으로 이 대학을 변화시켜놓은 콜먼 실크라는 인물이 미쳤다고? 마음이 몹시 상했고, 화가 나 있었고, 고립된 처지였던 것은 맞다. 하지만 미쳤다고? 아테나 인간들은 그게 사실이 아니라는 것을 너무도 잘 알면서도, 'Spooks' 사건 때도 그랬듯, 아무 거리낌 없이 모른 척한다. 그저 고발만으로도 혐의가 증명된다는 식이다. 혐의에 대해 듣자마자 사실로 믿어버린다. 나쁜 짓을 저지르는 사람에게는 동기도 필요 없고, 논리도 이성적인 근거도 필요 없다는 식이다. 그저 꼬리표 하나면 족하다. 꼬리표가 곧 동기다. 꼬리표가 곧 증거다. 꼬리표가 곧 논리다. 콜먼 실크가 왜 그랬느냐고? 그가 x이기 때문이고, 그가 y이기 때문이고, 그가 그 둘 다이기 때문이다. 처음에는 인종차별주의자이더니 이제는 여성혐오자다. 공산주의자라는 꼬리표가 한때 유행했기는 하지만 지금 그에게 붙이기에는 너무 시대에 뒤떨어진 감이 있다. 상처받기 쉬운 학생을 희생시키면서까지 악독한 인종차별적 발언을 할 수 있는 인간임을 이미 스스로 증명한 남자가 저지른 여성혐오 행위. 이걸로 모든 것이 설명된다. 이것과 그가 미쳤다는 사실로.

소도시의 골칫거리들. 가십, 시기, 악담, 권태, 거짓말. 지방의 폐

해는 무용할 뿐이다. 이곳에서 사람들은 지루해하고 시기하고, 그들의 삶은 늘 그 모양이고 앞으로도 그럴 것이다. 그렇기 때문에 진지하게 의문을 품어보지도 않고 그 이야기를 떠들어댄다. 전화통을 붙잡고 혹은 거리에서, 구내식당에서, 강의실에서. 그리고 집에서는 남편이나 아내에게 떠들어댄다. 사고 때문에 그것이 터무니없는 거짓말이라는 걸 증명할 새가 없었다는 건 충분한 변명이 되지 않는다. 사고가 일어나지 않았다면, 그녀는 애초에 거짓말을 할 수 없었을 것이다. 그의 죽음은 그녀에게는 행운이다. 그의 죽음은 그녀에게 구원이다. 죽음이 개입해 모든 것을 단순화해버렸다. 모든 것을 하찮게 만들어버리는 가장 위대한 것, 즉 죽음이 모든 회의, 모든 의심, 모든 불확실성을 일소해버렸다.

포니아의 장례식이 끝나고 차를 세워둔 곳으로 혼자 걸어갈 때까지도 대학의 누가 무슨 생각으로 클리타임네스트라라는 이름으로—익명성 때문에 모든 예술 형식 가운데 가장 사악한 온라인 예술 형식으로—게시물을 올린 것인지 감이 잡히지 않았다. 다음에는 또 무슨 이야기를 누가, 그게 누구든, 익명으로 퍼뜨릴지 전혀 알 수 없었다. 분명한 것은 아익라는 병균이 퍼져나가고 있다는 것과, 콜먼의 처신과 관련해서라면 아무리 모순된 것이라도 어떻게든 분개할 거리를 찾아낼 작자들이 있으리라는 것이었다. 아테나에 전염병이 발병했다. 나는 그의 죽음이 불러온 직접적인 여파를 그렇게 이해했다. 어떻게 하면 전염병이 확산되는 걸 막을 수 있을까? 그곳에 있었다. 그곳에 균이 퍼져 있었다. 에테르* 속에. 영구적이며 삭제할 수 없는, 전 세계의 하드드라이브 속에 인간이라는 생물이 지닌 사악함의 징표가 들어 있었다.

이제 모든 사람이 'Spooks'라는 제목의 이야기를 쓰고 있었다. 아직까지는 나를 제외한, 모든 사람이.

저는 여러분에게 썩 유쾌하지는 않을 몇 가지 문제에 대해 생각해볼 것을 [fac.discuss의 게시물은 이렇게 시작했다] 청하고자 합니다. 무고한 서른네 살의 여성이 맞은 처참한, 그 자체만으로도 끔찍한 죽음뿐만 아니라 그 끔찍한 사고와 관련된 정황과, 아테나 대학과 옛 동료들을 향한 복수의 고리를 완성하기 위해 그 정황을 거의 예술적으로 꾸며낸 한 남자에 대해서 말입니다.

여러분 중에는 콜먼 실크가 살인 겸 자살극—그날 밤 이 남자가 간선도로에서 차선을 벗어나 가드레일을 부수고 강물에 추락한 것은 연기였기 때문입니다—을 연출하기 몇 시간 전에 바턴홀의 한 교수 연구실에 침입해 서류를 뒤지고, 그녀의 자리를 위태롭게 할 의도로 조작된 이메일을 전송했다는 사실을 아는 분들도 있을 겁니다. 그가 그녀나 대학에 끼친 위해는 무시해도 좋을 정도입니다. 하지만 그는 그 유치하고 흉악한 침입행위와 위조행위가 모두 자신의 의지와 적의에서 비롯되었음을 깨닫자, 그날 너무 격해져 있었던 나머지 저녁 늦게 자살을 결행했고, 동시에 몇 달 전 성적으로 이용하기 위해 이기적으로 유혹했던 대학의 잡역부를 눈 하나 깜짝 않고 살해했습니다.

열네 살에 가출해 정규교육은 고등학교 2학년까지가 전부이며,

---

* 전자기장의 매체로 가상된 매질(媒質). 현대 과학에서는 폐기된 개념.

그 이후 짧은 생애 내내 기능적 문맹으로 살았던 이 여성의 곤경에 대해 한번 상상해보십시오. 그 누구보다 전제적인 학장으로 십육 년 동안 아테나에 재직하며 총장보다 더 큰 권력을 휘둘렀던 은퇴한 대학교수의 농간에 맞서야 했던 이 여성을 상상해보십시오. 그의 강력한 힘 앞에서 그녀가 얼마나 저항할 수 있었을까요? 그리고 그에게 굴복한 상황에서, 자신의 힘으로는 어쩔 수 없는 사악한 남성적 힘에 노예가 되어버린 상황에서, 힘든 노동에 시달린 자신의 육체가 살아서나 죽어서나 그의 복수를 위한 수단으로 이용당하리라는 것을 그녀가 어떻게 가늠할 수 있었겠습니까?

그녀를 학대한 그 모든 무자비한 남자들 중에, 그녀를 괴롭히고 때리고 망가뜨렸던 폭력적이고 거칠고 무자비하고 탐욕스러운 모든 남자들 중에 콜먼 실크만큼 용서를 모르는 증오심으로 뒤틀린 의도를 품었던 사람은 없었습니다. 그는 아테나 대학에 쌓인 원한을 풀기 위해 그 대학의 직원을 골라 자신이 생각해낼 수 있는 가장 뻔한 방식으로 복수를 가했습니다. 그녀의 육체에. 그녀의 사지에. 그녀의 성기에. 그녀의 자궁에 말입니다. 올해 초, 그가 그녀에게 강요한 불법 낙태 시술—이로 인해 그녀는 자살을 기도하기도 했습니다—은 황폐한 대지나 마찬가지인 그녀의 육체에 자행된 수많은 폭행 가운데 하나에 불과합니다. 이제 우리는 그의 살해 현장의 끔찍한 장면에 대해, 포니아가 죽음을 맞는 순간 취하도록 그가 정해놓은 포르노그래피 같은 자세에 대해 알고 있습니다. 그것은 그의 분노에 찬 경멸에 대한 그녀의 복종, 그녀의 속박(보다 확대하자면, 대학사회의 복종과 속박)을 단 하나의 지울 수 없는 이미지로 형상화해 보다 잘 각인시키기 위해서였습니다. 우리는 엉망진창이 된 포니아의 시신에 있는 멍 자국이 모두 그녀의 목숨을 앗아간 사고, 그 자체로 이미 참사인 사고로 인한 것이 아님을 알고 있습니다. 경찰의 조사를 통해 끔찍한 사실들이 조금씩 밝혀지면서 알아가기 시작한 거지요. 검시관은 충돌의 충격과 무관한 부위인 그녀의 엉덩이와 허벅지에서 군데군데 피부가 변색된 것을 발견했는데, 사고가 있기 얼마전 생긴 타박상으로, 다른 수단에 의해, 즉 둔기 또는 사람의 주먹에 맞아 생긴 것이라고 합니다.

왜일까요? 말 한마디는 별것 아닌 것 같지만, 우리를 완전히 돌아버리게 할 정도로 큰 힘을 발휘하기도 합니다. 하지만 포니아를 죽인 살인자처럼 병적으로 사악한 정신은 입증해 보이기가 쉽지 않습니다. 이 남자를 몰아갔던 열망의 근저에는, 천성이 폭력적이지 않은 사람이나 복수를 도모하지 않는 사람, 즉 문명이 우리 모두의 내면에 있는 자유로운 천성에 가하는 제약과 융화한 사람들은 결코 알수 없는 불가해한 악惡이 존재합니다. 인간이 지닌 악의 본질은 설명이 불가능합니다. 하지만 그들이 당한 사고가 사고가 아니라는 것, 이것만은 알 수 있습니다. 순진무구했던 어린 시절부터 죽는 순간까지 계속 억압당해온 아테나의 포니아 팔리의 죽음을 슬퍼하는 모든 사람과 함께 제가 슬픔을 나누고 있다는 사실만큼이나 분명하게 말입니다. 그 사고는 사고가 아닙니다. 그것은 콜먼 실크가 사력을 다해 성취하려 했던 것이었습니다. 왜일까요? 이 "왜"라는 질문에 저는 답할 수 있고, 답하려고 합니다. 그는 자신과 그녀뿐 아니라, 그녀의 마지막 가해자라는 자신의 이력까지도 말살하려 했던 것입니다. 포니아가 자신의 정체를 폭로하지 못하도록 콜먼 실크는 그녀를 강바닥으로 끌고 들어갔던 겁니다.

남은 사람들은 그저 상상하는 것밖에 할 수 없습니다. 그가 감추기로 작정한 범죄가 얼마나 극악무도한 것인지를.

다음날 콜먼은 아내 옆에 묻혔다. 잘 정돈된 정원 같은 묘지는 잔잔한 초록빛 바다 같은 대학 운동장 맞은편, 노스홀과 그 건물 랜드마크인 육면 시계탑 뒤편의 참나무숲 기슭에 자리잡고 있었다. 나는 전날 밤 잠을 이루지 못했고, 아침에 일어나서도 여전히 그 사고와 그것의 의미가 이토록 조직적으로 왜곡되어 세상에 퍼져나가고 있는 것에 너무도 동요한 나머지 가만히 앉아 커피를 마실 수조차 없었다. 어떻게 이 모든 거짓말을 물리칠 수 있을까? 설사 무엇 하나라도 거짓으로 입증된다 해도, 아테나 같은 동네에서는 일단 소문이 퍼지면 사실로 굳어지기 마련이다. 나는 묘지로 출발할 때까지 안절부절못하며 집안에 있는 대신, 넥타이를 매고 윗옷을 걸친 다음 시간이나 죽일까싶어 타운 스트리트로 갔다. 거기 가는 동안만이라도 나는 타운 스트리트에서 내 혐오감을 어떻게 해볼 방법이 있을 거라는 환상을 품을 수 있었다.

그리고 내가 받은 충격 또한 어떻게 해야 했다. 나는 그가 매장되는 것을 지켜보는 일은 고사하고 그가 죽었다고 생각할 준비조차 되어 있지 않았다. 다른 것은 모두 차치하더라도, 칠십 줄에 접어들어서도 그토록 튼튼하고 건강했던 사람이 그런 어이없는 사고로 세상을 떴다는 사실만으로도 지독히 가슴 아팠다. 그가 심장마비나 암 혹은 뇌

졸중으로 세상을 떴다면 어쨌든 좀더 합리적으로 느껴졌을 것이다. 더욱이 그 무렵 나는 사고 당시 근처 어딘가에 레스터 팔리와 그의 픽업트럭이 있었다고, 그렇지 않고서야 사고가 일어날 리 없다고 확신하고 있었다. 사고 소식을 듣자마자 그렇게 확신했다. 물론 사람에게 닥치는 일 가운데 비상식적인 일이란 건 없다. 하지만 레스터 팔리를 그 상황에 놓는다면, 팔리를 일차 원인으로 본다면, 그가 그렇게도 증오하던 전처 그리고 그의 화를 돋우었던, 그가 병적일 정도로 뒤를 밟았던 전처의 애인이 편리하게도 단 한 번의 참사로 끔찍하게 사라진 것을 설명할 단서로 충분하지 않을까?

내가 이러한 결론에 이른 것은 도저히 설명되지 않는 그 상황을 그대로 받아들이고 싶지 않아서가 절대 아니었다. 콜먼의 장례식 다음날 아침, 사고 현장에 맨 처음 도착해 시신을 발견한 경찰관과 이야기 좀 해보려고 찾아갔을 때 경찰들 눈에는 내가 그렇게 비쳤을지 모르겠지만. 경찰의 사고 차량 조사 결과에는 내가 상상했던 시나리오를 확증해줄 만한 것이 전혀 없었다. 경찰은 내가 제공한 정보, 즉 팔리가 포니아를 스토킹했었다는 것, 팔리가 콜먼을 몰래 감시해왔다는 것, 팔리가 주방문 밖 어둠 속에서 소리를 지르며 두 사람에게 달려들었을 때 거의 폭력을 쓰기 직전이었다는 것뿐 아니라 내 이름과 주소와 전화번호도 참을성 있게 받아 적었다. 그런 다음 그들은 내게 협조해줘서 고맙다고 인사하고, 내가 제공한 모든 정보는 철저히 비밀에 붙여질 것이며 근거가 있는 자료로 판단되면 내게 다시 연락하겠다고 했다.

그들은 단 한 번도 연락하지 않았다.

나오다가 나는 돌아서서 물었다. "뭐 하나만 물어도 되겠소? 차

안의 시신들은 어떻게 놓여 있었소?"

"뭘 알고 싶으신 거죠, 선생님?" 발리치 경관이 말했다. 두 젊은 경관 가운데 연장자인 그는 무표정한 얼굴로 거들먹대는 인간으로, 내 기억에 따르면 크로아티아계인 그의 집안은 한때 호텔 매더마스카 인의 소유주였었다.

"두 사람을 발견했을 때 정확히 어떤 상태였소? 시신의 배치 말이오. 그들의 자세도. 아테나에 떠도는 소문으로는—"

"아닙니다, 선생님." 발리치가 고개를 가로저었다. "그 소문은 사실이 아니에요. 전혀 사실이 아닙니다, 선생님."

"내가 무슨 말을 하려는 건지 알겠소?"

"압니다, 선생님. 그건 명백한 과속 사곱니다. 그 속도로 그런 커브를 돌 순 없습니다. 제프 고든*이라도 못할 겁니다. 그 연배의 분이 와인두어 잔에 술기운이 올라 그런 커브에서 폭주족처럼 차를 몰아댈—"

"생전에 콜먼 실크는 단 한 번도 폭주족처럼 차를 몬 적이 없습니다, 경관님."

"글쎄요……" 발리치는 두 손을 들어 손바닥을 내 쪽으로 펴 보였나. 유감이지만 자신이나 나나 그걸 알 도리는 없다는 듯. "운전대를 잡고 있었던 건 그 교수님이었으니까요, 선생님."

이제 발리치 경관은 내가 아마추어 탐정처럼 끼어들어 내 주장을 강요하는 걸 그만두고 얌전히 돌아가주기를 기다리고 있었다. 그는 지나치게 여러 번 내게 선생님이라는 경칭을 썼는데, 사건 처리를 맡고 있

---

* 미국의 프로 카레이서.

는 사람이 누구인지 착각하지 말라는 뜻이었다. 그래서 나는 그 자리를 떠났고, 앞서 말한 대로 그걸로 끝이었다.

콜먼의 시신을 매장하기로 한 그날 역시 11월치고는 때아니게 따뜻하고, 햇볕이 기분 좋게 내리쬐었다. 바로 전주에 낙엽이 모두 졌기 때문에, 산세를 이루는 단단한 기반암 능선이 햇볕에 적나라하게 노출되었고, 오래된 판화의 정교한 음영선 같은 절리와 찰흔을 그대로 보여주었다. 장례식에 참석하기 위해 그날 아침 아테나로 가는 동안 나는 부적절하게도 새로 태어난 듯한 느낌, 새로운 가능성이 내 안에서 고개를 드는 듯한 느낌을 받았다. 지난봄 이래 녹음에 가려져 있었던 원경이 자신의 거친 모양새를 햇빛 아래 그대로 드러낸 탓이었다. 몇 달 만에 처음으로 감탄과 경의를 자아낸 지구 표면의 꾸밈없는 지형은, 그 산맥의 남쪽 경사면의 맨 끝자락인 그 산들을 깎아버린 빙하의 맹공이 얼마나 무시무시한 위력을 지녔었는지 일깨워주었다. 콜먼의 집에서 겨우 몇 마일만 나가도 업소용 대형 냉장고 크기의 바위들이 자동 피칭머신이 속구로 스트라이크를 던져낸 것처럼 널려 있었다. 그 지역에선 '바위 정원'이라 불리는, 나무가 우거진 그 산비탈을 지나가면서 보니, 여름철의 무성하던 잎사귀와 아른거리던 녹음은 온데간데 없고 거대한 바위들만 파괴된 스톤헨지처럼 한쪽으로 넘어져 뒹굴고 있었다. 한데 뭉그러져 있어도 상태는 아주 온전했다. 콜먼과 포니아를 때맞춰 그들의 인생에서 분리해 지구의 머나먼 과거로 쏘아 보내버린 충돌의 순간이 생각나서 나는 다시 한번 오싹해졌다. 두 사람은 이제 빙하만큼 먼 이야기가 되어버렸다. 이 행성의 창조만큼 먼 옛날 이야기. 창조 그 자체만큼 먼 이야기.

내가 경찰서로 가려고 마음먹은 것이 바로 그때였다. 하지만 그날 당장, 그날 오전 중에, 콜먼의 장례식이 시작되기 전에 바로 가지 못한 것은, 시내에서 잔디밭 건너편에 주차를 하다 폴린스플레이스 레스토랑 창문 너머로 아침식사중인 포니아의 부친을 본 탓도 있었다. 그는 전날 산정 묘지에서 그의 휠체어를 밀던 여자와 함께 테이블 앞에 앉아 있었다. 나는 바로 안으로 들어가 그들 옆의 빈 테이블에 자리를 잡고 주문을 한 다음, 누군가가 내 자리 옆에 버려두고 간 〈매더마스카 위클리 가제트〉를 들고 읽는 척하면서 두 사람의 대화를 엿들었다.

그들은 일기장에 대해 이야기하고 있었다. 샐리와 페그가 포니아의 아버지에게 넘겨준 포니아의 유품들 가운데 일기장이 있었던 모양이었다.

"읽지 마요, 해리. 그냥 읽지 마요."

"읽어야 해." 그가 말했다.

"그럴 필요 없다니까요." 여자가 말했다. "내 말 들어요. 읽을 필요 없어요."

"지금까지 있었던 일보다 더 끔찍할까."

"읽지 마요."

대부분의 사람들은 스스로를 과장하는 경향이 있어서 꿈만 꾸던 일이 실제로 이뤄진 것처럼 거짓말을 늘어놓는다. 그런데 포니아는, 너무도 기초적인 것이라서 한두 해 차이는 있을지언정 세상의 거의 모든 초등학생이 최소한의 조악한 수준으로라도 익히는 재주를 자신은 숙달하지 못했다고 거짓말을 했던 것이다.

이 사실을 나는 주스 한 잔을 다 마시기도 전에 알게 되었다. 문맹은 연기였고, 그녀는 자신의 상황에 그것이 필요하다고 판단했던 것이다. 도대체 왜? 힘의 원천이었나? 그녀가 유일하게 지닌 힘의 원천이었나? 하지만 그 힘을 손에 넣기 위해 지불한 대가는? 생각해보라. 문맹으로 행세하는 바람에 그녀는 더 고생했다. 그것도 자발적으로. 하지만 유아기로 돌아가기 위해서나 스스로를 의존적인 아이로 보이기 위해서 그런 게 아니었다. 오히려 정반대였다. 이 세상에 걸맞게 원초적인 자아를 두드러져 보이게 하기 위해서였다. 배움이 숨막힐 듯 답답한 적절성이란 것의 한 형태라서 거부한 것이 아니라 좀더 강력하고 선행하는 앎으로 배움을 눌러 이겨버리려 했던 것이다. 그녀는 읽기 그 자체에는 전혀 반감이 없었다. 단지 읽지 못하는 척하는 것이 본인에게 어울린다고 느꼈을 뿐이다. 그게 그녀의 삶에 재미를 더해준다. 그녀는 독소 같은 그런 것들에 사족을 못 쓴다. 좋건 싫건 지금 자기 모습 그대로 보여주고 말하고 생각하는 것이 아닌, 자신이 되어서도 안 되고 보여줘서도 안 되고 말해서도 안 되고 생각해서도 안 되는 것들이라면 뭐든 말이다.

"못 태우겠어." 포니아의 부친이 말했다. "그애 거잖아. 쓰레기 더미에 던져버릴 순 없어."

"난 할 수 있어요." 여자가 말했다.

"안 돼."

"당신은 평생을 이런 지뢰밭을 지나왔어요. 이젠 그럴 필요 없어요."

"그건 그애가 남긴 전부야."

"리볼버도 있잖아요. 그것도 남겼어요. 실탄도 있고요, 해리. 그것도 남겼다고요."

"그렇게 살았다니." 그가 갑자기 울먹이며 말했다.

"그렇게 살았으니 그렇게 죽었죠. 그래서 죽은 거예요."

"어서 나한테 일기장을 줘." 그가 말했다.

"안 돼요. 여기 온 것부터가 이미 잘못됐어요."

"그래 없애버려. 없애버리라고. 나도 몰라."

"당신을 생각해서 이러는 거예요."

"일기장에 뭐라고 적혀 있어?"

"다시 말할 가치도 없는 내용이에요."

"아, 맙소사." 그가 말했다.

"식사 좀 해요. 뭔가 좀 들어야죠. 저 팬케이크가 맛있겠네요."

"내 딸이야." 그가 말했다.

"당신은 할 만큼 했어요."

"여섯 살 때 제 어미한테서 떼어놨어야 했어."

"당신은 몰랐잖아요. 무슨 일이 생길지 어떻게 알 수 있었겠어요?"

"그 여자 옆에 두는 게 아니었는데."

"우린 절대 여기 오지 말았어야 했고요." 여자가 말했다. "이제 남은 일이라곤 여기에서 병이나 덜컥 나는 거네요. 그럼 완벽해지겠네요."

"유골을 가져가야겠어."

"유골도 묻었어야 했어요. 그 안에. 그애랑 같이요. 왜 안 그랬는지 모르겠네요."

"유골을 가져가야겠어, 실. 내 손자들이야. 내게 남은 전부라고."

"유골은 내가 처리했어요."

"뭐!"

"유골 따위가 다 무슨 소용이에요. 당신은 고생할 만큼 했어요. 당신한테 또 무슨 일이 생기게 놔두지 않을 거예요. 그 유골을 들고 비행기를 탈 순 없을 거예요."

"어떻게 한 거야?"

"내가 처리했다고요." 여자가 말했다. "충분히 예는 갖췄어요. 하지만 이젠 없어요."

"아, 맙소사."

"끝난 일이에요." 그녀가 말했다. "다 끝났어요. 당신은 도리를 다했어요. 그 이상을 했다고요. 더는 됐어요. 이제 뭘 좀 먹어요. 방에 있는 짐은 내가 다 쌌어요. 숙박비 계산도 끝냈고요. 이제 집으로 가기만 하면 돼요."

"아, 그래, 당신 최고야, 실비아, 아주 최고야."

"당신이 더는 상처받지 않았으면 좋겠어요. 그 사람들 때문에 당신 맘이 상하게 놔두지 않을 거예요."

"당신이 최고야."

"뭘 좀 먹어봐요. 정말 맛있어 보이는데."

"당신도 좀 먹지?"

"아뇨," 여자가 말했다. "당신이 먹는 걸 보고 싶어요."

"이걸 다 먹을 순 없는데."

"시럽을 좀 뿌려요. 여기. 내가 해줄게요. 내가 뿌려줄게요."

나는 레스토랑 밖 잔디밭에서 두 사람이 나오기를 기다리다 휠체어가 문을 빠져나오자마자 길을 건넜다. 여자가 그의 휠체어를 밀고 폴린스플레이스에서 좀 멀어지자 나는 휠체어와 나란히 걸으면서 내 소개를 했다. "전 이 동네에 삽니다. 따님과 알고 지냈죠. 잘 아는 건 아니지만, 몇 번 만났어요. 어제 장례식에도 갔습니다. 그 자리에 오신 걸 봤습니다. 상심이 크시지요."

그는 골격과 체격이 큰 남자로, 장례식에서 휠체어에 깊숙이 파묻혀 있었을 때보다 훨씬 커 보였다. 키가 6피트는 좋이 넘을 것 같았고, 강인한 골격의 근엄한 얼굴(포니아의 표정 없는 얼굴과 판박이다. 얇은 입술, 가파른 턱선, 날카로운 매부리코, 똑같이 움푹 들어간 푸른 두 눈, 그리고 그 위에 있는, 옅은 색 속눈썹을 둘러싼, 그녀와 똑같이 도도록한 눈두덩. 그 푸짐한 살은 낙농장에서 그녀를 봤을 때 유일하게 나의 이목을 끈 이국적 특징이자 성적 매력을 보여주는 표상이었다)에 드러난 표정은 휠체어에 갇혀 살아야 하는 형벌을 선고받은 것도 모자라 여생을 그보다 한층 더 큰 고뇌를 안고 살아가도록 운명 지워진 남자의 표정이었다. 덩치가 컸지만, 분명 한때는 컸던 것 같지만 이제 그에겐 두려움 외에 아무것도 남아 있지 않은 듯했다. 그가 고맙다는 인사를 하기 위해 나를 올려다본 순간 나는 그의 눈에서 두려움을 읽었다. "정말 친절하시군요." 그가 말했다.

그는 내 또래인 듯했고, 그의 말투에서 우리 두 사람이 태어나기 훨씬 전으로 거슬러올라가는 뉴잉글랜드 특권층 속에서 어린 시절을 보낸 흔적이 느껴졌다. 그 점은 이미 레스토랑에서 알아챘다. 그의 말투만으로도, 영국인처럼 말하는 어투만 듣고도 그가 지금과는 전혀 다른 미국의 품격 높은 관습과 이어져 있다는 것을 알 수 있었다.

"포니아의 새어머니 되시오?" 이 질문이 같이 있는 여자의 주의를 끄는 데, 그녀의 보조를 좀 늦추게 하는 데 효과가 있을 것 같았다. 두 사람은 잔디밭에서 모퉁이를 돌아 칼리지암스 호텔로 돌아갈 생각인 듯했다.

"이쪽은 실비압니다." 그가 말했다.

"잠깐 멈춰주실 수 있소?" 나는 실비아에게 말했다. "이분과 이야기 좀 하고 싶소."

"우린 비행기 시간에 맞춰야 해요." 그녀가 내게 말했다.

그녀가 그에게서 나를 떼어놓기로 작정한 것이 너무도 분명했기 때문에 난 계속 휠체어에 보조를 맞춰 걸으면서 말했다. "콜먼 실크는 제 친구였습니다. 그는 탈선하도록 차를 몰지 않았습니다. 그랬을 리 없습니다. 그런 게 아닙니다. 그의 차는 누군가에 의해 도로 밖으로 밀려난 겁니다. 전 따님의 죽음에 책임을 져야 하는 사람이 누군지 알고 있습니다. 콜먼 실크가 아닙니다."

"그만 좀 밀고 세워봐. 실비아, 잠깐만 멈춰."

"싫어요." 그녀가 말했다. "이건 말도 안 돼요. 이제 지긋지긋하다고요."

"그녀의 전남편 짓입니다." 내가 말했다. "팔리 말입니다."

"맙소사." 내가 쏜 총에 맞기라도 한 듯 그가 힘없이 말했다. "맙소사, 맙소사."

"이것 보세요!" 마침내 여자가 멈춰 서더니, 한 손으로는 휠체어를 꽉 쥔 채 다른 손을 뻗어 내 옷깃을 잡았다. 키가 작고 가냘픈 젊은 필리핀 여자로, 담황색 얼굴은 조그맣고 인정사정없어 보였다. 두려움이라곤 찾아볼 수 없는 그녀의 단호하고 짙은 두 눈에는, 인간사의 혼란스러움이 자신이 보호해야 할 대상 근처에는 얼씬도 못하게 하겠다는 의지가 엿보였다.

"잠깐만 멈춰주면 안 되겠소?" 나는 그녀에게 부탁했다. "저기 잔디밭에 앉아 이야기 좀 하면 안 되오?"

"이분은 건강이 안 좋아요. 선생님은 중병을 앓는 사람한테 큰 부담을 주고 있어요."

"포니아의 일기장을 갖고 있잖소."

"안 갖고 있어요."

"포니아의 리볼버도 가지고 있고."

"선생님, 가세요. 선생님, 제발 이분을 내버려두세요. 이건 경곱니다!" 그러고는 나를 확 밀쳤다. 내 옷자락을 잡고 있던 손으로 나를 밀친 것이다.

"포니아가 총을 갖고 있었던 건," 내가 말했다. "팔리한테서 자신을 보호하기 위해서였소."

신랄하게 그녀가 대꾸했다. "가엾기도 해라."

나는 어찌해야 할지 알 수 없어서 그저 두 사람이 길모퉁이를 돌아 호텔 현관에 이를 때까지 그 뒤를 따라갔다. 포니아의 아버지는 이제 내놓고 눈물을 흘리고 있었다.

여자가 돌아섰다. 내가 여전히 그 자리에 있는 것을 본 그녀가 말했다. "당신은 이미 충분히 피해를 입혔어요. 가세요, 안 그러면 경찰을 부르겠어요." 조그만 여자가 무척이나 표독했다. 그럴 만도 했다. 그의 생명을 지키려면 그 정도는 악착스러워야 할 것 같았다.

"그 일기장을 없애지 마시오." 나는 그녀에게 말했다. "그 안에 담긴 기록은—"

"추잡해요! 추잡함밖에 없는 기록이라고요!"

"실, 실비아―"

"그 인간들 전부. 그애, 남동생, 엄마, 계부, 그 족속들이 이 사람을 평생 짓밟아왔어요. 그 인간들은 이 사람에게서 전부 다 털어갔어요. 이 사람을 속이고. 모욕까지 줬어요. 이 사람 딸은 범죄자예요. 열여섯에 임신해서 애까지 낳았어요. 그애가 고아원에 버린 아이 말이에요. 자기 아버지가 키워줄 수도 있었는데. 그애는 천박한 창녀예요. 총이랑 남자랑 마약이랑 추잡한 짓이랑 섹스가 전부였던 여자이라고요. 이 사람이 준 돈, 그 돈은 다 어디다 썼는데요?"

"난 모르오. 고아원 일은 아무것도 모르오. 돈이라니 무슨 소린지 모르겠소."

"마약이죠! 마약을 하려고 그 돈을 훔친 거예요!"

"그런 건 전혀 모르오."

"그 가족 전부 추잡하기 짝이 없어요! 제발 연민 좀 가져보세요!"

나는 남자 쪽으로 몸을 돌렸다. "저는 두 사람을 죽음으로 몰아간 사람이 법의 심판을 받기를 바랍니다. 콜먼 실크는 포니아를 괴롭히지 않았습니다. 포니아를 죽이지도 않았고요. 잠깐만 시간을 내주십시오."

"저분 이야기 좀 들어보지, 실비아―"

"안 돼요! 이제 아무도 안 돼요! 당신은 그 인간들을 너무 오래 받아줬다고요!"

사람들이 호텔 앞 포치에 모여 서서 우리를 지켜보고 있었고, 위층 창문들에서도 내려다보고 있었다. 얼마 남지 않은 단풍이나마 구경하려고 온 관광객일 것이다. 어쩌면 아테나 대학 동문들일지도 몰랐다. 이 도시에는 늘 얼마 안 되는 관광객이 있었는데, 주로 이제 중년이나 노년에 접어든 졸업생들이었다. 그들은 천구백몇년인지 모르겠지만 그 시절 이 거리에서 자신들이 경험했던 최고의 순간, 그야말로 최고의 순간들을 하나하나 떠올리며 무엇이 사라지고 무엇이 남았는지 확인하며 돌아다녔다. 어쩌면 그들은 복원된 식민지 시대의 집들을 구경하러 온 관광객일지도 몰랐다. 워드 스트리트 양편으로 1마일 가까이 늘어서 있는 그 집들은 세일럼의 건물들만큼 웅장하지는 않아도 아테나역사학회가 그 주에서 일곱 박공의 집*의 서쪽에 자리잡은 그 어떤 건물 못지않게 중요한 유적으로 평가하는 집들이었다. 이곳을 찾은 사람들은 창밖에서 고함지르기 대회라도 열린 것처럼 떠들어대는 소리에 잠을 깨자고 식민지 시대 양식으로 공들여 장식한 칼리지암스의 객실에 투숙한 게 아니었다. 사우스워드 스트리트처럼 풍경이 그림 같은 곳에서 그처럼 화창한 날에 그런 싸움—불구인 남자는 울고, 조그만 체구의 아시아계 여자는 악을 쓰고, 겉모습으로 보아 대학교수인 듯한 남자는 무슨 말인가로 두 사람에게 잔뜩 겁을 주는 듯한 상황—이 벌어지면, 대도시의 교차로 같은 데서 벌어진 싸움보다 더 요란하고 짜증스러워 보이기 마련이다.

"제가 그 일기를 한번 볼 수—"

"일기장 같은 건 없어요." 그녀는 그렇게 말했고, 나는 그녀가 계단 옆 휠체어용 경사로로 그를 밀고 올라가 현관문을 지나 호텔 안으로 사라

---

* 너대니얼 호손의 동명 작품 『일곱 박공의 집』에 등장하는 핀천가(家)의 저택으로 세일럼에 실재한다.

지는 것을 지켜볼 수밖에 없었다.

나는 폴린스플레이스로 돌아와 커피 한 잔을 시킨 다음, 웨이트리스가 계산대 아래 서랍에서 찾아내 가져다준 편지지에 편지를 썼다.

저는 포니아의 장례식 다음날 아침에 아테나의 타운 스트리트에 있는 레스토랑 근처에서 인사드렸던 사람입니다. 저는 아테나 외곽의 시골길 옆에 살고 있습니다. 이미 말씀드렸던 것처럼 저와는 친구 사이인 콜먼 실크의 집에서 몇 마일 떨어진 곳입니다. 콜먼을 통해 댁의 따님과 몇 번 만난 적이 있습니다. 가끔 그에게 따님 이야기를 듣기도 했지요. 두 사람의 관계는 매우 열렬했지만, 가혹행위 같은 건 없었습니다. 그의 주 역할은 애인이었지만, 그래도 그는 따님의 친구나 선생이 되는 법 또한 알았습니다. 따님이 보살펴달라고 청했다면 그걸 들어주지 않았을 리 없는 사람입니다. 따님이 콜먼의 정신에서 어떤 것을 받아들였건 따님의 인생에 해로운 건 전혀, 절대 없었을 겁니다.

두 사람과 그들의 교통사고를 둘러싸고 떠도는 저 악의 가득한 소문들을 선생님이 아테나에 오신 뒤로 얼마나 많이 들으셨는지는 모르겠습니다. 아예 들으신 게 없으면 좋겠습니다. 하지만 저 모든 어리석은 짓의 기세를 꺾어버릴, 법의 심판으로 해결할 문제가 아직 남아 있습니다. 두 사람은 살해되었으니까요. 저는 누가 그들을 살해했는지 알고 있습니다. 살인 현장을 목격하지는 않았지만, 살인이 벌어졌다는 것은 알고 있습니다. 저는 절대적으로 확신합니다. 하지만 경찰이나 검찰을 설득하려면 증거가 필요합니다. 선생님이 최근 몇 개월 혹은 더 거슬러올라가 팔리와 결혼생활을 하던 시절의 포니아의 정신상태를 보여주는 걸 가지고 계시다면, 그게 뭐든 없애지 말라고 부탁드리고 싶습니다. 따님이 세상을 떠난 후 샐리와 페그로부터 받으신 따님 방에 있던 소지품이나 지난 몇 해 동안 따님으로부터 받은 편지 같은 것들을 말입니다.

제 전화번호와 주소는 다음과 같습니다—

나는 거기까지 썼다. 그들이 떠날 때까지 기다렸다가 칼리지암스 호텔의 접수계 직원에게 전화를 걸어 그럴싸한 이야기를 늘어놓아 포니아 아버지의 이름과 주소를 알아낸 다음 익일특급 우편으로 편지를 보낼 생각이었다. 호텔에서 알아내지 못한다면 샐리와 페그를 찾아가볼 생각이었다. 하지만 결국 나는 둘 중 어느 방법도 쓰지 않았다. 포니아가 지내던 방에 남겨진 것은 이미 실비아가 모조리 버렸거나 파기해버렸을 것이고, 내 편지 역시 배달되자마자 파기될 테니까. 더이상 과거가 그를 괴롭히지 못하도록 막는 것이 살아가는 목적의 전부인 그 자그마한 여자가 직접 대면했을 때도 허락하지 않았던 일을 그의 집 담장 안으로 들일 리는 없었다. 더욱이 그녀의 방침은 내가 왈가왈부할 수 있는 것이 아니었다. 고통이 병처럼 그 집안사람들 사이에 퍼져 있다면, 어렸을 때 전염병 환자가 있는 집 문에 내걸렸던 표지판, '격리 QUARANTINE'라는 표지판, 감염되지 않은 사람들의 눈에는 검은색으로 커다랗게 쓴 대문자 Q로밖에 보이지 않았던 표지판을 내걸 수밖에 없을 테니까. 자그마한 실비아가 바로 불길한 Q였고, 내게는 그걸 뚫고 들어갈 방법이 없었다.

나는 편지를 찢어버리고, 시내를 가로질러 장례식장으로 걸어갔다.

콜먼의 장례식은 그의 자녀들이 마련한 것이었다. 네 자녀는 리생어 예배당 입구에 서서 줄지어 들어오는 조문객들을 맞았다. 유가족은 대학 예배당인 리생어에서 장례식을 마치고 장지로 가기로 결정했는데, 나는 그것이 치밀하게 계획된 반란의 핵심임을 알아챘다. 아버지가 스스로에게 강요했던 추방을 무효화시키고, 생전에는 못했지만 죽은 뒤에라도, 그가 그토록 비범한 이력을 쌓아올린 그 지역사회에 그를 다시 통합시키려는 시도였던 것이다.

내가 자기소개를 하자 콜먼의 딸 리사가 곧바로 나를 한쪽으로 끌고 갔다. 그녀는 나를 포옹한 채 눈물을 글썽이며 속삭였다. "선생님은 아버지 친구셨어요. 아버지가 이 세상에 남긴 하나밖에 없는 친구요. 선생님이 아버지를 마지막으로 보셨겠네요."

"우린 잠깐 친구였네." 나는 그렇게만 말했다. 몇 달 전, 8월의 어느 토요일 아침에 탱글우드에서 그를 마지막으로 봤다는 것, 그리고 그 무렵 그가 짧았던 우정을 일부러 끝낸 것에 대해서는 아무 말 하지 않았다.

"우린 아버지를 잃었어요." 리사가 말했다.

"그렇지."

"우린 아버지를 잃었어요." 리사는 다시 그렇게 말하더니 아무 말 못하고 울기만 했다.

잠시 후 내가 말했다. "좋은 분이었지. 난 그를 존경했네. 좀더 일찍 친구가 됐으면 좋았을 텐데."

"왜 이런 일이 일어났을까요?"

"알 수 없지."

"아버지는 화가 많이 나 있었어요? 제정신이 아닐 정도로?"

"결코 그렇지 않았어. 아니야."

"그럼 어떻게 이런 일이 벌어진 거죠?"

내가 대답하지 않자(이 책을 쓰는 것 말고, 어떻게 내가 그 물음에 대답할 수 있겠는가), 그녀의 두 팔이 천천히 내게서 떨어졌다. 아주 잠시 더 함께 서 있는 동안 나는 리사가 아버지를 얼마나 많이 닮았는지 알 수 있었다. 포니아가 자기 아버지를 빼닮은 것처럼. 콜먼과 마찬가지로 인형처럼 깎아놓은 듯한 이목구비에 똑같은 초록빛 눈동자, 똑같은 황갈색 피부, 콜먼보다 어깨는 약간 좁지만 똑같이 운동선수 같은 인상을 주는 체격까지. 어머니 아이리스 실크에게 물려받은 유전형질로 눈에 띄는 것이라고는 덤불처럼 뒤얽힌 풍성하고 새까만 머리칼이 유일한 듯했다. 아이리스의 사진—콜먼이 보여줬던 가족 앨범에 있던 사진—들에서는 얼굴의 특징은 별로 중요하지 않아 보였다. 존재의 모든 의미까지는 아니더라도 한 인간으로서 그녀가 지니는 중요성은 사람들 이목을 끄는 자신만만해 보이는 머리칼에 온통 집중되어 있는 것 같았다. 리사의 경우에는 어머니와 달리, 그 머리카락이 리사의 성격의 연장선상에 있다기보다는 그녀의 성격과 대비되는 요소에 가까운 것처럼 보였다.

아주 잠깐 같이 있었을 뿐이지만 나는, 이제 깨져버린 리사와 아버지 사이의 연결 고리가 앞으로 살아가는 내내 그녀의 마음속에서 단

하루도 떠날 날이 없을 거라는 인상만은 분명히 받았다. 그녀가 무엇을 생각하든 무엇을 하든 무엇을 하지 못하든 그 모든 것에 아버지의 존재가 어떤 식으로든 녹아들 것이다. 그토록 사랑받았던 딸이었기에 그만큼 아버지를 깊이 사랑했던 것의 무게가, 아버지가 죽음을 맞을 당시 소원한 사이였던 것의 무게가 이 여자를 결코 놓아주지 않을 것이다.

실크 가문의 세 아들, 리사와 쌍둥이인 마크와 손위 형제인 제프리와 마이클은 나와 인사를 나누면서 별다른 감정을 드러내지 않았다. 마크에게서는 멸시당한다고 느끼는 아들로서의 격한 분노 같은 것은 전혀 찾아볼 수 없었다. 침착함을 잃지 않던 그는 한 시간쯤 후 묘지에서 무너져버렸고, 이제는 영영 구원받을 길 없는 쓰라린 상실감에 사로잡혔다. 제프와 마이클은 확실히 실크가의 자녀들 중 가장 의지가 강해 보였다. 강인했던 어머니의 흔적이 그들의 신체에 뚜렷이 남아 있었다. 비록 머리카락은 닮지 않았지만(두 남자 모두 머리가 벗어졌다) 어머니의 키, 자신감 넘치던 굳은 심지, 솔직담백한 권위 같은 것은 그대로였다. 그들은 근근이 인생을 살아가는 사람들이 아니었다. 그들이 건넨 인사와 그들과 나눈 몇 마디 이야기만으로도 분명하게 알 수 있었다. 제프와 마이클을 만나는 건, 특히 둘이 나란히 서 있을 때 그것은 결코 만만찮은 일이다. 내가 아직 콜먼을 알기 전―그가 한창 잘 나가던 시절, 그가 자신을 제어하지 못하고 점점 죄어드는 분노의 감옥에 갇히기 전, 한때 그를 비범한 존재로 만들었고 그 자체가 그 자신이기도 했던 그의 업적들이 그의 인생에서 사라지기 전―으로 시간을 거슬러가서 콜먼을 만난다면 그 역시 만만찮은 상대라는 것을 분명히 알 수 있을 것이다. 그가 인종주의적인 폭언을 입에 올렸다는 혐의를 받기 시작하자 사람들이 자진해서 신속하게 이 전임 학장을 꺾으려든 것도 그래서였을 것이다.

시내에 그토록 온갖 소문이 파다한데도 콜먼의 장례식에 나타난 조문객 수는 나의 예상을 뛰어넘었다. 콜먼도 이렇게까지 많이 올 줄은 예상 못했을 것이다. 예배당 신도석은 맨 앞줄부터 예닐곱째 줄까지 이미 꽉 차 있었고, 내가 제단에서부터 중간쯤에 있는 빈자리를 찾아냈을 때에도 여전히 사람들이 내 뒤로 줄지어 밀려들고 있었다. 마침내 옆자리에는 스모키 홀렌벡이 앉아 있었다. 전날 한 번 봤기 때문에 알아볼 수 있었다. 자신도 일 년 전에 리생어 예배당에서 자신의 장례식을 열 뻔했다는 걸 스모키는 알까? 어쩌면 그는 자신의 섹스 파트너를 넘겨받은 후임자를 추모하기 위해서가 아니라 자신의 행운에 감사드리기 위해 예식에 참석한 것인지도 몰랐다.

스모키의 옆에는 그의 아내로 짐작되는 마흔 살 정도의 예쁜 금발 여성이 앉아 있었다. 내 기억이 맞다면, 스모키의 아테나 대학 동창으로 1970년대에 스모키와 결혼해 지금은 다섯 아이의 어머니가 된 여자일 것이다. 예배당 안을 둘러보니, 콜먼의 자녀들을 제외하면 홀렌벡 가족이 가장 젊은 축이었다. 거기 모인 사람들은 대부분 아이리스가 죽고 콜먼이 사직하기 전까지 사십 년 가까운 세월을 알고 지냈던 아테나의 나이 지긋한 사람들, 대학교수들과 직원들이었다. 이런 노인들이 자신을 배웅하기 위해 리생어에 모여들어 관 앞에 앉아 있는 걸 봤다면 콜먼은 무슨 생각을 했을까? 어쩌면 이랬을지도 모른다. "자화자찬할 절호의 기회겠지. 내가 그렇게 모욕을 퍼부었는데도 너그럽게 이

자리에 앉아 있으니 얼마나 우쭐한 기분이 들겠어."

그의 옛 동료들과 그 자리에 앉아 있자니 기괴한 느낌이 들었다. 고학력에 전문직 종사자들인 이런 사람들이 한 남자가 악의 화신이 되어가는 상황이라는 인류의 케케묵은 꿈에 그토록 자진해서 빠져들다니. 하지만 그러한 욕망이 분명 존재한다. 그것은 불멸이고 인간의 내면에 깊이 뿌리내리고 있다.

바깥문이 닫히고 유가족이 신도석 첫 줄에 앉은 뒤 나는 예배당이 거의 삼분의 이 정도 찬 것을 보았다. 삼백 명 혹은 그 이상의 조문객이 삶이 유한하다는 것에 대한 두려움을 받아들이기 위해, 태곳적에 자연적으로 생겨난 인류의 행사가 시작되기를 기다리고 있었다. 형제들 가운데 마크 실크 혼자 스컬캡*을 쓰고 있는 모습도 눈에 들어왔다.

대부분의 조문객들과 마찬가지로 나 역시 콜먼의 자녀 가운데 한 명이 연단에 올라가 첫 인사를 하리라 예상했다. 하지만 그날 아침 추도사를 한 사람은 단 한 명, 바로 실크 학장이 아테나 대학의 첫 흑인 교수로 임용했던 정치학과의 허브 키블이었다. 유가족은 장례식장으로 리생어를 선택한 것과 같은 이유에서 키블을 선택한 것이 분명했다. 아버지의 명예를 회복하고, 아테나의 시간을 거꾸로 돌려놓고, 콜먼에게 예전의 지위와 명성을 되돌려주기 위해서. 나는 제프와 마이클이 내 손을 잡고 내 이름을 부르며 나를 알고 있다는 것을 드러내면서 "와주셔서 감사합니다. 여기 이렇게 와주신 것만으로도 저희 가족은 온 세상을 얻은 것 같습니다"라고 말할 때 얼마나 엄숙했는지 떠올렸다.

---

* 유태교도 남성이 쓰는 모자. '키파' 혹은 '야물커'라고 부르기도 함.

그리고 그들이 어렸을 적부터 알고 지냈던 사람들이 대부분일 조문객 하나하나를 그와 비슷한 인사말을 되풀이하며 맞는 모습을 상상하면서 나는 생각했다. 콜먼의 자식들은 대학 본부 건물이 '콜먼 실크홀'로 헌정되기 전까지 결코 멈추지 않겠구나.

예배당이 거의 다 찬 것은 우연이 아닐 것이다. 사고 이후 콜먼의 자식들은 데일리*가 시카고 시장에 출마했을 때 유권자를 투표장으로 몰았던 방식과 같은 방식으로 조문객을 끌어모으느라 전화통을 붙잡고 있었을 게 분명했다. 그리고 콜먼이 경멸해마지않던 키블이 아테나 대학의 죄를 대신해 자신을 희생양으로 내던지겠다고 자원하기까지 철저하게 키블을 몰아세웠을 것이다. 실크의 아들들이 이 년 전 자신들의 아버지를 배신한 것 때문에 키블을 설득하고 겁을 주고 고함을 지르고 비난하고, 어쩌면 대놓고 협박까지 했을지 모른다는 생각을 하면 할수록, 나는 그들이 몹시 마음에 들었다. 그리고 아버지의 명성을 온전히 회복할 수만 있다면 어떤 일도 주저하지 않고 달려들 단호하고 똑똑하고 덩치 큰 아들들을 두었다는 사실 때문에 콜먼이 더욱 마음에 들었다. 이 두 아들이라면 레스 팔리를 정신병원이나 감옥에 평생 처박아둘 수 있을 것이다.

나는 그렇게 믿었다. 다음날 오후, 그들이 도시를 떠나기 직전에 내게 괜한 짓 그만하라고—키블에게 그랬을 거라고 상상했던 그 노골적이고 노련한 방식으로—말하기 전까지는. 그들은 레스 팔리나 사고 정황에 대해서는 잊어버리라고, 경찰에 사건을 심층 수사하도록 촉구

---

* 민주당 소속으로 1955년부터 1976년까지 시카고 시장을 연임한 리처드 J. 데일리.

하는 것도 그만두라고 했다. 내가 들쑤시고 다니는 바람에 공판이 열려, 아버지와 포니아 팔리의 애정 관계에 세간의 시선이 집중되는 일은 결코 용납하지 않겠다고 아주 분명히 밝혔다. 포니아 팔리라는 이름을 두 번 다시 듣고 싶지 않아했고, 지역신문들이 선정적으로 써댈 게 분명한 수치스러운 재판이 지역 사람들의 기억에 지울 수 없이 뿌리박혀 콜먼실크홀이 영원히 꿈으로 남는 것은 생각조차 하기 싫어했다.

"그 여자는 아버지의 명성에 어울리는 이상적인 여자가 아닙니다." 제프리가 말했다. "우리 어머니가 그런 사람이었죠." 마이클이 말을 받았다. "그 저속하고 천한 계집은 아버지와는 전혀 관계없는 사람입니다." "전혀 말입니다." 제프리가 한번 더 못박았다. 그 열정과 단호함을 보고 있자니 그들이 캘리포니아 대학의 이과계 교수라는 사실을 믿기 힘들었다. 혹시 20세기 폭스 사(社)의 경영자들이 아닐까 생각될 정도였다.

허브 키블은 호리호리한 몸매에 피부색이 대단히 검었고, 이제는 나이도 지긋했다. 걸음걸이가 약간 부자연스러웠는데, 병을 앓아 척추가 굽었거나 다리를 절거나 하는 건 아닌 듯했다. 그는 교수형을 선고하는 판사 같은 목소리와 근엄한 태도 때문에 어딘가 흑인 목사 같은 진지한 분위기를 풍겼다. 그가 사람들에게 마법을 거는 데는 "제 이름은 허버트 키블입니다" 한마디로 충분했다. 연단 뒤에서 콜먼의 관을 말 없이 응시한 다음 회중을 향해 돌아서서 자신이 누구인지를 밝히는 것만으로도 거룩한 시편을 봉독하는 자리에서 느끼게 마련인 감정을 부추기기에 충분했다. 그에게는 칼날에서 느껴지는 것—최대한 조심하지 않으면 위험하다—과 같은 위엄이 있었다. 전반적으로 그는 태도와 외모 둘 다에서 깊은 인상을 주는 사람이었고, 바로 그런 점에서 브랜치 리키가 최초로 흑인 선수가 포함된 야구팀을 조직하기 위해 재키 로빈슨을 기용했던 것처럼 콜먼이 아테나 대학의 인종차별 장벽을 깨기 위해 그를 임용했으리라는 것을 알 수 있었다. 처음에는 실크의 아들들이 허브 키블을 위협해 자신들이 시키는 대로 하도록 만드는 것을 상상하기 쉽지 않았다. 하지만 성례 집행 권한을 가진 자들 특유의 허영이 너무도 분명하게 드러나는 인물형에게 자기현시의 유혹이 얼마나 강했을지 생각해보니 그렇지도 않았다. 그는 이인자의 권위를 물씬 풍겼다.

"제 이름은 허버트 키블입니다." 그가 추도사를 시작했다. "정치학과 학과장입니다. 1996년 저는 콜먼이 인종차별 혐의로 고발당했을 때 그를 변호하기 위해 나서는 것이 적절치 않다고 여겼던 사람 가운데 하나였습니다. 당시 아테나에 온 지 십육 년이 지났을 때였는데, 제가 여기 왔던 해가 바로 콜먼 실크가 학장으로 취임한 해였습니다. 저는 실크 학장이 취임 후 처음 임용한 교수였지요. 너무 때늦었기는 하나, 저는 제 친구이자 은인에게 도움이 되어주지 못했던 것에 대해 스스로를 꾸짖기 위해, 그리고 다시 한번 말씀드리지만, 너무 때늦었기는 하나 아테나 대학이 그에게 저지른 잘못, 통탄할 만하고 경멸당해 마땅한 잘못을 바로잡는 데 필요한 무언가를 시작하기 위해 제가 할 수 있는 일을 하려고 여러분 앞에 섰습니다.

콜먼이 인종차별 사건의 혐의자로 몰렸을 때, 저는 그에게 말했습니다. '저는 이 사안에 대해서는 당신 편을 들 수 없습니다.' 저는 의도적으로 그렇게 말했습니다. 하지만 콜먼이 그 자리에서 바로 생각했던 것처럼 전적으로 제가 기회주의자거나 출세지상주의자, 또는 겁쟁이라서 그런 것만은 아니라고 생각합니다. 당시 저는 솔직하게 공개적으로 그의 편에 섰다가, 무지한 자들의 만능 무기인 '엉클 톰'*이라는 별명이 붙어 무력한 존재가 되는 것보다는, 제가 나섰다면 분명 그렇게 됐을 겁니다. 막후에서 반대 세력을 제거하기 위해 노력하는 편이 콜먼을 위해 보다 큰 역할을 할 수 있을 거라고 생각했던 겁니다. 콜먼이 인종차별 혐의가 있는 발언을 했다는 데 분노해 부당하게 그를 중상하고 나선 사람들과 콜먼의 발언 때문에 두 학생이 낙제했다는 식으로 몰아간 대학 내부에서 제가 이성적인 목소리가 될 수 있을 거라고 생각했습니다. 외부에서보다는 말입니다. 제가 빠르게 상황을 판단하고 충분히 참을성을 발휘하기만 하면, 콜먼의 적들 가운데 가장 극단적인 사람들의 울분은 어쩌지 못하더라도, 우리 지역의 아프리카계 미국인 공동체의 사려 깊고 온건한 사람들과 아프리카계 미국인을 지지하는 백인들의 분노 정도는 진정시킬 수 있으리라 생각했습니다. 그들이 보인 적대감은 일시적인 반사작용에 불과했으니까요. 시간이 지나면, 그리 오랜 시간이 걸리지 않기를 바랐습니다만, 콜먼과 그를 비난하는 사람들 사이에 대화를 주선해 갈등을 초래한 오해의 본질을 밝히는 성명서를 내도록 이끌고 그 유감스러운 사건에 정당한 결론이 내려지게 할 수 있을 거라고 생각했습니다.

제가 틀렸습니다. 저는 결코 친구에게 '저는 이 사안에 대해서는 당

---

* 백인에게 굴종하거나 비위를 맞추는 흑인을 비하하는 말.

신 편을 들 수 없습니다'라고 말해서는 안 되었습니다. '당연히 저는 당신 편입니다'라고 말했어야 합니다. 내부에서 암암리에 옳지 않은 방법을 쓸 것이 아니라 외부에서 당당하고 솔직하게 그의 적들과 맞서려고 노력했어야 합니다. 그랬다면 콜먼은 자신을 지지한다는 말에 용기를 얻었을 겁니다. 하지만 그 대신 그는 홀로 자포자기해야 했고, 마음의 상처가 너무 깊었던 나머지 결국 동료들로부터 멀어지고 대학을 사직하고 자기파괴적인 고립으로 나아갔습니다. 너무 끔찍해서 도저히 믿기지 않지만 그럼에도 저는, 그러한 고립이 며칠 전 한밤의 교통사고로, 그의 비극적이고 무익하고 헛된 죽음으로 이어졌다고 확신합니다. 저는 진작 말했어야 합니다. 지금 그의 옛 동료, 친구, 교직원 앞에서 그리고 특히 그의 자녀분들, 캘리포니아에서 온 제프와 마이크, 뉴욕에서 온 마크와 리사 앞에서 말하고자 하는 이 말을 말입니다. 아테나 대학의 아프리카계 미국인 교수들 가운데 연장자로서 진작 이 말을 했어야 합니다.

콜먼 실크는 아테나 대학에 봉직하는 동안 단 한 명의 학생도 공정하지 않게 지도한 적이 단 한 번도 없었습니다. 단 한 번도 말입니다.

부적절하다는 혐의를 받을 만한 일은 결코 일어난 적 없었습니다. 절대로요.

그에게 강요된 것들, 고발, 면담, 신문 등은 지금까지도, 그리고 오늘은 그 어느 때보다 특히 더 우리 대학의 고결성에 어두운 그림자를 드리우고 있습니다. 역사적으로 볼 때 이곳 뉴잉글랜드는, 검열이 심한 공동체의 압제에 저항했던―호손, 멜빌 그리고 소로 같은 사람들이 떠오르는군요―미국 개인주의 정신의 본향과도 같은 곳입니다. 그런데 인생에서 가장 중요한 것이 규칙이라고 생각하지 않았던 미국의 한 개인주의자, 관습이나 이미 인정받은 진실의 정통성을 검토하지 않고 그냥 받아들이는 일이 없었던 미국의 한 개인주의자, 예의바름이나 취향의 문제에서 늘 다수가 주장하는 기준에 맞춰 살지는 않았던 미국의 한 개인주의자, 이렇게 탁월한 미국의 한 개인주의자가 다름 아닌 이곳 뉴잉글랜드에서 또다시 친구와 이웃으로부터 가차없이 중상모략을 당한 나머지 죽음을 맞을 때까지 소외된 채, 그들의 윤리적 어리석음으로 인해 자신의 윤리적 위신마저 강탈당한 채 살아야 했습니다. 그렇습니다, 바로 우리가 어리석은 윤리로 검열관 노릇을 한 공동체이고, 콜먼 실크의 훌륭한 명성에 너무도 치욕스럽게 먹칠을 함으로써 스스로의 품격을 땅에 떨어뜨린 장본인입니다. 저는 특히 저와 같은 사람들, 그와 가깝게 지냈기에 아테나 대학에 대한 그의 헌신의 정도와 교육자로서 그의 헌신의 순수성을 잘 알았던 사람들, 어떤 동기에 현혹되었건 간에 그를 배신한 사람들에 대해 이야기하는 겁니다. 다시 한번 말하겠습니다. 우리는 그를 배신했습니다. 콜먼을 배신했고, 아이리스를 배신했습니다.

아이리스의 죽음, 아이리스 실크의 죽음이 갑자기 닥쳤을……"

내 왼쪽으로 한 자리 건너에 앉은 스모키 홀렌벡의 아내는 주변의 다른 몇몇 여자들과 마찬가지로 눈물을 흘리고 있었다. 스모키도 몸을 앞으로 숙인 채, 깍지 낀 두 손을 앞 좌석 등받이에 올려놓고 그 위에 이마를 가볍게 대고 있었는데, 그 모습이 어딘가 모르게 성직자 같은 느낌을 주었다. 내가 보기에 그는, 콜먼 실크에게 가해진 불의에 대해 생각하는 것조차 견디기 힘들어하는 자신의 모습을 나나 그의 아내

나 다른 누군가가 지켜봐주기를 바라는 것 같았다. 그가 연민에 빠진 것처럼 보이려 했는지는 모르겠지만, 모범적인 가장으로서 그가 인생의 밑바닥에 감추고 있는 디오니소스적인 면을 전부 아는 나로서는 그가 함축한 의미를 곧이곧대로 받아들이기가 힘들었다.

하지만 스모키를 별개로 치면, 허브 키블의 한마디 한마디에 주의를 기울이고 집중하는 분위기, 절박하게 집중하는 분위기는 내가 보기에 충분히 진심 어린 것이어서, 조문객 수가 얼마가 되었건 콜먼 실크가 부당하게 감내했던 것을 개탄하지 않는 사람은 거의 없는 것처럼 보였다. 물론 나는, 'Spooks' 사건이 터졌을 당시 콜먼의 편에 서지 않았던 이유에 대한 키블의 합리화가 그 자신이 생각해낸 것인지, 아니면 실크의 아들들이 시키는 대로 하면서도 키블이 체면을 잃지 않도록 그 아들들이 제안한 것인지 궁금했다. 그리고 그런 합리화가, 콜먼이 씁쓸해하며 내게 그토록 여러 번 들려주었던 "저는 이 사안에 대해서는 당신 편을 들 수 없습니다"라는 말을 한 그의 동기에 대한 정확한 해명이 되는지도 궁금했다.

왜 나는 이 남자의 말을 믿지 않으려 하는 걸까? 일정한 나이에 이르면 불신이 정교해져서 누구의 말도 쉽사리 믿지 않게 되는 걸까? 이 년 전에 그가 콜먼을 변호하기 위해 나서지 않고 침묵을 지켰던 것은 분명 사람들이 늘 침묵을 지키는 이유와 같은 이유에서였다. 침묵을 지키는 것이 이롭기 때문이다. 하나의 방편으로 그랬다는 것, 그런 식의 동기는 결코 어둠 속에 제 발을 담그지 않는다. 허브 키블은 스스로 죄를 뒤집어써서라도 정결한 기록을 남기고자 나선 범인凡人에 불과했다. 비록 그 방식은 대담하고 심지어 흥미롭기까지 했지만. 그럼에도 정말 중요한 때에 행동하지 않았다는 사실은 달라지지 않기 때문에 나는 콜먼을 대신해서 생각했다. 엿이나 먹어라, 자식아.

연단에서 내려온 키블은 자리로 돌아가기 전에 멈춰 서서 콜먼의 자녀들과 일일이 악수를 나누었는데, 이 단순한 행동이 그의 추도사가 불러일으킨 격정적인 열기를 더욱 강렬하게 만들었다. 이다음엔 또 무슨 일이 일어날까? 잠시 아무 일도 일어나지 않았다. 그저 침묵과 관구와 조문객의 감정적 도취가 전부였다. 다음 순서로 리사가 자리에서 일어나 몇 발짝 걸어 연단에 올라섰고, 성서대 앞에 서서 말했다. "말러의 〈교향곡 3번〉 마지막 악장입니다." 생각했던 대로였다. 그들의 준비는 철두철미했다. 말러가 연주되었다.

뭐랄까, 말러의 음악을 도저히 감당할 수 없을 때가 있다. 말러는 한번 작정하면 쉴새없이 듣는 사람의 마음을 뒤흔들어놓는다. 음악이 끝날 무렵 우리는 모두 울고 있었다.

그저 내 생각을 말하자면, 1948년 설리번 스트리트에 있던 콜먼의 집 침대 발치에서 부른 〈내가 사랑하는 남자〉를 스티나 팰슨이 와서 부르지 않는 이상, 그 어떤 음악도 그처럼 내 마음을 갈가리 찢어놓지 못했을 것이다.

묘지까지 세 블록을 걸어간 일은 그런 일이 있었나 싶을 정도로 완전한 공백으로 남아서 더 인상적이었다. 우리는 한순간 말러의 아다지오 악장의 한없는 연약함에, 기교도 아니고 전략도 아닌 그 단순성, 영영 끝나지 않으려 하는 생의 저항을 모두 담아 삶의 축적된 걸음걸이로 펼쳐 보이는 그 단순성에 꼼짝도 못했고……한순간은, 현악기의 절제된 강렬함으로 조용하고 낭랑하게 시작되어 육중한 거짓 엔딩을 지나면서 차츰 고조되어 끝날 듯 끝나지 않는 그 불후의 진짜 엔딩으로 이어지는 그 웅장함과 친근함의 정교한 병치에 사로잡혔고……한순간은, 절대 변하지 않는 정해진 속도로 끝없이 밀려들다 물러가고, 수그러들 줄 모르는 고통이나 갈망처럼 되돌아오곤 하는 애수 어린 주연酒宴 같은 음악의 고조와 비상, 절정과 잦아듦 때문에 꼼짝도 못했고……한순간 우리 모두는 말러의 점점 강도가 높아지는 집요함에 콜먼과 함께 관 안에 들어가 있었고, 무한에 대한 공포와 죽음을 벗어나고자 하는 열정적인 갈망에 익숙해졌다. 어째서인지 조문객들 가운데 육칠십 명 정도가 콜먼이 땅속에 묻히는 것을, 그 단순한 의식을, 인간이 고안해낸 가장 합리적인 해결책이지만 결코 완전히 이해할 수 없는 그 의식을 보러 묘지까지 따라갔다. 일일이 눈으로 확인해야만 받아들일 수 있는 것이다.

조문객 대부분이 무덤까지 운구 행렬을 따라갈 계획은 아니었던 것 같다. 하지만 실크의 자녀들은 연민을 자아내고 지속시키는 재주가 있었고, 내 생각엔 그래서 그토록 많은 조문객이 콜먼의 영원한 안식처가 될 광중 주위에 가능한 한 가까이 모여들었던 것 같다. 광중 안으로 기어들어가 그의 자리를 차지하고 우리 자신을 대리인으로, 대용품으로, 희생 제물로 바치면, 허브 키블이 자인한 것처럼 이 년 전 콜먼에게 강탈한 것이나 다름없는 그의 모범적인 인생을 마법처럼 다시 되찾아줄 수라도 있는 것처럼.

콜먼은 아이리스 곁에 묻힐 예정이었다. 아이리스의 묘석에 새겨진 생몰연대는 1932~1996이었다. 콜먼은 1926~1998이 될 것이었다.

숫자들이란 얼마나 솔직한지. 그리고 그동안 무슨 일이 있어왔는지에 대해선 얼마나 말이 적은지.

카디시*가 시작되는 소리가 귀에 들렸지만 누가 낭송하는 것이라고는 미처 생각하지 못했다. 순간적으로 나는 그 소리가 묘지의 다른 데서 나는 거라고 생각했지만, 알고 보니 무덤 맞은편에 혼자 서 있던 마크 실크―막내아들이자 성난 아들이며, 쌍둥이 누이와 마찬가지로 자식들 가운데 아버지를 가장 많이 닮은 아들―에게서 들려오는 것이었다. 머리에 야물커를 쓴 그는 한 손에 성경을 들고 울먹이는 목소리로 나지막이 그 친숙한 히브리어 기도문을 낭송하고 있었다.

이스가달, 비스카다시……**

나뿐 아니라 어쩌면 마크의 형들이나 누이까지도, 미국인 대부분이 그 말이 무슨 뜻인지 모르지만, 기도문이 전하려는 메시지는 안다. 한 유태인이 죽었다. 또 한 명의 유태인이 죽었다. 마치 죽음이 삶의 귀결이 아니라 유태인이었던 것의 귀결인 듯.

기도문 낭송을 끝낸 마크는 책을 덮은 다음, 그렇게 다른 사람들을 엄숙한 정적 속에 빠뜨려놓은 다음, 정작 자신은 히스테리를 일으키고 말았다. 콜먼의 장례식은 그렇게 끝이 났다. 우리 모두 이번엔, 완전히 자제력을 잃고 두 팔을 무력하게 공중에 내두르며 입을 쩍 벌리고 통곡하는 마크 때문에 얼어붙었다. 그가 조금 전에 낭송한 기도문보다 더 오래되고 야만적인 탄식 소리는 점점 강도가 높아졌고, 여동생이 두 팔을 벌리고 자신을 향해 달려오자 그는 실크 집안 특유의 일그러

---

* 유태교에서 망자를 위해 올리는 기도.
** Yisgadal v'yiskadash. 당신의 이름만이 신성하고 찬양받을지니.

진 얼굴을 그녀 쪽으로 돌리며 몹시 놀란 어린애처럼 외쳤다. "우린 두 번 다시 아버지를 볼 수 없어!"

도저히 너그럽게 이해해줄 수가 없었다. 정말 관대하게 생각하기 쉽지 않은 날이었다. 나는 생각했다. 그래서 뭐가 달라지는데? 네 녀석은 네 아버지가 이 세상 사람이었을 때도 별반 보고 싶어하지 않았잖아.

마크 실크는 자신이 영원히 증오할 수 있도록 아버지가 계속 살아 있을 거라고 생각했던 모양이었다. 증오하고, 증오하고, 증오하고, 또 증오하다가, 제 분이 좀 풀리면, 어쩌면 비난 장면이 최고조에 달해서 자식으로서의 불만이라는 응어리로 콜먼을 초주검이 되도록 채찍질하고 난 다음에야 용서하기로 했던 모양이었다. 그는 연극이 끝까지 상연될 때까지 콜먼이 이 세상에 머물 거라고 생각했던 것이다. 자신과 콜먼이 실제 인생이 아니라 아테네 아크로폴리스의 남쪽 산허리에 있는 디오니소스에게 바쳐진 노천극장 위에 서 있기라도 했던 것처럼, 수만 명의 관객들 눈앞에서 삼일치법칙*이 엄격하게 준수되고 위대한 카타르시스를 선사하는 연극이 매년 정기적으로 상연되기라도 했던 것처럼 말이다. 시작과 중간과 결말에 대한 인간의 욕망—그리고 그 시작과 중간에 걸맞은 수준의 결말에 대한 욕망—이 콜먼이 아테나 대학에서 가르쳤던 희곡들에서만큼 철저하게 구현된 경우는 없다. 하지만 기원전 5세기경의 고전 비극 밖에서, 온당하고 완벽한 결말에 대한 기대는 고사하고 그저 완성에 대한 기대조차도 어른이 품기에는 어리석기 짝이 없는 환상이다.

---

* 하나의 사건은 같은 장소를 배경으로 하루 안에 이루어져야 한다는 연극 이론.

사람들이 하나둘 떠나기 시작했다. 묘석 사이로 난 길을 따라 근처의 큰길 쪽으로 가는 홀렌벡 가족이 보였다. 남편이 한 팔로 아내의 어깨를 감싼 채 그녀를 보호하듯 걸어갔다. 'Spooks' 사건이 벌어졌을 때 콜먼의 대리인이었던 젊은 변호사 넬슨 프라이머스도 보였다. 그는 임신한 젊은 여자와 함께였는데, 여자는 울고 있었다. 그의 아내인 것이 분명했다. 쌍둥이 누이와 같이 있는 마크도 보였는데, 아직도 누이한테 위로받고 있었다. 그리고 장례식 전체를 아주 능숙하게 진행한 제프와 마이클도 보였다. 두 사람은 나와 그리 멀지 않은 곳에서 허브 키블에게 조용히 뭔가 이야기하고 있었다. 나는 레스 팔리 때문에 그 자리를 떠날 수가 없었다. 이 묘지에서 멀리 떨어진 곳에서 어떤 범죄 혐의로도 고발당하지 않고 평온하게, 자기만의 조악한 현실을 날조해내며, 하고 싶은 게 뭐든 온갖 내적인 이유를 들어 정당화하면서 아무나 내키는 상대를 골라 저 좋을 대로 들이받고 있을 짐승 같은 인간.

물론 나는 완성도, 온당하고 완벽한 결말도 존재하지 않는다는 것을 안다. 하지만 그렇다고 해서 갓 파놓은 광중 안에 놓인 관에서 겨우 몇 피트 떨어져 서 있던 그때, 그런 결말에 내가 만족하고 있었던 것은 아니었다. 설사 그 장례식을 계기로 콜먼이 그 대학의 연혁에서 존경받는 인물로 입지를 다시 다지게 되더라도 말이다. 아직 감춰져 있는 진실이 너무 많았다.

내가 말하는 진실은 그의 죽음에 관한 진실이다. 잠시 뒤 내가 알게 된 그 진실을 말하는 게 아니다. 진실 뒤에는 또다른 진실이 있게 마련이다. 이 세상엔 자신이나 자기 이웃들에 대해 속속들이 알고 있다고 믿는 사람들로 가득하지만, 사실 우리에게 알려지지 않은 것이 한없이 많다. 우리에 대한 진실에는 끝이 없다. 거짓도 마찬가지다. 둘 사이에 꼼짝없이 끼어 있는 거지, 나는 생각했다. 고매한 놈들한테 비난받고, 정의로운 놈들한테 욕먹은 다음, 흉악한 미치광이에게 몰살당하는 것. 구원받은 자들, 선택된 자들, 한 시대가 지나면 사라질 도덕관을 맹신하는 자들로부터 파문당한 다음 무자비한 악귀에게 목숨을 잃는 것. 인간의 절박함 두 가지가 그에게서 접합점을 찾아냈다. 결백한 자들과 그렇지 못한 자들 모두가 전력을 다해 움직인다. 적을 필요로 한다는 점에서는 둘이 닮았다. 이중으로 당하는 거지, 나는 생각했다. 이 세상의 적대적인 이빨에 이중으로 당하는 것이다. 바로 세상 자체인 적대감에 의해.

아직 흙을 덮지 않은 무덤가에 나처럼 홀로 서 있는 여자가 있었다. 여자는 아무 말 없었는데, 우는 것 같진 않았다. 심지어 그 자리에 있는 것처럼 보이지도 않았다. 그러니까 그 묘지에, 그 장례식에 말이다. 그녀는 꼭 길모퉁이에 서서 참을성 있게 버스를 기다리는 사람 같았다. 핸드백을 몸 앞으로 두고 꼭 쥐고 있는 모습이 마치 차비를 낼 준비를 마치고 목적지로 실려가기 위해 기다리는 사람처럼 보였던 것이다. 찌를 듯한 턱과 앞으로 내민 듯한 입―하관이 돌출되었다는 인상을 주었다―, 그리고 뻣뻣한 머릿결만 보아도 그녀가 백인이 아니라는 것을 알 수 있었다. 피부색은 그리스인이나 모로코인보다 짙어 보이지 않았다. 아직 집으로 향하지 않은 몇 안 되는 사람들 속에 허브 키블이 없었다면, 이런 식으로 단서들을 하나씩 더해가며 그녀가 흑인이라는 사실을 확인하려 들지 않았을지도 모른다. 나이가 예순다섯에서 일흔쯤으로 보였기 때문에 그녀가 키블의 아내일 거라고 생각했다. 그렇다면 그녀가 그토록 의아할 정도로 꼼짝 않고 서 있는 게 이상할 것도 없었다. (어떤 동기에 사로잡혀 그랬든) 공개적으로 아테나 대학의 희생양이 된 남편의 추도사를 듣고 있기란 쉽지 않았을 테니까. 나는 그녀가 생각이 얼마나 많을지, 그리고 그것을 받아들이기 위해 장례식에 소요된 시간보다 얼마나 더 많은 시간이 필요할지 이해할 수 있었다. 그녀의 생각은 여전히 리생어 예배당에서 키블이 했던 추도사에 머물러 있을 것이었다. 그녀는 거기 있었다.

그런데 내가 잘못 짚었다.

떠나려고 돌아서는데, 공교롭게도 그녀 역시 돌아섰고, 그 때문에 우리는 겨우 1, 2피트를 사이에 두고 서로 마주 보게 되었다.

"네이선 주커먼이라고 합니다." 내가 말했다. "콜먼이 세상을 떠나기 얼마 전 친구가 되었습니다."

"안녕하세요." 그녀가 대답했다.

"남편께서 오늘 상황을 완전히 바꿔놓으신 것 같군요."

내가 잘못 짚었는데도 날 보는 그녀의 눈빛에는 그런 기색이 없었다. 나를 무시하지도 않았고, 내게서 벗어나기로 작정하고 자기 갈 길을 가버리지도 않았다. 그렇다고 어찌해야 좋을지 모르겠다는 표정을 짓지도 않았는데, 그래도 분명 난감하기는 했을 것이다. 콜먼의 생애 마지막 친구라고? 그녀의 진짜 정체를 생각해보라. 어떻게 "난 키블 부인이 아닙니다"라는 말만 하고 떠날 수 있었겠는가?

하지만 그녀는 그저 거기 서 있기만 했다. 나와 마주 본 채 무표정하게. 그날 벌어진 일과 처음 알게 된 사실들에 너무도 깊은 충격을 받은 모습이어서, 그녀가 콜먼과 어떤 관계인지 이해하지 않고 넘어가는 것이 일순간 불가능해 보였다. 점점 확대되는 렌즈를 통해 멀리 떨어져 있는 별을 보는 것처럼, 그녀에게서 빠르게, 급속히 증식하듯 드러난 것은 콜먼과 닮은 점이 아니었다. 마침내, 콜먼의 비밀까지 분명히 보일 정도로 전부 알아챘을 때 내 눈에 들어온 것은 리사와 꼭 닮은 얼굴이었다. 리사가 아버지의 딸이라기보다 고모의 조카딸이라고 하는 게 더 적절할 정도로.

콜먼이 이스트오렌지에서 보낸 성장기에 대해 내가 아는 사실은 대부분 장례식이 끝나고 몇 시간 뒤 집에 돌아와 어니스틴에게 들은 것이다. 닥터 펜스터먼이 자기 아들 버트 펜스터먼을 수석 졸업생으로 만들려고 콜먼의 졸업 시험 성적을 떨어뜨리려 했던 일. 1926년에 콜먼의 부친인 실크 씨가 이스트오렌지에 집을 구한 일. 어니스틴이 아직까지도 살고 있는 그 작은 목조주택은, 어니스틴의 설명에 따르면 "어떤 부부가 자신들을 화나게 만든 이웃집을 괴롭히기 위해 유색인에게 팔기로 결정한" 것이었다. ("보세요. 이런 데서 제가 어느 세대인지 탄로 나네요." 그날 나중에 그녀가 말했다. "저는 '유색인'이라는 말이랑 '검둥이'라는 말을 다 쓰거든요.") 그녀는 자기 아버지가 대공황기에 어떻게 안경점을 날렸으며, 그 상실감을 극복하기까지 얼마나 오랜 세월이 필요했는지—"정말 극복하기는 하셨던 건지 모르겠지만요"라고 그녀는 말했다—그리고 어떻게 열차 식당차에서 웨이터 일을 얻어 죽을 때까지 철도회사에서 일했는지 말해주었다. 그녀는 실크 씨가 영어를 "초서, 셰익스피어, 디킨스의 언어"라고 부르곤 했다고, 자식들이 올바르게 말하는 법뿐 아니라 논리적으로 생각하고 분류하고 분석하고 묘사하고 열거하는 법까지 익힐 수 있도록 영어뿐 아니라 라틴어와 그리스어까지 배우도록 신경썼다고 했다. 또한 자식들을 뉴욕의 미술관들에 데려가고 브로드웨이 연극을 보여주었다고 했다. 그리고 콜먼이 비밀리에 뉴어크 보이스클럽에서 아마추어 권투선수로 뛰고 있다는 사실을 알았을 때는 목소리를 높이지 않아도 권위가 묻어나는 그 목소리로 아들에게 "나라면 이렇게 말할 것 같구나. '어젯밤 시합에서 이겼다고? 잘됐구나. 이제 무패의 전적으로 은퇴할 수 있으니'"라고 말했다고 했다. 내가 뉴어크에서 일 년 동안 방과 후에 다녔던 권투교실에서 나를 가르치기도 했던 닥 치즈너가 예전에 이스트오렌지에서 어린 콜먼이 보이스클럽을 그만두자 그의 재능을 아까워해 피츠버그대 소속으로 시합에 나가기를 바랐고, 백인 선수로 피츠버그대에서 장학금을 받게 해줄 수도 있다고 제안했지만, 콜먼이 아버지의 계획대로 하워드대에 등록했다는 이야기도 어니스틴에게 들었다. 어느 날 밤 아버지가 식당차에서 손님 시중을 들다 갑작스럽게 세상을 떠나자, 그 즉시 콜먼이 하워드대를 자퇴하고 해군에, 그것도 백인으로 입대했다는 이야기도. 해군 복무를 끝마친 콜먼이 뉴욕대에 진학하기 위해 그리니치빌리지로 나가 살았다는 것도. 어느 일요일 콜먼이 백인 여자를 집에 데려왔는데, 미네소타 출신의 예쁜 여자였다는 것도. 다들 말실수로 일을 그르치면 안 된다는 생각에 사로잡힌 나머지 굽고 있던 비스킷을 다 태우고 말았다는 것도. 모두에게 정말 다행스럽게도, 애스베리파크에서 교사 일을 시작한 월터는 오찬에 참석하지 못했고, 콜먼이 아무런 불만도 가질 수 없을 만큼 너무도 훌륭하게 지나갔다는 것도. 어니스틴은 어머니가 그 여자에게 정말 친절했다고 했다. 스티나.

가족 모두 스티나에게 정성을 다해 친절을 베풀었고, 스티나도 가족들에게 마찬가지였다고 했다. 언제나 열심히 일했던 어머니는 아버지가 세상을 떠난 뒤 순전히 자신의 실력으로 승진해 뉴어크에 있는 한 병원의 외과 층 전체를 담당하는 최초의 유색인 수간호사가 되었다고 했다. 어머니는 콜먼을 몹시 아꼈다고 했고, 콜먼이 무슨 짓을 해도 어머니의 사랑은 흔들린 적 없었다고 했다. 심지어 콜먼이 남은 평생, 자신의 어머니와 전혀 다르고 존재한 적도 없고 듣도 보도 못한 누군가를 자신의 어머니인 것처럼 가장하고 살겠다고 결정했을 때도 실크 부인은 아들을 떨쳐내지 못했다. 그리고 콜먼이 어머니를 찾아와 아이리스 기틀먼과 결혼할 예정이라고, 당신 며느리에게 시어머니도 될 수 없고 당신 손자들에게 할머니도 될 수 없을 거라고 이야기하자 월터는 콜먼에게 두 번 다시 가족들에게 연락하지 말라고 했고, 그런 다음 어머니에게도—그들을 지배했던 아버지와 똑같이 엄격한 권위를 내세워—두 번 다시 콜먼과 연락하지 말라고 분명히 했다.

"월터 오빠는 최선인 길을 찾으려고 그랬던 거예요." 어니스틴이 말했다. "월터 오빠는 그게 어머니가 상처받지 않을 수 있는 유일한 길이라고 생각했던 거예요. 식구들 생일이 돌아올 때마다, 명절 때마다, 크리스마스 때마다 콜먼 오빠 때문에 상처받지 않을 수 있도록요. 월터 오빠는 서로 연락하게 내버려두면 콜먼 오빠가 엄마 가슴을 수천 번 찢어놓고도 남을 거라고 생각했던 거예요. 딱 그날 그랬던 것처럼요. 콜먼 오빠가 아무런 예고도 없이, 우리 가운데 누구에게도 미리 알리지 않고 이스트오렌지에 와서, 남편까지 잃은 노인네한테 앞으로의 규칙에 대해 떠들어댄 것 때문에 월터 오빠는 몹시 화가 났던 거예요.

제 남편 플레처는 늘, 월터 오빠가 그랬던 데에는 뭔가 심리적인 이유가 있을 거라고 말해요. 하지만 저는 그렇게 생각하지 않아요. 콜먼 오빠가 엄마의 마음을 독차지했던 걸 월터 오빠가 진짜로 질투했던 적은 없다고 생각하니까요. 절대 그랬을 리 없어요. 월터 오빠는 모욕을 느꼈던 거고, 그래서 불끈했던 거예요. 어머니한테뿐 아니라 가족 모두한테 모욕이라고 생각했던 거죠. 가족 중에 월터 오빠가 가장 정치적이었어요. 당연히 화가 났을 거예요. 저는 그런 식으로 화를 내지 않았고, 단 한 번도 그런 적이 없었지만, 월터 오빠를 이해할 순 있어요. 매년 콜먼 오빠의 생일이 되면, 저는 아테나에 전화를 걸어 오빠와 통화했어요. 바로 사흘 전에도 통화했어요. 그날이 콜먼 오빠 생일이었거든요. 일흔두번째 생일요. 생일 축하 저녁식사를 하고 집으로 돌아오는 길에 세상을 뜬 게 아닐까싶어요. 생일 축하 인사를 하려고 전화를 했는데 받지 않아서 다음날 다시 전화했었어요. 덕분에 오빠가 세상을 떠났다는 사실을 알게 됐죠. 그 집에 있던 누군가가 전화를 받아 말해줬거든요. 이제 보니 조카들 가운데 하나였겠네요. 집으로 전화를 걸기 시작한 건, 올케가 세상을 뜨고 오빠가 대학에서 사직한 뒤 혼자 지내면서부터였어요. 그전에는 연구실로 전화했어요. 오빠하고 연락하고 지낸다는 건 아무한테도 말한 적 없어요. 그럴 필요가 없었으니까요. 생일 때마다 전화했어요. 엄마가 돌아가셨을 때도 했고요. 제가 결혼할 때도 했죠. 제 아들이 태어났을 때도. 남편이 세상을 떠났을 때도 했어요. 늘 즐겁게 수다를 떨곤 했어요. 오빠는 늘 새로운 소식을 듣고 싶어했는데, 심지어 월터 오빠에 대해서나 오빠의 승진 소식까지도 듣고 싶어했어요. 그러다 아이리스 언니가 아기를 낳을 때마다, 제프리랑 마이클이랑 쌍둥이가 태어날 때마다 콜먼 오빠한테서 전화가 왔어요. 오빠는 제가 학교에 있을 때 전화했어요. 오빠한테는 매번 엄청난 시련이었어요. 아이를 낳을 때마다 자신의 운명을 시험하는 거였죠. 아시겠지만 아이들은 오빠가 부정한 과거와 유전적으로 연결되어 있어서, 뭔가 뚜렷하게 알아볼 수 있는 방식으로 격세유전 형질이 나타날 가능성이 늘 존재했으니까요. 오빠는 그걸 무척 걱정했어요. 실제로 일어날 수 있는 일이었으니까요. 실제로 일어나기도 하잖아요. 그래도 오빠는 밀고나갔고, 그래서 아이들이 태어난 거죠. 그것도 계획의 일부였어요. 완전하고 표준적이며 생산적인 인생을 사는 계획 말이에요. 저는 오빠가 자신의 결정 때문에 고통받았을 거라고 생각해요. 특히 처음 몇 해 동안은요. 그리고 분명 아이가 새로 태어날 때마다 그랬을 거예요. 콜먼 오빠는 무엇 하나 그냥 지나치는 법이 없었고, 자신이 느끼는 감정에 대해서도 마찬가지였어요. 우리와 연을 끊고 지낼 수는 있었지만, 감정까지 끊어버릴 수는 없었죠. 특히 자식과 관련된 문제에서는요. 제 생각에 오빠는 한 인간이 자신이 누구인가를 정의하는 데 아주 결정적인 뭔가를 숨기는 건 아주 지독한 일이라고, 사람은 태어나면서부터 자신의 족보를 알 권리가 있다고 믿었던 것 같아요. 게다가 그건 아주 위험한 일이기도 했으니까요. 손자들이 아주 뚜렷한 검둥이 형질을 가지고 태어나기라도 한다면 콜먼 오빠의 자식들이 얼마나 혼란에 빠질지 한번 생각해보세요. 이제까지 오빠는 운이 좋았어요. 캘리포니아에 있는 손자 둘도 마찬가지고요. 하지만 아직 미혼인 딸을 한번 생각해보세요. 언젠가 그 아이도 십중팔구는 백인을 남편으로 맞을 텐데, 흑인 아기를 출산한다고 생각해보세요. 충분히 가능한 일이에요. 그럴 수 있다고요. 그애가 그걸 어떻게 이해할 수 있겠어요? 그애 남편은 또 어떻게 생각하겠어요? 아마 아이 아버지가 다른 사람이라고 생각할 거예요. 그것도 흑인이라고요. 주커먼 씨, 콜먼 오빠가 자식들에게 아무 이야기도 하지 않은 건 무서울 정도로 잔인한 짓이에요. 이건 월터 오빠의 판단이 아니에요. 제 판단이에요. 자기 인종을 비밀에 붙일 심산이었다면 아이를 갖지 말았어야죠. 오빠도 그걸 알았어요. 당연히 알아야죠. 하지만 오빠는 언제 터질지 모를 폭탄을 심어놓았어요. 그리고 오빠가 자식들에 대해 이야기할 때마다 제 눈에는 그 폭탄이 어른거렸어요. 특히 쌍둥이 중에 여자애 말고 남자애요, 오빠 속을 그렇게 썩인 마크 이야기를 할 때면 그랬어요. 오빠는 마크가 제 나름의 이유에서 오빠를 싫어하는 것일 거라고 말하면서도, 한편으로는 그애가 진실을 눈치챈 게 아닐까싶다고 했어요. '결국은 내가 자초한 거야'라고 말했어요. '아무리 엉뚱한 이유 때문이더라도 말이다. 마크는 진짜 이유를 가지고 아비를 증오할 사치조차 누리지 못하는 거야. 내가 그애의 생득권 중에 일부를 박탈해버렸으니까'라고 했죠. 그래서 저는 이렇게 말했어요. '하지만 오빠, 마크는 그런 이유에서 오빠를 미워하는 게 아닐지도 모르잖아.' 그랬더니 오빠가 이랬어요. '내 말뜻을 이해하지 못하는구나. 흑인이라는 사실 때문에 그애가 날 미워하는 거라는 이야기가 아니야. 진짜 이유라는 말은 그런 뜻이 아니야. 그애한테 알 권리가 있는데 내가 말해주지 않기 때문에 날 미워하는 거라는 거야'라고요. 우리는 그 이야기를 그쯤에서 중단했어요. 오해의 소지가 너무 많았으니까요. 하지만 오빠가 자신과 자식들 사이의 근저에 거짓말이, 그것도 끔찍한 거짓말이 존재한다는 사실을 잊을 수 없었다는 건 분명했어요. 그리고 마크가 그 거짓말을 직관적으로 알아냈다는 사실도, 유전자에 마크의 정체성을 담고 있고 그 정체성을 다시 자기 자식들에게 최소한 유전자 상으로, 어쩌면 신체적으로 알아볼 수 있을 정도로까지 물려줄 마크의 자식들이 자신이 누구인지도 누구였는지도 온전하게 알 수 없을 거라는 걸 마크가 어째서인지 일고 있다는 사실도 오빠는 한시도 잊을 수 없었을 거예요. 이건 어느 정도 추측에 가까운 것이지만 저는 이따금, 콜먼 오빠가 마크를 오빠 자신이 엄마한테 저지른 짓에 대한 벌로 여기는 것 같다고 생각했어요." 그리고 어니스틴은 조심스럽게 덧붙였다. "비록 그 말을 오빠가 한 번도 입에 올린 적은 없지만요. 반면 월터 오빠는, 제가 월터 오빠에 대해 이해한 게 맞다면, 아버지의 자리를 대신해 엄마가 계속 마음의 상처를 받지 않도록 막으려고 엄청 노력했어요."

"성공했나요?" 내가 물었다.

"주커먼 씨, 되돌리지 못했어요, 끝까지요. 엄마가 돌아가시던 날 병원에서 뭐라고 헛소리를 했는지 아세요? 예전에 환자들이 계속 엄마를 찾았던 것처럼 엄마도 계속 간호사를 불렀어요. 그리고 이러셨어요. '아, 간호사님, 간호사님. 나 좀 열차에 태워줘요. 집에 아픈 애가 있어요.' 몇 번이나 그렇게 말했어요. '집에 아픈 애가 있어요.' 병상 옆에 앉아 엄마 손을 잡고서 죽어가는 엄마를 지켜보는데, 저는 그 아픈 애가 누군지 알 것 같았어요. 월터 오빠도 알았던 것 같아요. 콜먼 오빠였죠. 월터 오빠가 끼어들어 콜먼 오빠를 그런 식으로 영영 추방하지 않았다면 엄마가 좀더 잘 지내셨을지……글쎄요, 여전히 잘 모르겠어요. 하지만 단호함은 월터 오빠가 남자로서 지닌 특별한 재능이에요. 콜먼 오빠도 마찬가지였고요. 우리 집안 남자들은 단호한 게 특징이에요. 아버지도 그랬고, 조지아 주에서 감리교 목사였던 할아버지도 그랬으니까요. 우리 집안 남자들은 한번 작정하면 그걸로 끝이었어요. 음, 그런 단호함에는 늘 대가가 있었죠. 하지만 이거 하나는 분명해요. 이걸 전 오늘 깨달았어요. 그리고 부모님도 아셨더라면 좋았을 거란 생각이 들어요. 우리 집안이 교육자 집안이라는 거 말이에요. 친할머니 때부터 시작된 것 같아요. 어린 노예 소녀였던 할머니는 여주인한테 글을 배웠는데, 노예해방령이 내려진 뒤에 당시 조지아 주립흑인정규산업학교라고 불리던 곳에 진학했어요. 그게 시작이었고, 그렇게 해서 우리 집안이 교육자 집안이 되었던 거예요. 제가 콜먼 오빠의 아이들을 보면서 깨달은 게 바로 그거였어요. 한 명만 빼면 모두 교수나 교사잖아요. 그리고 우리 남매도, 월터 오빠, 콜먼 오빠, 저, 우리도 모두 교수나 교사였어요. 제 아들은 좀 다르지만요. 그앤 대학을 마치지 못했어요. 우리 둘이 생각이 좀 달랐어요. 지금 그애한테는, 흔한 말로 소중한 사람이라는 게 생겼는데, 그 부분에 대해서도 서로 의견이 안 맞아요. 1947년에 월터 오빠가 애스베리파크에 자리를 얻었을 때 백인 일색의 그곳 학제에 유색인 교사는 한 명도 없었다는 것도 말해드려야겠네요. 오빠가 첫 흑인 교사였다는 걸 기억하셔야 해요. 나중엔 그 도시 최초의 흑인 교장이 되었다는 것도, 그다음엔 최초의 흑인 교육감이 되었다는 것도요. 이제 월터 오빠가 어떤 사람인지 아실 수 있을 거예요. 애스베리파크엔 이미 자리를 확실하게 잡은 유색인공동체가 있었지만, 월터 오빠가 들어간 1947년에야 상황이 변화하기 시작했어요. 월터 오빠의 단호함이 큰 영향을 미친 거죠. 주커먼 씨도 뉴어크 출신이시죠. 그래도 1947년까지 뉴저지에서 흑백 분리, 차별 교육제도가 법적으로, 헌법상으로 인정되었다는 건 모르실지도 모르겠네요. 대부분의 지역에 유색인 아이들이 다니는 학교랑 백인 아이들이 다니는 학교가 따로 있었어요. 뉴저지 남부에선 초등교육에 인종 분리가 분명하게 존재했어요. 트렌턴, 뉴브런즈윅 아래로는 모든 학교가 인종을 분리해서 가르쳤어요. 프린스턴에서도. 애스베리파크에서도요. 월터 오빠가 애스베리파크에 처음 부임했을 때 그곳에는 동서로 나뉜 뱅스애비뉴라는 학교가 있었어요. 한쪽은 뱅스애비뉴 인근에 사는 유색인 아이들이 다니고, 다른 쪽은 인근의 백인 아이들이 다녔죠. 학교 건물은 하나인데, 둘로 나뉘어 있었던 거예요. 가운데 울타리가 쳐져 있어서 한쪽으로는 유색인 아이들만, 다른 쪽으로는 백인 아이들만 다녔어요. 교사도 마찬가지로 한쪽은 백인이고 다른 쪽은 유색인이었어요. 교장은 백인이었죠. 트렌턴하고 프린스턴에는, 프린스턴은 이제 뉴저지 남부라고 여겨지지 않죠, 어쨌든 그 두 도시엔 1948년까지 그런 흑백 분리 학교가 있었어요. 이스트오렌지나 뉴어크는 그렇지 않았죠. 그래도 한때는 뉴어크에도 유색인 아이들만 다니는 초등학교가 있었어요. 1900년대 초예요. 하지만 1947년에는, 아, 제가 이런 이야기를 하는 건 주커먼 씨께서 월터 오빠의 입장을 이해해주셨으면 해서예요. 어떤 상황이었는지 좀더 큰 그림 속에서 월터 오빠와 콜먼 오빠의 관계를 이해해주시면 좋겠어요. 1947년은 공민권운동이 시작되기 훨씬 전이었어요. 콜먼 오빠가 했던 행동, 조상이 검둥이인데도 다른 인종으로 살아가기로 결정한 것, 그런 것도 공민권운동 이전에는 결코 드문 일이 아니었어요. 영화도 있잖아요. 기억나세요? 〈핑키〉라는 영화도 있고, 또하나는 멜 페러가 나오는 거였는데, 제목은 기억나지 않지만 아주 인기 있었던 작품이에요. 인종을 바꾸는 것, 그건 이렇다 할 공민권도 평등도 존재하지 않는 상황에서 흑인뿐 아니라 백인까지도 떠올려보지 않을 수 없었던 생각이었던 거죠. 아마도 실행하지 않고 그저 생각만 하는 경우가 대부분이었겠지만, 그래도 그 생각은 동화처럼 사람들을 매혹시켰죠. 그러다 1947년에 주지사가 뉴저지 주 헌법을 수정하기 위해 제헌의회를 소집했어요. 그게 변화의 출발점이었죠. 주 헌법 수정조항 가운데 하나가 뉴저지의 주 방위군 부대에서는 흑백 분리 혹은 차별을 더이상 용납하지 않는다는 거였어요. 두번째 부분, 그러니까 두번째 변화는 아이들에게 더 가까운 학교를 두고 인근의 다른 학교로 가도록 강요해서는 안 된다는 거였고요. 대충 그런 말이었어요. 월터 오빠였다면 한 글자도 틀리지 않고 그대로 옮길 수 있었을 텐데. 수정헌법에서는 공립학교와 주 방위군 부대에서의 인종차별이 삭제됐어요. 그걸 실행하라는 지시가 주지사와 교육위원회에 내려왔죠. 주 교육위원회는 각 지역 교육위원회에 학교에서의 인종통합 시행 계획을 따르라고 통고했어요. 우선 학교 교직원부터 통합한 다음 서서히 학생들까지 통합하도록 권고했죠. 월터 오빠는 애스베리파크에 부임하기 전부터, 참전 후 귀향해서 몬트클레어 주립교육대학에 다닐 때부터 정치적인 문제에 관심이 많았어요. 뉴저지의 학교들에서 인종통합을 위해 이미 활발하게 투쟁하고 있던 제대병들 가운데 한 명이었어요. 주 헌법 개정 훨씬 전부터, 그리고 개정 후에도 당연히 월터 오빠는 학교에서의 인종통합 투쟁에서 가장 활발하게 활동했어요."

어니스틴의 논지는 콜먼이 인종통합, 평등, 민권을 위해 싸우는 제대병 투사 가운데 하나가 아니었다는 것이었다. 월터의 견해에 따르면, 콜먼은 자기 자신 외에는 그 어떤 것을 위해서도 싸우지 않았다. 실키 실크. 그 이름으로 그는 싸웠고, 그 이름을 위해 싸웠다. 그게 바로 콜먼이 어렸을 때부터 월터가 콜먼을 참을 수 없어했던 이유이기도 했다. 콜먼은 자기밖에 몰라, 라고 월터는 말하곤 했다. 언제나 저 혼자만 생각한다고. 콜먼이 원하는 건 그저 벗어나는 것뿐이라고.

우리 집에서 점심식사를 끝낸 지도 몇 시간이 지났지만, 어니스틴의 기운은 수그러들 기미조차 없었다. 그녀의 머릿속에서 소용돌이치는 모든 것―콜먼의 죽음이라는 결과뿐만 아니라 지난 오십 년간 그녀가 파악하려 애써왔던 콜먼의 미스터리에 관한 모든 것―이 그녀로 하여금 숨쉴 틈 없이 이야기를 쏟아내게 만들었다. 그것을 평생 동안 소도시의 진지한 교사로 살면서 생긴 그녀의 성격이라고 할 수는 없었다. 그녀는 대단히 방정해 보이는 여성이었고, 얼굴이 조금 핼쑥하기는 했지만 건강해 보였다. 식욕도 어느 면으로 보나 지나치다고 할 수 없었다. 옷차림이나 자세에서, 점심식사를 할 때의 세심한 동작 하나하나에서, 심지어 의자에 앉는 방식에서도 그녀의 성격이 보였다. 전혀 무리 없이 사회 관습을 따르고 어떤 갈등이 생기든 반사적으로 중재자 역할을 자처할 것임이 분명했다. 분별력 있는 반응을 보이는 데 고수였고, 이야기를 하기보다는 듣는 쪽을 선택하는 사람이었다. 하지만 백인을 자처했던 오빠의 죽음을 둘러싼 어수선한 분위기나, 그녀의 가족에게는 오랜 세월 동안 삐뚤어지고 오만한 변절처럼 여겨졌던 한 인생의 종말이 갖는 특별한 의미를 평소처럼 헤아리기는 어려웠을 것이다.

"엄마는 돌아가시는 순간까지도 콜먼 오빠가 왜 그랬는지 궁금해하셨어요. '피붙이한테 보이지 않게 되었구나'라고 엄마는 말했어요. 엄마 집안에서 콜먼 오빠가 처음은 아니었어요. 다른 사람들도 있었어요. 하지만 그들은 다른 사람이었죠. 콜먼 오빠가 아니라. 콜먼 오빠는 살면서 검둥이라는 사실 때문에 짜증낸 적이 한 번도 없었어요. 적어도 우리가 아는 한에서는요. 사실이에요. 검둥이라는 사실이 오빠한테 문제된 적은 단 한 번도 없었어요. 밤에 엄마가 의자에 앉아 있는 모습을 보면, 꼼짝도 않고 앉아 있는 모습을 보면 무슨 생각을 하는지 뻔히 보였어요. 이래서였을까, 저래서였을까? 아버지한테서 벗어나고 싶어서 그랬을까? 하지만 그 무렵엔 이미 아버지가 이 세상 사람이 아니었는데. 엄마는 여러 가지 이유를 내놓곤 하셨지만, 어떤 것도 그럴듯하지 않았어요. 백인이 우리보다 낫다고 생각한 걸까? 백인들이 우리보다 부자인 건 분명하지. 하지만 그게 더 낫다는 뜻인가? 그앤 그렇게 생각했던 걸까? 우리한텐 어떤 단서도 안 보였어요. 물론 사람들은 성장하면 집을 떠나고, 가족하고 아예 연을 끊기도 해요. 꼭 유색인만 그렇게 하는 건 아니라는 거죠. 세상 도처에서 하루가 멀다 하고 벌어지는 일이에요. 그런 사람들은 모든 걸 증오한 나머지 그냥 자취를 감춰버려요. 하지만 콜먼 오빠는 어렸을 적부터 무언가를 증오하고 그러지 않았어요. 사람들이 좋아하는 아주 산뜻하고 낙천적인 아이였죠. 어릴 때는 오히려 제가 콜먼 오빠보다 불만이 많은 아이였어요. 월터 오빠도 콜먼 오빠보다 불만이 많았고요. 콜먼 오빠가 거둔 모든 성공, 사람들이 오빠한테 보이던 관심을 생각하면……결코, 엄마한테는 도저히 납득할 수 없는 일이었어요. 엄마가 콜먼 오빠를 그리워하지 않은 적은 한순간도 없었어요. 오빠 사진. 오빠의 성적표. 오빠의 육상경기 메달. 오빠의 졸업앨범. 수석 졸업생 증명서. 심지어 콜먼 오빠의 장난감도, 오빠가 아이였을 때 좋아했던 장난감까지도 그대로 있었어요. 엄마는 그런 걸 버리지 않고 놔둔 채, 독심술사가 수정구를 들여다보듯 그것들을 응시하곤 했어요. 거기서 답이 나올 것처럼요. 오빠가 자신이 저지른 일을 누구한테든 시인한 적 있을까요? 그런 적 있나요, 주커먼 씨? 올케한테 시인했을까요? 애들한테요?"

"안 했을 겁니다." 내가 말했다. "분명 그러지 않았을 거예요."

"오빠는 끝까지 오빠다웠네요. 한다면 하는 사람이었으니까요. 그게 어렸을 때부터 오빠의 비범한 점이었어요. 계획대로 밀고 나가는 거요. 오빠는 자신이 내린 결정이라면 뭐든 집요할 정도로 헌신적이었어요. 그 터무니없는 거짓말 때문에 자기 가족한테, 동료 교수들한테도 그렇게 거짓말을 해야 했으면서도, 그런데도 오빠는 그걸 죽을 때까지 고수했어요. 무덤에까지 유태인으로 들어가다니. 아아, 콜먼 오빠." 그녀는 슬픈 어조로 말했다. "그토록 의지가 강했다니. 의지의 사나이 같으니." 그 순간 그녀의 표정은 우는 것보다는 웃는 것에 더 가까웠다.

유태인으로 매장되었고, 내 추론이 맞다면 유태인으로 살해된 거지, 하고 나는 생각했다. 다른 인종인 척 연기한 것에서 비롯된 문제, 하나 더 추가.

"만약 누군가에게 그 사실을 시인했다면," 내가 말했다. "아마 같이 죽은 그 여자한테 했을 겁니다. 포니아 팔리요."

어니스틴은 그 여자 이야기는 듣고 싶지 않았던 게 분명했다. 하지만 원체 분별력 있는 사람이다보니 이렇게 묻지 않을 수 없었다. "그걸 어떻게 아시죠?"

"실은 모릅니다. 아무것도 몰라요. 그저 감입니다." 내가 말했다. "두 사람 사이에 존재했을 거라고 제가 짐작한 어떤 협정하고 관계있습니다. 콜먼이 그 여자한테 그 사실을 털어놓았다면요." '두 사람 사이의 협정'이란 완벽한 탈출구는 없다는 두 사람의 공통된 인식을 의미했지만 그것까지 어니스틴에게 설명하지는 않았다. "거참, 오늘 사실을 알고 나니 콜먼에 대해 다시 생각해봐야 할 게 한두 가지가 아닙니다. 뭔가 뭔지 도무지 갈피를 잡을 수 없군요."

"그러시다면 주커먼 씨는 이제 실크 집안의 명예 회원이 되신 거예요. 월터 오빠를 빼면 우리 가족 중에는 콜먼 오빠와 관련된 일에서 갈피를 잡을 수 있는 사람이 아무도 없거든요. 왜 그랬을까, 왜 끝까지 그랬을까, 왜 엄마가 그렇게 돌아가셔야 했을까. 월터 오빠가 그런 규칙을 정해놓지만 않았다면," 그녀가 말했다. "또 어떻게 달라졌을지 누가 알겠어요? 콜먼 오빠가 세월이 흐르면서 그 결정에서 점점 멀어져 결국 올케한테 이야기했을지 누가 알겠어요? 언젠간 자식들한테도 이야기했을지 모를 일이죠. 온 세상에 공표했을지도 모르고요. 하지만 월터 오빠가 모든 걸 시간에 가둬버렸어요. 결코 좋은 생각이 아니었죠. 그때 콜먼 오빠는 아직 이십대였어요. 폭탄 같은 스물일곱 살이었죠. 하지만 영원히 스물일곱일 순 없잖아요. 1953년이 영원할 리도 없고요. 사람은 나이를 먹어요. 국가도 나이를 먹죠. 문제였던 일들도 나이를 먹어요. 때로는 나이를 먹어 그대로 소멸해버리기도 하죠. 하지만 월터 오빠는 시간을 멈춰버린 거예요. 물론 좁은 시야로, 단순히 사회적 이득이라는 관점에서만 본다면, 당시 교양 있는 흑인 중산층 입장에선 콜먼 오빠처럼 행동하는 게 당연히 득이 되었죠. 오늘날 그런 짓은 꿈도 꾸지 않는 게 득이 되는 것만큼이나 말이에요. 요즘 지적인 중산층 흑인이 자식을 일류 학교에, 그것도 필요하면 전액 장학금으로 보내고 싶어한다면, 자신이 유색인이 아니라고 말하는 건 상상도 못할걸요. 절대 그러지 않죠. 설사 피부색이 희다 하더라도 이제는 그러지 않는 게 득이에요. 마찬가지로 당시엔 그런 거짓말을 하는 게 득이었어요. 대체 뭐가 다르죠? 그렇다고 제가 이런 이야길 월터 오빠한테 할 수 있겠어요? 오빠한테 '대체 뭐가 다른데?' 이렇게 이야기할 수 있겠느냐고요. 일단 콜먼 오빠가 엄마한테 한 짓이 있으니까요. 두번째로 월터 오빠 눈에는 당시 투쟁해야 할 싸움이 있었는데도 콜먼 오빠가 투쟁하고 싶어하지 않은 것도 문제거든요. 이 두 가지만으로도 저는 당연히 그런 말을 할 수 없는 거죠. 하지만 그간 아무런 시도도 안 해본 건 아니에요. 사실 월터 오빠가 모진 사람은 아니거든요. 월터 오빠가 어떤 사람인지 들어보실래요? 1944년에 월터 오빠는 유색인 보병중대에 소속된 스물한 살짜리 라이플 사수였어요. 오빠는 같은 부대의 다른 군인 한 명과 함께, 벨기에의 한 산마루에서 철로가 가로지르는 골짜기를 내려다보고 있었대요. 그러다 독일군 한 명이 철로를 따라 농쪽으로 걸어가는 걸 봤죠. 독일군은 어깨에 작은 가방을 메고 휘파람을 불고 있었대요. 월터 오빠와 같이 있던 군인이 총을 겨눴죠. 월티 오빠는 '도대체 무슨 짓이야?'라고 그에게 말했어요. '저놈을 죽여야지.' '왜? 그만둬! 저자가 지금 뭘 하고 있는데? 그냥 걷고 있을 뿐이잖아. 걸어서 고향으로 돌아가는 중일 수도 있다고.' 월터 오빠는 실랑이 끝에 동료한테서 라이플을 빼앗았죠. 사우스캐롤라이나 출신 청년이었죠. 둘은 산마루에서 골짜기로 내려가 독일군 앞을 막아선 다음 포로로 잡았대요. 독일군은 실제로 고향으로 돌아가는 길이었대요. 휴가를 받았는데, 그가 아는 독일로 돌아가는 유일한 길이 철로를 따라 동쪽으로 계속 걷는 거였대요. 월터 오빠가 그 독일군의 목숨을 구해준 거예요. 그렇게 행동했던 군인이 얼마나 되겠어요? 제 오빠 월터는 필요할 때는 모질게 굴 수 있는 단호한 사람이지만, 인간적인 사람이기도 해요. 그리고 그 인간적인 면 때문에 오빠는 흑인들이 더 나은 삶을 사는 데 이바지해야 한다고 믿는 거고요. 그래서 저는 월터 오빠를 설득해보려고 노력했어요. 제가 반신반의하는 것들에 대해 오빠한테 이따금 이야기해보려 했어요. 콜먼 오빠도 그 시대의 한 단면일 뿐이야, 하고요. 콜먼 오빠는 공민권운동이 자신의 인권을 보장해줄 때까지 기다릴 수 없어서 그 과정을 건너뛴 거라고요. '콜먼 오빠를 역사 속에 놓고 봐봐' 하고 저는 월터 오빠한테 말해요. '오빠는 역사 교사잖아. 콜먼 오빠를 좀더 큰 그림에 놓고 생각해봐.' 또 이렇게 말한 적도 있어요. '오빠들 둘 다 주어진 대로 순순히 받아들이는 사람들이 절대 아니잖아. 둘 다 투사고, 둘 다 투쟁했던 거야. 오빠는 오빠 방식으로 투쟁했던 거고, 콜먼 오빠는 콜먼 오빠 방식으로 투쟁했던 거라고.' 하지만 이런 논리도 월터 오빠한테는 먹혀들지 않았어요. 어떤 것도 먹혀들지 않았죠. 그건 콜먼 오빠 나름의 성인이 되는 방식이었어, 라고도 말해요. 하지만 월터 오빠는 수긍하지 않죠. 월터 오빠가 보기에 그런 행동은 콜먼 오빠 나름의 성인이 되지 않는 방식이었거든요. '어련하겠어.' 월터 오빠는 말하죠. '어련하겠냐고. 네 오빠라는 놈은 흑인으로 사는 것만 제외하면 딱 제 생긴 대로 살았잖아. 제외하면? 제외? 그 제외한 게 모든 걸 바꿔놓을 수도 있었어.' 월터 오빠는 콜먼 오빠를 그동안 자신이 보던 방식대로밖에 보지 못해요. 그러니 제가 뭘 할 수 있겠어요, 주커먼 씨? 우리 가족의 시간을 멈춰버렸다고, 콜먼 오빠한테 모질게 굴었다고 월터 오빠를 미워하라고요? 엄마한테 그런 짓을 했으니, 그 가없은 여자를 생의 마지막 날까지 괴롭혔으니 내 오빠 콜먼을 미워하라고요? 제가 제 오빠들을 미워할 거라면 거기서 그칠 거 없잖아요? 아버지가 잘못한 것들은 왜 미워하지 말아야 하죠? 저세상 사람이 된 제 남편은 왜 미워하지 말아야 하죠? 제가 성자와 결혼한 건 분명 아니거든요. 아무리 남편을 사랑했어도 눈이 먼 건 아니에요. 게다가 제 아들은 어떻고요? 미워하는 게 전혀 어렵지 않은 녀석인데. 아주 미워하기 쉽게 늘 엇나가주니까요. 하지만 증오가 위험한 건 일단 누군가를 미워하기 시작하면 예상보다 백배는 더 괴롭기 때문이에요. 일단 시작하면 멈출 수도 없어요. 미워하는 마음보다 통제하기 힘든 건 세상에 없는 것 같아요. 미움을 다스리는 것보다 차라리 술을 끊는 게 훨씬 쉬워요. 그만큼 어려운 일이죠."

"혹시 알고 계셨습니까?" 내가 그녀에게 물었다. "콜먼이 왜 대학에서 사직했는지?"

"몰랐어요. 전 그냥 정년이 된 거라고 생각했어요."

"이야기 안 해줬군요."

"전혀요."

"그렇다면 키블이 무슨 소리를 하는지 모르셨겠습니다."

"다 이해한 건 아니었죠."

그래서 나는 그녀에게 'Spooks' 사건과 그 전말을 이야기해주었다. 이야기를 다 들은 그녀는 머리를 절레절레 저으며 서슴없이 말했다.

"고등교육기관이 저지른 짓 가운데 이보다 멍청한 짓은 들어본 적이 없네요. 무지의 온상이라는 편이 더 맞겠네요. 대학교수라는 사람을, 그가 누구건, 피부색이 어떻건 그런 식으로 박해하고 모욕하고 명예를 실추시키고, 권위와 품위와 위신을 박탈한 이유가 그 정도로 멍청하고 하찮은 거라니. 저는 제 아버지의 딸이에요, 주커먼 씨. 단어 하나만 잘못 써도 미주알고주알 따지고 들었던 아버지의 딸이라고요. 그런데 날이 갈수록 제 귀에 들어오는 단어들이 점점 더 사물의 실체를 제대로 묘사하지 못한다는 인상을 받아요. 말씀을 듣고 나니 요즘 대학에서는 뭐든 가능한 것 같군요. 거기 사람들은 가르친다는 게 뭔지 잊은 것 같아요. 그들이 하는 일은 어릿광대짓 수준인 것 같네요. 모든 시대에는 나름의 반동적 권위가 있기 마련인데, 여기 아테나 대학에서는 그게 아주 대성공을 거뒀네요. 우리가 단어 하나하나에까지 그토록 끔찍하게 공포에 떨며 말해야 하는 건가요? 미합중국 수정헌법 제1조*는 어디로 사라진 거죠? 주커먼 씨께서 어렸을 때도 그랬겠지만, 제가 어렸을 때는 뉴저지에서 졸업하는 모든 고등학교한테 졸업식에서 두 가지를 주도록 권장했어요. 졸업장이랑 헌법전 한 권요. 기억나세요? 미국 역사는 일 년 동안, 경제학은 한 학기 동안 수강해야 했어요. 물론 이제는 그럴 필요가 없지만요. '필수과목'이라는 게 교과과정에서 사라졌으니까요. 그 시절 우리 지역의 고등학교 대다수가 졸업식에서 교장이 졸업생에게 졸업장을 건네주면 옆에 선 다른 누군가가 미합중국 헌법전을 같이 주는 게 전통이었잖아요. 그런데 요즘에는 상당한 수준

---

* 언론, 표현, 결사, 종교의 자유를 보장한 조항.

으로 미합중국 헌법을 제대로 이해하고 있는 사람을 거의 볼 수 없어요. 대신 이곳 미국은, 제가 아는 한, 시간이 갈수록 더 멍청해지고 있어요. 9학년에 다 배웠어야 하는 걸 가르치기 위해 대학에서 보충 프로그램을 시작할 정도로요. 이스트오렌지고는 오래전에 고전 강독을 중단했어요. 학생들은 『모비 딕』을 읽는 것은 고사하고 그 작품에 대해 들어본 적조차 없을 정도예요. 제가 정년퇴직하던 해에 젊은이들이 찾아와서는, 흑인 역사의 달*을 준비하느라 오로지 흑인 저자가 쓴 흑인의 전기만 읽는다고 하더라고요. 저는 그들에게 물었어요. 흑인 저자든 백인 저자든 뭐가 다른데? 저는 흑인 역사의 달이라는 것 자체가 짜증나요. 전 2월을 흑인 역사의 달로 지정해 흑인 역사와 관련된 연구에 집중하는 걸 상하기 직전의 우유에 비유하곤 해요. 마실 수야 있지만 제맛은 안 나잖아요. 매슈 헨슨을 연구할 거라면 다른 탐험가들도 연구하면서 그를 연구해야 하는 거죠."

"저는 매슈 헨슨이 누군지 모릅니다." 내가 말했다. 콜먼은 누군지 알았을까, 알고 싶어하기는 했을까, 알고 싶어하지 않았다면 그게 그가 그런 결정을 내린 이유들 가운데 하나였을까 궁금해하면서.

"주커먼 씨……" 아주 부드럽지만, 그럼에도 수치심을 느끼게 만드는 어조로 어니스틴이 말했다.

"주커먼 씨가 어렸을 때는 흑인 역사의 달이 없었답니다." 내가 말했다.

"북극점을 처음 발견한 게 누구죠?" 그녀가 물었다.

---

* 흑인들의 역사에서 주요 인물이나 사건을 기념하기 위한 기간.

나는 갑자기 어니스틴이 엄청 마음에 들었다. 그녀가 박식한 교사티를 내면 낼수록 더욱 마음에 들었다. 이유는 다르지만, 나는 그녀를 그녀의 오빠만큼이나 좋아하기 시작했다. 그리고 둘을 나란히 놓고 봤다면, 콜먼이 어떤 사람이었는지 판단하기 어렵지 않았을 거라는 생각이 들었다. 모두가 알고 있다…… 맙소사, 멍청하고 멍청하고 멍청한 델핀 루. 누군가의 진실이 아무에게도 알려지지 않는 경우가, 무엇보다 그 사람 스스로에게 알려지지 않는 경우—바로 델핀 루 자신의 경우처럼—가 허다한 것을. "피어리였는지 쿡이었는지 생각나지 않는군요." 내가 말했다. "누가 먼저 북극점에 도달했는지 생각이 안 납니다."

"음, 헨슨이 피어리보다 먼저 도착했어요. 그 사실이 〈뉴욕 타임스〉에 보도되었을 때, 그것은 온전히 헨슨의 공적으로 인정되었어요. 하지만 요즘은 사람들이 역사를 쓸 때 온통 피어리에 대한 이야기뿐이죠. 에드먼드 힐러리 경이 에베레스트 산 정상에 오른 걸 이야기하면서 텐징 노르가이에 대해선 한마디도 언급하지 않는다고 생각해보세요. 제 말은," 전문가적 품행과 가르침이 득의의 경지에 이른, 그리고 콜먼과 달리 모든 면에서 아버지가 원하던 사람이 된 어니스틴이 말했다. "제 말은 그러니까, 보건 같은 주제의 강좌를 수강한다면 그때 찰스 드루 박사를 공부해야 한다는 거예요. 드루 박사는 들어보신 적 있죠?"

"아뇨."

"부끄러운 줄 아세요, 주커먼 씨. 그 사람이 누군지는 좀 이따 말씀드리지요. 어쨌든 드루 박사에 대해선 보건 관련 수업에서 공부해야 한다는 거예요. 2월이 아니라요. 무슨 말인지 아시겠죠?"

"알겠습니다."

"그런 사람들에 대해서는 탐험가나 의학 연구자나 다른 사람들에 대해 공부할 때 같이 배워야 해요. 그런데 요즘은 학교에서도 하나같이 흑인인 이 사람은, 흑인인 저 사람은 하고 있죠. 저는 가능한 한 그런 데 영향받지 않으려 했지만 쉬운 일은 아니었어요. 옛날엔 이스트오렌지고도 훌륭한 학교였어요. 이스트오렌지고 졸업생들은, 특히 우등생 반 학생들은 원하는 대학을 골라서 진학할 정도였죠. 아, 이야기하자면 끝이 없을 정도예요. 그 'spooks'란 말 때문에 콜먼 오빠한테 일어났던 일 또한 그 거대한 쇠퇴의 일부예요. 우리 부모 세대나 우리 세대만 해도, 실패는 그 사람의 몫이었어요. 그런데 이제는 교육의 몫이 돼버렸어요. 고전 강독이 어려우면 고전 작품을 탓하는 식이에요. 요즘 학생들은 자신의 무능함을 무슨 특권처럼 주장해요. 내가 배우지 못하겠다싶으면 과목 탓을 해요. 그리고 그런 걸 가르치려 드는 무능한 선생이 문제라고 생각하고요. 객관적인 기준은 없고 온갖 의견만 존재해요, 주커먼 씨. 저는 종종 모든 게 예전엔 어땠는지를 가지고 씨름해요. 예전엔 교육이 어땠는가. 예전엔 이스트오렌지고가 어땠는가. 예전엔 이스트오렌지가 어땠는가. 도시재개발 정책이 이스트오렌지를 망쳐놨다는 데엔 의심의 여지가 없어요. 그 사람들, 시의 원로들은 도시재개발로 생겨날 온갖 멋진 것에 대해 떠들어댔죠. 그런 이야기에 상인들은 잔뜩 겁을 집어먹고 모두 떠났고, 상인들이 떠나면 떠날수록 사업체 수는 더 줄어들었죠. 거기다 280번 도로와 파크웨이 건설하면서 도시가 사 등분이 나고 말았어요. 그 파크웨이 때문에 존스 스트리트는 흔적도 없이 사라져버렸어요. 거긴 우리 유색인 사회의 중심이었는데, 그 파크웨이 때문에 완전히 밀어버린 거예요. 그리고 280번 도로. 모든 걸 파괴하고 점유해버렸죠. 대체 지역사회에 무슨 짓을 한 건지! 그 고속도로가 지나가야 했기 때문에 오레이턴 파크웨이와 엘름우드 애비뉴, 메이플 애비뉴에 늘어서 있던 멋진 집들을 주 정부에서 모조리 사들였고, 그 집들은 하룻밤 사이에 전부 사라졌어요. 예전 같았으면 저는 메인 스트리트에서 크리스마스 쇼핑을 모두 마칠 수 있었을 거예요. 그러니까 메인 스트리트와 센트럴 애비뉴에서 말이에요. 당시 센트럴 애비뉴는 오렌지의 피프스 애비뉴라고 불렸잖아요. 요즘 거기가 어떻게 변했는지 아세요? 숍라이트*가 들어서 있어요. 던킨도너츠도요. 도미노피자도 들어왔지만 지금은 폐업했어요. 그리고 다른 음식점이 들어섰죠. 세탁소도 있네요. 하지만 품질은 예전과 비교할 수 없어요. 예전 같지 않아요. 정말 솔직히 말하면, 저는 장을 보러 웨스트오렌지까지 차를 몰고 가요. 예전엔 안 그랬죠. 그럴 필요가 없었으니까요. 매일 밤 개를 산책시키러 나갈 때, 날씨가 아주 나쁘지만 않으면 남편과 함께 걷곤 했어요. 센트럴 애비뉴까지 두 블록을 걸어간 다음, 센트럴 애비뉴를 따라 네 블록을 걷고 나서 길을 건너 진열창의 물건을 구경하면서 집에 되돌아왔지요. 그땐 B. 올트먼 백화점이 있었어요. 러섹스 백화점도요. 블랙, 스타, 고럼 같은 귀금속 가게도 있었어요. 바크랙도 있었고요. 사진관 말이에요. 유태인이 운영하는 아주 괜찮은 남성용품점 밍크스도 메인 스트리트에 있었어요. 극장도 두 개나 있었죠. 센트럴 애비뉴의 할리우드 시어터, 메인 스트리트의 팰리스

---

* 미국의 대형 할인점.

시어터. 자그마한 이스트오렌지의 모든 삶이 거기 있었는데……"

이스트오렌지의 모든 삶이 거기 있었다. 대체 언제? 예전에. 도시재개발 이전. 고전 과목이 폐강되기 이전. 고등학교 졸업생에게 헌법전을 주던 전통이 없어지기 이전. 학생들이 9학년에 다 배웠어야 하는 걸 가르쳐보겠다고 대학에서 보충 프로그램을 개설하기 이전. 흑인 역사의 달이 생겨나기 이전. 주 정부에서 파크웨이와 280번 도로를 만들기 이전. 대학교수가 수업 시간에 'spooks'라는 단어를 입에 올렸다고 박해를 당하기 이전. 어니스틴이 쇼핑하러 산비탈을 올라 웨스트오렌지까지 차를 몰고 가게 되기 이전. 콜먼 실크뿐 아니라 모든 것이 변해버리기 이전. 그때가 바로 모든 게 달랐던 시절이다. 예전. 그리고 그녀는 개탄했다. 두 번 다시 예전 같아질 수 없다고, 이스트오렌지건 미국의 다른 어디건.

네시가 되었고, 어니스틴이 묵고 있는 칼리지암스로 가기 위해 차의 시동을 걸었을 땐 오후의 햇빛이 급속도로 기울고 있었다. 하늘엔 두려움이 느껴질 정도로 짙은 구름이 끼어 있었는데, 바람이 심한 11월 날씨였다. 그날 아침 봄날 같은 날씨에 콜먼을 매장했지만—전날 아침에는 포니아를 묻었다—, 지금은 모든 게 겨울의 도착을 알리는 데 여념이 없었다. 그것도 1200피트 고지에서 맞는 겨울을. 겨울이 온다.

당시 내가 느꼈던 충동, 고작 넉 달 전 콜먼이 나를 자기 차에 태워 낙농장으로 데려가 오후 다섯시의 열기 속에서 착유 작업을 하던 포니아를 지켜보게 했던—말하자면, 착유 작업중인 포니아를 지켜보는 자신을 지켜보게 했던—여름날에 대해 어니스틴에게 말하고 싶은 충동을 억누르는 데는 그리 대단한 분별력이 필요치 않았다. 어니스틴이 콜먼의 인생에 대해 아는 것에서 빠진 것이 무엇이건, 그녀는 알아낼 생각이 없는 것처럼 보였다. 그녀는 콜먼이 그러한 죽음을 맞을 수밖에 없었던 원인이 무엇인지 캐는 것은 고사하고, 그가 마지막 몇 개월을 어떻게 보냈는지에 대해서도 한 번도 묻지 않을 만큼 총명했다. 그녀는 선량하고 정숙했기에 그가 맞은 파멸의 구체적인 부분은 깊이 생각해보지 않기로 한 것이다. 또한 그녀는, 그를 이십대 때부터 가족과 의절하게 만든, 그가 자신에게 내린 배신 명령과 그로부터 사십여 년 후 그를 아테나 대학과 결별하게 만든, 그것도 추방자이자 변절자로 결별하게 만든 분노 서린 결정 사이에 어떤 전기적傳記的 연관성이 있는지도 물어보려 하지 않았다. 나 역시 하나의 결정이 다른 결정과 전기 회로처럼 이어져 있었거나 어떤 연관성이 존재했었다고 딱히 확신하는 건 아니지만, 그래도 질문은 해볼 수는 있는 것 아닐까? 어떻게 콜먼 같은 사람이 존재하게 되었는가? 그는 도대체 어떤 사람이었는가? 그가 자신에 대해 가졌던 생각은 타인이 그가 어떤 사람일 거라고 생각한 것보다 더 타당했을까, 아니면 덜 타당했을까? 그런 걸 알아낼 수는 있을까? 하지만 삶이란 목적이 숨겨져 있는 어떤 것이라는 생각, 관습이란 고찰을 허락하지 않는 어떤 것이라는 생각, 사회란 심한 결함이 있을지 몰라도 그 자체의 모습에 전념하는 것이라는 생각, 개인이란 그 사람을 규정하는 사회적 요인들과 완전히 별개로 그 요인들을 넘어 실재하는 것이고 사회적 요인들이 실제로 그 개인에게는 실재하지 않는 것처럼 보일 수도 있다는 생각—요컨대 인간의 상상력을 자극하는 이 모든 혼란들은 유서 깊은 규칙 목록에 대한 그녀의 확고부동한 헌신에서 다소 벗어난 곳에 놓여 있는 것처럼 보였다.

"선생님의 작품은 한 편도 읽어보지 못했어요." 차 안에서 그녀가 말했다. "요즘은 추리소설에, 그것도 영국 추리소설에 빠져 있어요. 하지만 집에 가면 선생님 작품을 좀 빌려다 읽어볼 생각이에요."

"찰스 드루 박사가 누군지 아직 이야기 안 해주셨습니다."

"찰스 드루 박사는," 그녀가 말했다. "혈액응고를 막는 법을 발견해 혈액을 저장할 수 있게 해준 사람이에요. 그런데 그가 교통사고로 다쳤을 때, 가장 가까운 병원에서 유색인 환자를 받지 않는 바람에 출혈 과다로 사망했죠."

산에서 내려와 시내에 들어서기까지 이십여 분 동안 우리가 나눈 대화는 그게 전부였다. 폭로의 격류가 그친 것이다. 어니스틴은 할말을 모두 했다. 지독히 역설적인 드루 박사의 운명이 어떻게 헤아려야 좋을지 몰라 심란해질 만큼 의미심장하게—특히 콜먼과 그의 지독히 역설적인 운명과 연관성이 있는 듯 보였다—느껴진 탓이기도 했다.

그렇게 콜먼의 정체를 알게 되자 나는 그를 둘러싼 미스터리를 점점 더 알 수 없게 되었다. 모든 것을 알게 된 참이었지만 아무것도 모르는 것이나 다름없었다. 어니스틴에게 들어 알게 된 사실이 원래 내가 콜먼에 대해 갖고 있던 생각과 통합되는 대신 콜먼을 미지의 인물로, 더욱이 일관성 없는 인물로 만들어버린 것이다. 그의 비밀이 어떤 비율로, 어느 정도로까지 그의 일상을 결정하고, 그의 일상적 사고에 침투했던 걸까? 그 강렬했던 비밀도 세월이 흐르면서 점점 덤덤하게 느껴지고, 결국엔 아무 중요성 없는 것으로, 오래전 자신과 한 내기나 대담하게 실행했어야 했던 무언가로 바뀌어 잊히고 말았을까? 그는 그 결정으로 자신이 추구하던 모험을 손에 넣었을까, 아니면 결정 자체가 모험이었을까? 사람들이 오해하는 게 재미있었던 걸까, 아슬아슬한 줄타기에 성공하는 걸 무척 좋아했던 걸까, 거짓 신분으로 살아가는 인생이 그에겐 여행 같았던 걸까? 아니면 그는 그저 과거로 통하는 문, 사람들에게로 통하는 문, 사적으로도 공적으로도 엮이고 싶지 않은 인종 전체로 통하는 문을 닫아버린 것뿐일까? 사회적 장애물을 피해 가고 싶었던 걸까? 그는 단순히 위대한 개척자 전통에 따라, 행복 추구에 도움이 된다면 자신의 출신 따위는 뱃전 밖으로 내던져버리라는 민주주의의 권유를 받아들인 또 한 명의 미국인에 지나지 않았던 것일까? 아니면 그 이상의 이유가 있었던 걸까? 아니면 그보다 못한 이유에서였을까? 그렇다면 얼마나 하찮은 동기들이었을까? 얼마나 병적이었을까? 그 두 가지에 다 해당된다면? 그래서 뭐? 두 가지 다 아니라고 하면? 그래서 뭐? 나와 만났을 무렵, 그 비밀은 한 인간의 전 존재가 지닌 천연색에 옅게나마 간신히 덧칠된 것에 불과했을까? 아니면 평생의 비밀이라는 망망대해 속에서 그의 존재 전체가 오히려 허울이 되어버렸을까? 한순간이라도 경계심을 늦춰본 적이 있었을까, 영원한 도망자나 다름없었을까? 자신이 그런 짓을 성공적으로 해냈다는 사실, 그런 짓을 저지른 뒤에도 자신이 원래 가지고 있던 힘 그대로 세상과 맞설 수 있다는 사실, 그가 실제로도 그랬듯 그토록 쉽게 모든 사람 앞에서 편안하고 자연스럽게 행동할 수 있다는 사실, 이 모든 사실에 결코 익숙해지지 못하는 자신한테 그는 한 번이라도 익숙해진 적 있을까? 그래, 어느 시점에선가 저울이 새로운 인생 쪽으로 기울어 예전의 인생이 점점 희미해졌다 쳐보자. 그렇다고 들통날지 모른다는 두려움을, 자신의 정체가 드러날 거라는 느낌을 완전히 이겨낼 수 있었을까? 그가 처음

나를 찾아왔을 때, 그는 아내의 갑작스러운 죽음으로 제정신이 아니었다. 그가 생각하기에 아내는 살해된 것이었다. 강인한 사람으로 늘 티격태격하던 사이였던 아내가 죽은 순간, 그는 다시 한번 아내에게 깊이 헌신하기 시작했다. 아내의 죽음으로 인해 말도 안 되는 생각, 즉 내가 자신의 이야기를 써야 한다는 생각에 사로잡혀 내 집 문을 밀치고 들어왔을 때, 그의 광증 그 자체가 어쩌면 암호화된 고백이 아니었을까? Spooks! 요즘은 아무도 입에 올리지 않는 단어 하나 때문에 파멸당하다니. 콜먼을 그런 혐의에 결부시키는 건 콜먼이 보기엔 모든 걸 진부하게 만들어버리는 일이었다. 정교한 시계태엽 같은 그의 거짓말, 멋들어지게 정밀한 눈금 같은 그의 속임수, 그 모든 것을. Spooks! 인습적으로 보이면서도 기이할 정도로 불가사의한 인생, 즉 비밀이 너무 극단적이었던 탓에 오히려 조금도 극단적으로 보이지 않았던 보잘것없는 인생 그 자체였던 그의 교묘한 행적을 터무니없이 진부하게 만들어버린 것. 인종차별 혐의가 그를 완전히 무너뜨린 것도 당연하다. 그의 성취가 오직 치욕에 기초했다는 식이었으니. 그 모든 비난이 그를 완전히 무너뜨린 것도 당연하다. 사람들이 그에게 전가하고자 했던 게 무엇이든, 그의 진짜 죄는 그 이상이었다. 그가 'spooks'라는 말을 했다는 것, 자기 나이의 절반밖에 안 되는 여자와 사귀었다는 것, 그런 건 애들 장난에 불과하다. 그처럼 애처롭고, 그처럼 사소하고, 그처럼 우스꽝스러운 위반은 고등학생의 응석 같은 것에 지나지 않는다. 밖으로만 향하려 하는 궤도를 따르느라 그가 저지른 일들 가운데서도 특히 어머니에게 저질러야 했던 일, 어머니에게 가서 영웅적인 삶에 대한 자신의 확신을 드러내며 "끝났어요. 우리의 애정 관계는 끝났어요.

어머니는 이제 더이상 제 어머니가 아니고, 제 어머니였던 적도 없어요"라고 말한 남자에 비한다면. 그 정도로 대담한 사람이라면 단순히 백인이 되기를 원하는 데서 그치지 않는다. 그런 짓을 실행할 수 있기를 바란다. 그것은 그저 더없이 행복하게 자유로워지는 것과는 차원이 다르다. 그것은 인간의 광포한 정신, 콜먼이 좋아하는 책인 『일리아스』에 등장하는 잔악성의 문제다. 개개의 살인에는 나름의 특징이 있고, 그 각각은 이전의 것보다 잔혹한 학살이다.

그럼에도, 그런 짓을 저지르고 난 다음에도 그는 제도권 속에서 승자였다. 그런 짓을 저지르고 난 다음에도 그는 해낸 것이다. 두 번 다시 인습이라는 성벽으로 둘러쳐진 도시의 보호막 밖에서 살 필요가 없었다. 아니, 오히려, 완전히 보호막 안에 있으면서 동시에, 남몰래, 완전히 보호막 밖에서, 완전히 문을 닫아걸고 살았다고 해야 할 것 같다. 그것이 창조된 자아로 살아야 했던 그의 독특한 삶의 풍요였다. 그랬다, 그는 그처럼 오랫동안, 모든 자식들이 백인으로 태어날 때까지 제도 위에 군림했던 것이다. 그러다 어느 날 그렇지 않게 되었다. 전혀 상상도 못한 것에 불가항력적으로 허를 찔렸던 것이다. 그야말로 독특한 역사를 지닌 운명을 위조해내기로 작정한 남자, 역사의 자물쇠를 열기로 작정한 남자, 그리하여 자기 자신의 운명을 바꾸는 데 눈부신 성공을 거두지만 미처 염두에 두지 않았던 역사의 올가미에 걸려들고만 남자. 아직 역사가 되지 못한 역사, 지금도 시곗바늘이 째깍거리며 돌아가고 있는 역사, 내가 써내려가는 동안에도 일 분씩 착착 쌓여가는, 우리 스스로가 파악하는 것보다 훨씬 훌륭하게 후대 사람들이 이해해낼 역사. 절대로 벗어날 수 없는 우리라는 올가미. 지금 이 순간,

공동 운명, 현재의 분위기, 모국의 정신, 우리가 살아가는 시대 그 자체인 역사의 올가미. 모든 것에 내재된 끔찍한 임시성에 허를 찔렸던 것이다.

사우스워드 스트리트에 도착해 칼리지암스 바깥에 차를 주차시킨 뒤 나는 말했다. "언제 월터 씨를 한번 뵙고 싶군요. 콜먼에 대해 월터 씨와 이야기를 나누고 싶습니다."

"월터 오빠는 1956년 이후로 콜먼 오빠의 이름조차 입에 올리지 않아요. 콜먼 오빠 이야기는 안 하려 할 거예요. 뉴잉글랜드에서 가장 백인 위주인 대학, 그런 대학에서 콜먼 오빠는 이력을 쌓았어요. 학과목 중에서도 가장 백인 중심적인 과목, 콜먼 오빠는 그런 과목을 택해 가르쳤어요. 월터 오빠한테 콜먼 오빠는 백인보다 더 백인 같은 인간일 뿐이에요. 월터 오빠는 그 이상 할말이 없을걸요."

"월터 씨에게 콜먼이 세상을 떠났다는 이야기를 하실 겁니까? 여기 왔었다는 이야기는요?"

"아뇨. 오빠가 묻기 전에는 안 할 거예요."

"콜먼의 자녀들과는 연락을 취해보실 겁니까?"

"내가 왜요?" 그녀가 되물었다. "그애들한테 이야기해주는 건 콜먼 오빠 몫이었어요. 저랑은 상관없는 일이죠."

"그런데 제게는 왜 이야기하신 겁니까?"

"제가 이야기한 게 아니에요. 주커먼 씨께서 먼저 묘지에서 자신을 소개하셨잖아요. 그리고 이렇게 말씀하셨죠. '콜먼의 여동생 되시는군요.' 그래서 그렇다고 한 거죠. 전 그저 사실을 말했을 뿐이에요. 전 감출 게 없는 사람이니까요." 그 말은 그날 오후 내내 그녀가 내게—그리고 콜먼에게—엄격했던 만큼, 딱 그 만큼으로 엄격했다. 그 순간까지 그녀는 어머니의 파멸과 오빠의 분노 사이에서 빈틈없이 균형을 유지했었다.

그런데 그녀가 핸드백에서 지갑을 꺼냈다. 그리고 지갑을 펼쳐 비닐 케이스에 넣어둔 스냅사진 가운데 한 장을 보여줬다. "제 부모님이에요." 그녀가 말했다. "1차대전 후에 찍으신 거예요. 아버지는 프랑스에서 막 귀환한 참이었어요."

현관의 벽돌 계단 앞에 젊은 남녀가 서 있었다. 챙이 넓은 모자에 긴 여름 원피스를 입은 자그마한 체구의 여자와 육군 군복을 차려입고 챙 있는 모자를 쓰고 가죽 탄띠와 가죽 장갑과 정강이 위로 올라오는 반짝이는 가죽 장화까지 갖춘 키 큰 젊은 남자였다. 피부색이 옅었지만 그래도 그들은 흑인이었다. 그들이 흑인인 걸 어떻게 알 수 있느냐고? 감추는 것이 전혀 없는 그들의 모습으로.

"잘생긴 젊은이군요. 특히 복장이 잘 어울립니다." 내가 말했다. "기병대 군복 같군요."

"틀림없는 보병인데요." 그녀가 말했다.

"어머니는 아버지만큼 잘 보이진 않네요. 모자 그늘에 얼굴이 좀 가려져서."

"사람이 인생을 통제한다고 해도 그 정도인 거죠." 어니스틴이 말했다. 그리고 그녀가 의도한 대로 철학적 설득력을 지닌 그 말과 함께 지갑을 다시 핸드백에 넣었다. 그리고 백인이건 흑인이건 혹은 그 중간이건, 망상에 가까운 생각들과 엄격하게 거리를 유지하던 질서정연하고 평범한 생활로 되돌아가기 위해 그녀가 자신을 추스르는 게 보였다. 그녀는 점심식사에 초대해줘서 고맙다고 인사하고는 차에서 내렸다. 그후 나는 집으로 돌아가는 대신 시내를 가로질러 묘지로 차를 몰았고, 길가에 주차한 다음 묘지 출입문 안으로 걸어들어갔다. 그리고 무슨 일이 일어나고 있는지 잘 모르는 상태에서, 콜먼의 관 위로 거칠게 쌓아올린 울룩불룩한 흙더미 옆의 점점 짙어지는 어둠 속에 선 채, 나는 그의 이야기에, 그 이야기의 결말과 시작에 완전히 사로잡혔고, 바로 그 순간 그곳에서 이 책을 시작했다.

나는 콜먼이 포니아에게 모든 게 어떻게 시작되었는지 진실을 말하는 순간을 상상하며 이야기를 시작했다. 그가 말했을 거라고 가정한 채, 즉 그가 말할 수밖에 없었을 거라고 가정한 채. 그가 어느 날 문을 박차고 들어와 내게 "내 이야기 좀 글로 써주시오, 빌어먹을!" 하고 고함을 지르다시피 했으면서도 끝내 이야기할 수 없었던 부분을, 그가 직접 책을 쓰는 것을 포기해야 했을 때(그 비밀 때문이었다는 걸 이제 난 깨달았다)도 내게 이야기할 수 없었던 것을 포니아에게는 결국 고백하지 않을 수 없었으리라. 그의 동지가 된 대학 청소부, 위대한 탈선을 시작하면서 그가 스스로를 감아 옥죈 태엽 손잡이가 삐죽 튀어나온 맨등을 보여주기 위해 그가 옷을 벗고 뒷모습을 보여준, 엘리 매지 이후 처음이자 마지막인 사람. 엘리, 그전에는 스티나, 그리고 마지막에는 포니아. 그의 비밀을 끝내 몰랐던 유일한 여자는 그와 평생을 함께한 그의 아내였다. 왜 포니아였을까? 비밀을 갖는 것도 인간적인 일이고, 빠르든 늦든 그 비밀을 누설하는 것 또한 인간적인 일이다. 이 경우처럼 아무것도 묻지 않는 여자, 비밀을 가진 남자에게는 대단한 선물 같은 존재일 거라고 대개들 생각하는 여자에게도 말이다. 하지만 그녀에게까지—특히 그녀에게. 그녀가 아무것도 묻지 않은 것은 벙어리여서도 아니고 사실을 직면하길 원치 않아서도 아니었다. 콜먼이 보기에 그녀가 그에게 아무것도 묻지 않은 이유는 그녀 자신이 존엄성을 유린당한 사람이기 때문이었다.

"그래요. 내 짐작이 전혀 옳지 않을 수도 있어요." 완전히 다른 세상 사람이 되어버린 친구에게 나는 말했다. "내 짐작 가운데 아무것도 옳지 않을 수 있다는 걸 인정해요. 하지만 한번 이렇게 생각해봐요. 포니아가 매춘부 노릇을 했었는지 당신이 알아내려 했다고 말이죠…… 당신이 포니아의 비밀을 들춰내려 했다고 말이에요……" 흙더미의 무게와 부피만으로 콜먼이라는 인간의 모든 흔적이 감쪽같이 상쇄된 듯한 그의 무덤 앞에서, 그가 입을 열기를 기다리고 기다린 끝에 마침내 나는 들었다. 그가 포니아에게 이제껏 해본 일들 가운데 최악의 일이 무엇이냐고 묻는 소리를. 그리고 다시 나는 기다렸다. 조금 더 기다리자 마침내 거침없이 말하는 그녀의 건방진 말투가 조금씩 귓전에 울리기 시작했다. 그렇게 해서 이 모든 이야기가 시작된 것이다. 내가 어두워져가는 무덤가에 서서 프로 대 프로로 죽음과 한판 경기를 벌임으로써.

"애들이 죽은 뒤엔, 화재가 난 뒤엔," 포니아가 콜먼에게 말하는 소리가 들렸다. "무슨 일이든 가리지 않고 했어요. 그때 난 내가 뭘 하고 있는지도 몰랐어요. 안갯속에 있었죠. 그리고 그 자살 사건이 터진 거예요." 포니아가 말했다. "블랙웰 외곽의 숲속에 있는 집이었어요. 엽총으로요. 새 사냥용 산탄을 사용했죠. 시신은 치워지고 없었어요. 시시라는 주정뱅이 여자하고 알고 지냈는데, 나한테 전화해서는 와서 자길 좀 도와달라는 거예요. 그 집에 가서 청소를 해야 한다면서요. '이상한 얘기라는 거 알아.' 시시가 말했어요. '하지만 자기는 비위가 좋으니까 어떻게든 할 수 있을 거야. 좀 도와주지 않을래?' 부부가 그 집에서 자식들이랑 같이 살았는데, 말다툼이 벌어졌고, 남편이 다른 방으로 들어가 총으로 자기 머리를 날려버린 거였어요. '난 그 집을 치우러 갈 거야.' 시시가 그렇게 말하는 바람에 나도 같이 그 집으로 갔어요. 돈이 필요했고, 어쨌든 뭘 하게 될 건지도 몰랐기 때문에 그냥 따라갔어요. 죽음의 냄새. 그게 내가 기억하는 거예요. 금속. 피. 그 냄새. 냄새는 우리가 청소를 시작하고 나서야 나기 시작했어요. 미지근한 물이 피랑 섞이는 순간에야 그 냄새의 위력을 제대로 알 수 있죠. 그 집은 통나무 오두막이었어요. 피가 사방 벽에 튀어 있었어요. 탕. 그리고 그의 몸이 온 벽을, 모든 걸 뒤덮어버린 거죠. 미지근한 물이랑 소독약이 일단 거기 섞이고 나면…… 휴. 고무장갑도 끼고 마스크도 써야 했죠. 나 같은 사람도 견디기 어렵더라구요. 게다가 뼛조각이 벽에 피랑 엉겨붙어 있는 거예요. 총구를 입에 넣고. 탕. 뼛조각이나 이빨은 튀어나가게 마련이죠. 그걸 다 본 거예요. 사방에 튀어 있었으니까. 시시를 쳐다봤던 기억이 나요. 그쪽을 쳐다보니까 고개를 절레절레 젓고 있었어요. '돈을 얼마나 받든, 젠장, 왜 이짓을 하고 있는 거지?' 우리는 최선을 다해 일을 끝냈어요. 시간당 백 달러였으니까요. 지금도 난 그게 별로 많이 받은 게 아니라고 생각해요."

"얼마면 적당하겠나?" 콜먼이 포니아에게 묻는 게 들렸다.

"시간당 천 달러요. 그 빌어먹을 집을 확 태워 없애버리든가. 적당한 금액 같은 거 없어요. 시시가 밖으로 나가데요. 더는 참을 수가 없었나

봐요. 하지만 나는, 애들도 둘 다 죽어버렸고 미치광이 레스터는 어딜 가나 밤낮으로 따라다니는 상황이었으니 뭘 가리겠어요? 나는 기웃거리기 시작했어요. 나도 이럴 수 있겠다싶었거든요. 그 남자는 대체 왜 그런 짓을 했을까 궁금했어요. 난 그런 일에 항상 마음이 끌렸어요. 왜 사람들은 자살을 할까. 왜 대량 학살을 하는 인간이 생겨날까. 죽음 전반에. 그냥 마음이 끌려요. 나는 사진들을 살펴봤어요. 행복한 모습이 있는지 살펴봤죠. 집 안 전체를 샅샅이 둘러봤어요. 그러다 약상자를 찾아냈어요. 약. 약병들. 그 안엔 행복이라곤 없었어요. 그 남자만의 작은 약국이었죠. 정신병 약인 것 같았어요. 복용했어야 했는데 안 했던 거예요. 그 남자는 도움을 받으려 애썼지만 그러지 못한 게 분명했어요. 약을 먹을 수 없었던 거죠."

"그걸 어떻게 알지?" 콜먼이 물었다.

"추측이에요. 모르겠어요. 나 자신의 이야기이기도 하니까요. 내 이야기예요."

"그 약을 먹었어도 남자는 자살했을 수도 있잖은가."

"그럴 수도 있죠." 포니아가 말했다. "피. 피는 엉겨붙어요. 마루에 묻은 피를 완전히 닦아내는 건 불가능해요. 걸레를 계속 갈아야 하죠. 그래도 피 색깔은 남아요. 점점 연어 살빛처럼 옅어지지만 그래도 완전히 지울 수는 없죠. 꼭 계속 살아 있는 것처럼 말이에요. 초강력 세척제로도 안 되더라고요. 쏫내. 단내. 메슥거림. 구역질은 안 했어요. 이겨낼 수 있게 마음을 다스렸으니까. 그치만 그럴 뻔하긴 했어요."

"시간은 얼마나 걸렸나?" 콜먼이 포니아에게 물었다.

"다섯 시간 정도 거기 있었어요. 나는 아마추어 탐정놀이를 했어요.

죽은 남자는 삼십대 중반이었어요. 무슨 일을 했는지는 몰라요. 세일 즈맨이나 뭐 그런 거였겠죠. 그는 숲에 딱 어울리는 유형의 사람이었어요. 산사람같이요. 턱수염은 수북하고. 머리칼도 덥수룩하고. 여자는 자그마했어요. 상냥하게 생긴 얼굴이었죠. 하얀 피부. 검은 머리칼. 검은 눈동자. 아주 소심해 보였어요. 겁먹은 듯했죠. 전부 사진에서 알아낸 것일 뿐이에요. 남자는 크고 강한 산사람 유형이었고, 여자는 작고 소심한 유형이었어요. 모르겠어요. 그치만 궁금했어요. 당시 나는 자유로운 미성년자였잖아요. 학교는 때려치웠고. 학교에 다닐 수가 없었어요. 다른 건 몰라도, 너무 지루했거든요. 그런 일들이 실제로 사람들이 사는 집에서 일어나고 있는데 말이에요. 내 집에서도 그런 일이 일어나고 있는 게 너무도 분명한데. 어떻게 학교에나 다니면서 네브래스카 주의 주도가 어딘지 따위나 배우고 있을 수 있었겠어요? 난 알고 싶었어요. 도망쳐서 세상 구경을 하고 싶었어요. 그래서 플로리다에 간 거고, 그래서 여기저기 떠돈 거고, 그래서 그 집을 기웃거린 거예요. 그냥 구경하려고요. 난 최악이 뭔지 알고 싶었어요. 최악이라는 게 뭐죠? 당신은 알아요? 여자는 그 남자가 자살할 때 거기 있었어요. 우리가 그 집에 갔을 때 여자는 정신과 치료를 받는 중이었죠."

"그게 자네가 해야 했던 최악의 일이었나? 이제까지 자네가 해야 했던 일 중에 최악이었나?"

"기괴하죠. 그래요. 난 별별 일을 다 봤어요. 하지만 그 일은, 그 일은 그냥 기괴하기만 했던 게 아니에요. 매력적이기도 했어요. 왜 그런지 알고 싶었어요."

포니아는 최악이 뭔지 알고 싶었다. 최상이 아니라 최악을. 그녀에겐 최악이 곧 진실을 뜻했다. 진실이란 무엇인가? 그래서 그는 그녀에게 그 이야기를 해주었다. 엘리가 사실을 알아낸 이후 처음으로 안 여자. 누가 됐든 엘리 이후로는 처음으로 안 사람. 그녀가 핏자국을 닦아내는 모습을 상상한 순간 그녀가 사랑스럽게 느껴졌기 때문이다. 그 어느 때보다 그녀가 가깝게 느껴졌다. 그랬던 걸까? 그게 콜먼이 누군가를 가장 가깝게 느꼈던 순간이었다! 그는 그녀를 사랑했다. 바로 그런 때 사랑에 빠지니까. 최악의 것을 앞에 두고도 승부욕을 불태우는 누군가를 볼 때 말이다. 용기 있는 것이 아니다. 영웅적인 것도 아니다. 그저 승부욕일 뿐이다. 그는 그녀에게 아무런 의구심도 갖지 않았다. 전혀. 생각이나 계산이 불가능했다. 본능적이었다. 몇 시간 뒤면 그것이 대단히 안 좋은 생각이었다고 밝혀질지 모르지만, 그 순간만큼은 아니었다. 그는 그녀를 신뢰한다. 그뿐이다. 그는 그녀를 신뢰한다. 그녀가 마룻바닥에서 핏자국을 닦아냈기에. 그녀는 종교적이지 않고, 독실한 척하지도 않는다. 혹여 다른 어떤 뒤틀린 것들이 그녀를 망가뜨렸을 수는 있으나 어쨌든 동화에나 나올 법한 순수함으로 뒤틀려 있지는 않다. 그녀는 판정을 내리는 것에 관심 없다. 그런 허튼짓을 너무도 많이 보아왔으니까. 그녀는 내가 무슨 소리를 해도 스티나처럼 도망치지 않을 것이다. "자네는 어떻게 생각할까," 그가 그녀에게 물었다. "내가 백인이 아니라고 한다면?"

처음에 그녀는 멍하니, 순간적으로 멍하니 그를 바라보기만 했다. 그러더니 깔깔거리기 시작했다. 그녀의 특징이 되어버린 예의 그 웃음이었다. "내가 어떻게 생각하겠느냐고요? 이미 한참 전부터 알고 있었는데 이제야 이야기하는구나, 하고 생각하겠죠."

"자넨 몰랐을 걸세."

"아, 그래요? 난 당신이 어떤 혈통인지 알아요. 나 남부에서 살았잖아요. 온갖 사람들을 다 만나봤다고요. 그럼요, 알죠. 아니라면 내가 왜 당신을 이렇게 좋아하겠어요? 당신이 대학교수라서? 그래서라면 내가 제정신이 아닌 거죠."

"난 자네 말을 안 믿어, 포니아."

"좋을 대로 하세요." 그녀가 말했다. "질문은 다 한 건가요?"

"무슨 질문?"

"내가 해본 최악의 일 말예요."

"그렇네." 그가 말했다. 그런 다음 그는 자신이 백인이 아니라는 사실에 대해 그녀가 묻기를 기다렸다. 하지만 질문은 없었다. 그녀는 전혀 관심이 없는 것 같았다. 도망치지도 않았다. 그가 그녀에게 모든 전말을 털어놓았을 때 그녀는 귀기울여 들었지만, 그게 거짓말 같다거나, 믿을 수 없다거나, 심지어 기괴하다고 여겨서가 아니었다. 분명 비난받을 일이라고 여겨서도 아니었다. 아니, 그녀에게는 그저 삶에 불과했다.

2월에 나는 어니스틴에게서 전화 한 통을 받았다. 어쩌면 흑인 역사의 달이어서 매튜 헨슨이나 찰스 드루 박사가 어떤 사람이었는지 내게 이야기해줘야 한다는 게 기억났던 것인지도 모른다. 어쩌면 인종 문제에 대해 다시 나를 교육시킬 때가 되었다고 여겼던 것인지도 모르고. 특히 콜먼이 스스로 인연을 끊어버렸던 모든 것, 태어날 때부터 그에게 주어진 이스트오렌지라는 부족함 없는 세계, 꼭 들러붙어 떨어지지 않는 생물체 같은 자질구레한 기억들로 넘쳐나는 그 4평방마일, 성공적이었던 소년 시절의 견고하고 서정적인 기반, 모든 안전장치, 헌신, 싸움, 이론 같은 걸 댈 필요도 없고 허울만 그럴듯한 것이나 공허한 것이 아니었던, 너무도 당연하게 받아들여지던 정당성. 그녀의 오빠 콜먼이 싹 지워버렸던, 흥분과 상식으로 고동치던 행복한 초년의 모든 축복받은 조건들을 들먹이면서 말이다.

애스베리파크에서 월터 실크와 그의 아내가 일요일에 오기로 했다는 소식을 전한 그녀는 놀랍게도, 뉴저지까지 운전하는 것만 괜찮다면 내가 그들의 일요일 오찬에 와줬으면 좋겠다고 했다. "월터 오빠를 만나고 싶어하셨잖아요. 그리고 집도 구경하고 싶으실 것 같아서요. 앨범도 있고요. 콜먼 오빠가 쓰던 방, 콜먼 오빠랑 월터 오빠가 같이 쓰던 침실도 있어요. 침대 두 개가 그대로 남아 있어요. 이제 그 방은 제 아들이 쓰지만, 단풍나무로 만든 침대 틀은 예전 것 그대로예요."

실크 집안의 자산을 볼 수 있도록 초대받은 것이었다. 콜먼이 자신에게 걸맞은 수준의 계급 내에서 살아가기 위해, 다른 사람이 되기 위해, 자신에게 어울리는 다른 사람이 되기 위해, 그리고 자신의 운명을 다른 데 예속시키기 위해 마치 속박이라도 되는 듯 내던져버린 것들이었다. 그는 그 모든 것, 흑인이라는 데서 가지를 쳐나간 것은 전부 내던져버렸다. 다른 수가 없다고 생각했기에. 그토록 대단했던 갈망, 그토록 대단했던 계획과 열정과 치밀함과 눈속임, 그 모든 것이 그 집을 떠나 다른 인간으로 탈바꿈하고 싶어하는 그의 허기를 채워주었다.

새로운 존재가 되는 것. 이분二分되는 것. 이것이야말로 미국이라는 나라의 이야기가 바탕에 깔고 있는 드라마다. 갑자기 훌쩍 떠나버리는 내용의 극적인 드라마. 그리고 그 열광적인 충동은 에너지와 잔인함을 요구한다.

"가고 싶습니다." 나는 말했다.

"무슨 일이 일어나도 저는 책임 못 져요." 그녀가 말했다. "주커먼 씨는 어른이니까 알아서 스스로를 지키세요."

나는 껄껄 웃었다. "무슨 말입니까?"

"월터 오빠는 여든 살이 다 됐지만 여전히 덩치가 크고 활활 타오르는 용광로 같거든요. 오빠가 하는 이야기에 선생님 기분이 상할 수도 있다는 말이에요."

"백인에 관해서요?"

"콜먼 오빠에 관해서요. 계산적인 거짓말쟁이라거나, 피도 눈물도 없는 아들이라거나, 자기 인종을 배신한 사람이라거나."

"콜먼이 세상을 떴다는 이야기를 하셨군요."

"그렇게 결정했지요. 그래요. 월터 오빠한테 이야기했어요. 가족이니까요. 전부 다 이야기했어요."

며칠 뒤 어니스틴에게서 우편으로 짤막한 편지와 함께 사진이 한 장 왔다. "이 사진을 우연히 발견하고 일요일 약속을 생각했어요. 마음에 드신다면, 친구였던 콜먼 실크에 대한 기념이라 생각하고 간직해주세요." 그것은 오래되어 빛바랜 4×5인치 크기의 흑백사진으로 스냅사진을 확대한 것이었다. 누군가의 집 뒤뜰에서 브라우니 박스카메라로 촬영한 사진 같았는데, 싸움 기계 콜먼의 모습이 담겨 있었다. 링에서 공이 울리면 상대 선수는 그런 그와 맞닥뜨려야 했던 것이다. 어른이 되어서도 몹시 매력적인 동안童顏이었던 그의 깎아놓은 듯한 작은 얼굴은 소년 시절에는 오히려 남자다운 어른의 느낌을 주었는데 그럼에도 열다섯이 채 안 되어 보였다. 프로 선수처럼 사나운 눈빛, 먹이를 찾아 어슬렁거리는 육식동물의 흔들림 없는 눈빛을 과시하고 있다. 그 눈빛에는 승부욕과 파괴를 위한 술책 외에는 아무것도 남아 있지 않다. 그 냉철한 시선은 일종의 명령처럼 그에게서 곧바로 쏘아져나오고 있다. 그 와중에도 작고 날카로운 턱은 깡마른 어깨 쪽으로 바짝 당겨넣었다. 글러브를 낀 그의 주먹은 고전적 자세를 취하고 있다. 단순히 주먹만이 아니라, 십오 년 동안 그가 축적해온 모든 기력까지 실은 듯 앞으로 내뻗고 있다. 글러브 하나의 둘레가 그의 얼굴 둘레보다 크다. 얼핏 머리가 셋인 아이를 보는 듯한 느낌이 든다. 나는 복서야. 그 위협적인 자세가 건방을 떨며 선언한다. 난 상대를 기절시키지 않아. 아예 각을 떠놓지. 상대가 싸울 수 없을 때까지 압도해버려. 어니스틴이 오빠에게 붙인 의지의 사나이라는 별명이 딱 어울렸다. 어니스틴의 소녀 때 필체가 분명한 푸른색 만년필로 쓴 "의지의 사나이"라는 희미한 문구가 사진 뒷면에 있었다.

어니스틴 또한 대단한 인물이라고 생각하면서 나는 소년 복서를 위해 깨끗한 플라스틱 액자를 하나 찾아내어 사진을 끼운 다음 집필용 책상에 올려놓았다. 그 집안의 대담함은 콜먼에서 시작해 콜먼으로 끝난 게 아니었다. 거참 과감한 선물이네, 하고 나는 생각했다. 겉보기와 다르게 과감한 여자에게서 받은 선물. 나는 그녀가 나를 집으로 초대하면서 무슨 생각을 했을지 궁금해졌다. 그 초대를 수락하면서 나는 또 무슨 생각을 했던가. 콜먼의 여동생과 내가 그 정도로 서로에게 흥미를 느꼈다는 사실이 이상하기만 했다. 이상한 걸로 치자면, 콜먼이 모든 면에서 열 배, 스무 배, 십만 배쯤 더 이상한 사람이었지만.

어니스틴의 초대, 콜먼의 사진, 이것이 바로 상원에서 빌 클린턴을 백악관에서 내쫓지 않기로 표결을 끝낸 다음인 2월의 첫째 일요일에 내가 이스트오렌지를 향해 출발한 이유이자, 집에서 7번 도로로 이어 지는 지름길 역할만 할 뿐 평소 시내를 오가며 운전할 때는 절대 들어 서는 법이 없는 외진 산길로 접어든 이유였다. 그리고 그 덕분에 평소 라면 그냥 지나쳤을 너른 들판의 가장자리에 세워진 POW/MIA*라는 범퍼 스티커가 붙은, 레스 팔리의 차가 분명한 폐차 직전의 잿빛 픽업 트럭을 발견했다. 그 픽업트럭을 보자마자 어째서인지 나는 팔리의 차 임을 직감했다. 그 존재를 인식한 이상 모른 척 가던 길을 계속 갈 수 는 없었기에 브레이크를 밟아 멈춰 섰다. 나는 그의 차 앞까지 후진해 서 도롯가에 차를 세웠다.

나는 내가 무슨 짓을 하고 있는지 실감하지 못했던 게 분명하다. 그 렇지 않고야 어떻게 그런 짓을 할 수 있었던 걸까? 하지만 그 무렵 나 는 거의 석 달 가까이 내 인생보다 콜먼 실크의 인생에 밀착해 있었다. 그러니 그 추운 산꼭대기에서 장갑 낀 손으로 그 차의 후드를 짚고 서 있는 것 외에 다른 장소에 있어야 한다고 생각하는 건 어림도 없었다. 콜먼의 일흔두번째 생일 바로 전날 서넉, 중앙선을 넘어 무서운 속도 로 돌진해오는 바람에 그걸 피하려던 콜먼이 포니아를 옆자리에 앉힌 채 가드레일을 부수고 강물로 추락하게 만든 바로 그 차니까. 그것이 살인 무기라면, 살인자가 거기서 멀리 떨어져 있을 리 없었다.

---

* 전쟁포로(Prisoner of War)/전투중 실종자(Missing in Action)의 두문자.

내가 어디로 향하고 있는지 깨달았을 때 그러한 상황 전개가 더없이 논리적인 것처럼 여겨졌다. 어니스틴으로부터 연락을 받은 것, 월터를 만나보겠느냐는 이야기를 듣게 된 것, 만난 지 일 년도 안 되었고 결코 가장 친한 친구도 아니었던 사람에 대해 하루종일, 때론 밤이 깊을 때까지 생각한다는 게 정말 놀랍다고 다시금 생각했다. 글을 쓰다보면 이런 일이 일어나기 마련이다. 무언가가 모든 것을 파헤치도록 당신을 추동만 하는 게 아니라 온갖 단서를 당신 앞에 마구 던지기 시작한다. 갑자기 세상 모든 산길이 곤두박질치듯 당신의 강박증으로 이어지는 것이다.

그러니 누구든지 나와 같은 행동을 할 수 있다. 콜먼, 콜먼, 콜먼, 당신은 이제 존재하지 않지만 지금 이 순간에도 내 존재를 좌지우지하고 있다. 당신이 책을 쓸 수 없었던 건 당연한 일이다. 이미 책을 썼으니까. 바로 당신의 인생이라는 책. 자신에 대한 글을 쓴다는 것은 노출하는 동시에 은폐하는 일인데, 당신에게는 오로지 은폐만 가능했으니 제대로 될 리 없었던 것이다. 당신의 책은 당신의 인생이다. 그리고 당신의 예술이기도 한가? 당신이 그 일에 착수하자마자 당신의 예술은 백인 노릇을 하는 것이 되었다. 당신 형의 말을 빌리면, "백인보다 더 백인 같은 인간"이 되는 것. 그것은 당신이 독자적으로 발명해낸 행위였다. 매일 당신은 스스로 만들어낸 존재가 되기 위해 잠에서 깨어났다.

땅 위에는 눈이 거의 남아 있지 않았고, 탁 트인 들판의 그루터기 위로 거미줄처럼 듬성듬성 남은 눈만 보일 뿐이었다. 길 같은 것이 없었기 때문에, 나는 들판을 가로지를 생각으로 맞은편을 향해 출발했다. 나무들이 성기게 벽을 이루고 있었고, 나무들 사이로 또다른 들판이 보였다. 나는 두번째 들판에 이를 때까지 계속 걸었고, 그 들판도 가로지른 다음에는 높직높직한 상록수가 빽빽하게 자란 또다른 나무 장벽을 통과했다. 그러자 맞은편에 반짝이는 눈目 같은 얼어붙은 호수가, 타원형에 양끝이 뾰족한 호수가 나타났다. 잔설이 점점이 박힌 담갈색 구릉이 호수를 둘러싼 채 사방에 솟아 있었고, 저멀리 굽이치며 멀어져가는 산맥은 손에 만져질 듯했다. 도로에서 500야드 정도를 걸어온 나는 침입자, 아니 불법 침입자였다. 내가 거의 불법행위를 저지르고 있다는……잉글랜드 내륙의 물줄기를 둘러싼 원시적이고 더럽혀지지 않고 평온하게 보존된 장소를 불법 침입했다는 생각이 들었다. 그런 장소가 으레 그렇듯—그래서 소중한 것으로 여겨지기도 할 텐데—그곳 또한 인류가 출현하기 이전의 세상이 어떤 모습이었을지 짐작해볼 수 있게 해주었다. 자연의 힘은 때로 대단히 마음을 평온하게 해주기도 하는데, 그곳이 바로 평온함을 주는 장소였다. 수명壽命의 부질없음과 소멸의 광막함을 상기시켜 겁을 주지 않으면서도 동시에 잡념을 멈추도록 요구했다. 그곳은 숭고하다고 해도 충분한 장소였다. 자기 존재가 하찮다는 느낌을 받거나 두려움에 사로잡히지 않고 자신의 존재 안에 자리한 아름다움을 받아들일 수 있었다.

호수를 덮은 얼음판의 거의 한가운데 홀로 앉아 있는 사람의 형체가 보였다. 갈색 작업복에 검은 모자를 쓰고 나지막한 노란 양동이를 엎어 깔고 앉은 그는 장갑 낀 손에 짤막한 낚싯대를 쥐고 얼음 구멍 위로 몸을 수그리고 있었다. 나는 그가 시선을 들어 나를 발견할 때까지 얼음 위로 들어서지 않았다. 그 낚시꾼이 정말 레스 팔리가 맞다면 그가 모르게 그에게 다가가고 싶지 않았고, 그럴 의도가 있는 것처럼 보이기도 싫었다. 그자가 레스 팔리가 맞다면, 예고 없이 다가가 놀라게 만들어 좋을 게 없는 사람이니까.

물론 나는 거기서 발걸음을 돌릴까도 생각해보았다. 다시 도로로 걸어나갈까, 차에 올라탈까, 7번 남쪽 도로를 따라 계속 내려가 코네티컷을 통과해 684번 도로까지 간 다음, 다시 가든스테이트 파크웨이로 들어설까도 생각해보았다. 콜먼의 옛 침실을 들여다볼 일에 대해서도 생각했다. 콜먼이 한 짓 때문에 그가 죽은 뒤에도 여전히 동생을 증오한다는 형을 만날 일에 대해서도 생각했다. 콜먼을 죽인 자를 내 눈으로 보기 위해 얼음 위를 가로지르는 내내, 나는 그것 말고 다른 건 생각하지 않았다. 나는 그에게 바짝 다가가서 말을 걸었다. "안녕하십니까. 재미 좀 보셨소?" 나는 생각했다. 그에게 몰래 다가가든 대놓고 다가가든 별 차이 없겠다고. 어느 쪽이든 그에게는 적일 테니까. 얼음으로 하얗게 뒤덮인 이 텅 빈 무대 위의 유일한 적.

"입질이 좀 있소?" 내가 물었다.

"아, 많은 건 아니지만 그렇다고 아주 없는 것도 아니네요." 그는 내가 서 있는 쪽을 힐끗 쳐다보더니 다시 얼음 구멍에 주의를 기울였다. 바위처럼 단단한 얼음에 똑같은 크기로 뚫린 열두 개에서 열다섯 개 정도의 구멍들이 40여 평방피트 호수 위에 무작위로 흩어져 있었다. 원래는 7갤런들이 세제통인 그가 깔고 앉은 노란 양동이에서 몇 발짝 떨어진 데 놓여 있는 장비로 뚫은 것이 분명했다. 구멍을 뚫는 장비는 4피트 정도 길이의 금속 막대로 끝부분에 코르크스크루와 비슷한 날이 넓고 길쭉한 원통 모양으로 달려 있었다. 강력하고 위험한 천공 도구의 위엄 있는 날—끝에 있는 크랭크핸들을 돌려 회전시킨다—이 햇빛을 받아 새것처럼 반짝였다. 송곳 모양의 날.

"이짓이 아주 쓸데없는 건 아니에요." 그가 웅얼거렸다. "시간 때우기 딱이죠."

낚시가 잘되느냐고 묻기 위해 산골 고지대의 외진 도로에서 500야드나 떨어져 있는 얼음판 한가운데까지 걸어왔던 사람이 내가 처음이 아니라 열다섯번째쯤 되는 듯한 태도였다. 검은 털모자를 이마로 잔뜩 끌어내려 귀까지 덮이도록 쓰고, 잿빛으로 변해가는 검은 턱수염과 짙은 콧수염을 두드러지게 기른 탓에 얼굴에서 노출된 부분은 좁다란 띠 모양 정도가 고작이었다. 여하간 그의 얼굴은 그 너비가 인상적이었다. 가로축 위에 놓고 양옆으로 늘인 납작한 타원형 같은 얼굴. 새까만 눈썹은 길고 짙었고 눈동자는 푸른색이었으며 두 눈의 간격이 넓었다. 콧수염 위 얼굴 중앙에 자리잡은 코는 제대로 발육하지 못한 듯 어린애처럼 콧대가 없어 보였다. 팔리는 콧수염으로 뒤덮인 인중과 털모자 사이의 이 띠 부분 얼굴을 통해 자신의 모습을 드러냈는데, 온갖 종류의 원리가 기하학적이고 심리학적으로 작동하고 있었지만 그중 어떤 원리도 다른 원리와 협력하지 않는 것처럼 보였다.

"멋진 장소요." 나는 말했다.

"그래서 여길 오죠."

"평화롭기도 하고."

"신을 더 가까이서 느낄 수 있죠." 그가 말했다.

"그렇소? 그런 걸 느끼시오?"

이제 그는 그의 내면을 덮고 있던 외피를 벗고 내가 그를 발견했을 때의 심리 상태에서 빠져나왔는데, 무의미한 심심풀이 이상의 관계로 나와 어울릴 준비가 된 것처럼 보였다. 자세는 변하지 않았지만—여전히 잡담보다는 낚시에 열중했다—내가 예상했던 것보다 풍부하고 생각이 깊은 목소리 덕분에 최소한 반사회적인 분위기는 사라졌다. 사려 깊은 목소리라고까지 부를 수 있을 정도였지만, 그럼에도 인간미는 전혀 없었다.

"산꼭대기까지 올라와야 하죠." 그가 말했다. "사람 사는 집은 아무데도 없어요. 주택 같은 게 없죠. 호수 위에 오두막 한 채 없어요." 그는 선언하듯 한마디 던질 때마다 생각에 잠기듯 말을 멈췄다. 선언, 관찰, 강력한 침묵. 한 문장이 끝나면 그가 계속 이야기할지 아니면 입을 다물지 추측하게 된다. "여기선 할 만한 게 별로 없어요. 소음도 별로 없어요. 30에이커나 되는 호수에요. 동력 드릴을 쓰는 낚시꾼이 없죠. 거기서 나는 소음이나 휘발유 냄새도 없어요. 700에이커나 되는데 탁 트인 멋진 땅과 숲뿐이에요. 정말 아름다운 지역이에요. 평온하고 조용할 뿐이죠. 게다가 깨끗하죠. 깨끗한 곳이에요. 야단법석에 제정신이 아닌 데서 멀리 떨어져 있어요." 마침내 나를 보기 위해 시선을 든다. 나를 평가하기 위해. 그 짧은 시선의 90퍼센트는 불투명해서 전혀 생각을 읽어낼 수 없고 10퍼센트는 놀라울 정도로 투명했다. 유머라곤 전혀 찾아볼 수 없었다.

"비밀로 해둘 수 있는 한," 그가 말했다. "이 상태로 유지되겠죠."

"정말 그럴 거요." 내가 말했다.

"그치들은 도시에 살죠. 맨날 똑같은 일을 한답시고 야단법석이죠. 미친 듯이 출근하고, 미친 듯이 일하고, 미친 듯이 퇴근해 집으로 가요. 자동차들. 교통 체증. 그치들은 그런 데 매여 있어요. 난 거기서 벗어났고."

"그치들"이 누군지는 굳이 물을 필요가 없었다. 나는 도시에서 멀리 떨어져 살고, 동력 드릴도 갖고 있지 않지만, 나 역시 그치들의 일부였다. 우리 모두 그치들 중 하나였다. 이 남자, 이 호수 위에 웅크리고 앉아 짤막한 낚싯대를 까불며 얼음 구멍과 이야기하는, 그치들의 일부인 내가 아니라 발밑 차디찬 물속과 더 열심히 소통하는 이 남자만이 유일한 예외일 뿐.

"도보 여행자나 크로스컨트리 스키를 즐기는 사람들, 혹은 선생님 같은 양반들이나 여기까지 오죠. 내 차를 발견하고 어떻게든 내가 여기 있는 것을 찾아내 내 쪽으로 오곤 하는데, 얼음 위에 발을 디뎠다 하면 선생님처럼 낚시를 안 하는 사람들은—" 그리고 그쯤에서 그는 영지주의자처럼, 내게서 그치들의 용서할 수 없는 특질을 간파하려는 듯 다시 나를 올려다보았다. "선생님은 낚시를 안 할 것 같네요."

"안 하오. 전혀. 당신 트럭을 봤소. 날씨가 하도 좋아 그냥 드라이브를 나섰다가."

"그렇다니까, 그치들도 선생님 같다니까요." 내가 호숫가에 나타났을 때부터 나를 다 간파했다는 투로 그가 말했다. "낚시꾼을 보면 다가와 꼭 뭘 잡았느냐고 묻죠. 호기심에 그러겠지만. 그럴 때 내가 이렇게 하느냐 하면……" 그런데 그 대목에서 그는 하던 말을 멈췄다. 퍼뜩 이런 생각이 떠오른 듯. 내가 지금 뭘 하는 거지? 빌어먹을 뭐라고 지껄여대고 있는 거냐고? 그가 다시 이야기를 시작했을 때, 두려움에 갑자기 내 심장이 급속히 뛰기 시작했다. 낚시질을 방해했으니 나를 상대로 장난 좀 치겠구나싶었다. 이제 그는 자신의 역할로 돌아왔다. 낚시질에서 벗어나 레스라는 존재로, 실재하면서도 실재하지 않는 온갖 것들로 돌아왔다.

"그럴 때 내가 어떻게 하느냐 하면," 그가 다시 이야기를 시작했다. "잡아놓은 물고기가 얼음판 위에 널려 있으면, 선생님을 봤을 때 그랬던 것처럼 처리하죠. 잡은 물고기들을 당장 비닐봉지에 주워 담아 양동이 안에, 내가 지금 깔고 앉은 양동이에 넣어버리는 거예요. 그렇게 해서 물고기를 싹 감추는 거죠. 사람들이 다가와 물어요. '입질은 어떻습니까?' 그럼 나는 말하죠. '전혀 없네요. 여긴 아무것도 안 사는 것 같아요.' 삼십 마리 정도 잡았는데도 말이에요. 괜찮은 날이죠. 그래도 난 그 사람들한테 이렇게 말해요. '안 잡혀요. 슬슬 철수하려던 참이었어요. 벌써 두 시간이나 앉아 있었는데 입질 한 번 없네요.' 그러면 백이면 백 전부 돌아서 가버리죠. 다른 데로 갈 겁니다. 그러고는 여기 산에 있는 호수는 별로라는 소문을 퍼뜨리는 거죠. 이게 비밀을 유지하는 방법이에요. 결국 나는 약간 정직하지 못한 인간이 되겠지만. 하지만 여긴 전 세계에서 제일 비밀 유지가 잘된 장소일걸요."

"그런데 내가 알아버렸군." 나는 말했다. 그가 자신이 거짓말을 한다는 사실을 털어놓았다고 해서 나 같은 방해꾼과 함께 무언가를 공모하듯 그가 웃을 일은 없다는 것, 그의 말을 듣고 미소를 짓는다 해도 그의 마음을 열 방법은 없다는 걸 알았기에 나는 아무런 시도도 하지 않았다. 나는 우리 둘 사이에 신변에 관한 이야기가 하나도 오가지 않았다는 걸 깨달았다. 그건 나의 의지가 아니라 그의 의지였다. 우리 둘은 미소를 짓는 것이 도움이 되는 단계를 지나버렸다. 나는 외떨어지고 차단된, 온통 얼어붙은 추운 장소에서 문득 엄청나게 중요한 문제를 다루는 것처럼 보이는 대화에 끼어 있었다. "게다가 당신이 물고기를 잔뜩 깔고 앉아 있다는 것까지 알아버린 거로군." 나는 말했다. "그 양동이 안에 말이지. 오늘은 얼마나 잡았소?"

"글쎄요, 선생님은 비밀을 지킬 수 있는 분처럼 보이네요. 한 서른에서 서른다섯 마리 정도. 네, 선생님은 정직한 사람 같아요. 어쨌든 선생님이 누군지 알 것 같아요. 그 작가 선생님 아니신가요?"

"그렇소."

"거봐요. 난 선생님이 어디 사는지도 알아요. 해오라기가 날아오는 습지대 맞은편이죠. 두무첼네 집. 두무첼의 오두막이 거기 있죠."

"내가 두무첼이란 사람한테서 그 집을 샀지. 내가 비밀을 지킬 수 있는 사람 같다고 하니 하는 말이네만, 왜 저쪽이 아닌 이 자리에 앉아 있는 거요? 이 꽝꽝 언 거대한 호수 전체에서 낚시할 자리로 왜 여길 택한 거요?" 설사 그가 나를 거기 잡아두기 위해 아무런 수도 쓰지 않더라도 내 쪽에서 그곳을 떠나지 않기 위해 온갖 수를 쓸 것 같았다.

"글쎄요, 알 수 없죠." 그가 말했다. "일단 지난번에 물고기를 잡았던 장소에서 시작합니다. 지난번에 잡았다면 항상 그 자리에서부터 시작하는 거죠."

"그런 거였군. 늘 궁금했는데." 이제 떠나라. 나는 생각했다. 이 정도면 대화는 충분하다. 아니 충분한 것 이상이다. 하지만 그가 누구인지에 대한 생각이 나를 잡아끌었다. 그의 실체가 나를 잡아끌었다. 그 생각은 추측이 아니었다. 명상도 아니었다. 소설 집필 과정의 일부인 사변과도 달랐다. 그 생각은 사실 그 자체였다. 지난 오 년간 작업할 때를 제외하곤 그토록 엄격하게 나를 지배해온 신중해야 한다는 규칙들이 갑자기 기능하지 않았다. 얼음판을 건너올 때 돌아가버릴 수 없었듯 지금도 돌아서서 도망칠 수 없었다. 용기와는 무관한 일이었다. 이성이나 논리와도 무관했다. 그가 여기 있다. 상관있는 건 그것뿐이다. 그가 여기 있다는 사실과 나의 두려움. 두꺼운 갈색 작업복과 검은색 모자, 밑창이 두툼한 고무장화를 걸치고, 두 손에는 사냥꾼용(혹은 군인용) 위장 무늬의 손끝이 없는 장갑을 낀 채, 콜먼과 포니아를 살해한 남자가 여기 있는 것이다. 난 그 사실을 확신한다. 두 사람은 일부러 탈선해서 강물로 떨어진 게 아니었다. 여기 그들을 죽인 자가 있다. 이자가 바로 살인자다. 어떻게 내가 이 자리를 떠날 수 있겠는가?

"항상 물고기가 있소?" 나는 물었다. "지난번 자리에 다시 앉더라도?"

"아뇨, 선생님. 물고기는 떼로 움직여요. 얼음 밑에서요. 호수 북쪽 끝에 있을 때도 있고, 다음날이면 남쪽 끝에 있을 수도 있죠. 두 번 연속으로 같은 자리에 있는 경우도 없지는 않아요. 계속 그 자리에 있는 거죠. 왜냐면 물고기는 떼 지어 다니려 하고, 물이 너무 차가워서 별로 많이 안 움직이거든요. 물고기는 수온에 적응할 수 있는데, 그래도 물이 너무 차면 많이 안 움직이고, 먹이도 그만큼 덜 필요하게 되죠. 물고기가 그렇게 떼 지어 있는 데 자리잡으면 엄청 낚을 수 있죠. 하지만 어떤 날은 똑같은 호수에 가서—전부 탐색할 수는 없으니까요—대여섯 군데 구멍을 뚫고 낚시를 해봐도 입질 한 번 없기도 해요. 한 마리도 못 잡는 거죠. 물고기가 떼 지어 있는 델 못 찾아내서요. 그럼 그냥 앉아만 있는 거죠."

"신을 더 가까이서 느끼면서 말이지." 내가 말했다.

"바로 그거죠."

그의 달변—그거야말로 내가 전혀 예상치 못했던 일이었다—이 나의 흥미를 끌었다. 물이 차가울 때 호수의 생명체들이 살아가는 방식에 대해 기꺼이 설명해주는 그 철저함도. 이자는 어떻게 내가 '그 작가 선생'이라는 걸 알았을까? 내가 콜먼의 친구라는 것도 알고 있을까? 내가 포니아의 장례식에 참석했다는 것도 알고 있을까? 내가 그에 대해 갖고 있는 의문만큼이나 그도 나에 대해—그리고 내가 뭘 하러 여기 왔는지에 대해—의문이 많을 거라는 생각이 들었다. 이 거대하고 밝고 드넓은 공간, 바위처럼 단단하게 얼어붙은 커다란 타원형 담수호를 꼭대기에 품은 산정의 차가운 지상 납골당, 호수의 생명이자 얼음의 형성물이며 물고기의 신진대사이기도 한 태곳적부터 계속되어온 활동, 굳건하게 제 할 일을 해온 조용하고 영원한 힘들, 마치 우리는 세상 꼭대기에서 조우한 것 같았다. 어디가 됐든 두 개의 숨겨진 대뇌는 서로를 의심하듯 재깍대고, 서로를 증오하고, 자기 성찰이라곤 피해망상이 전부였지만.

"그래, 무슨 생각을 하시오?" 나는 물었다. "물고기가 잡히지 않을 땐? 입질이 없을 땐 무슨 생각을 하시오?"

"좀 전에 무슨 생각을 하고 있었는지 말씀드리죠. 많은 생각을 했어요. 뺄질이 윌리 생각을 했죠. 우리나라 대통령, 그놈이 빌어먹을 정도로 재수가 좋은 것에 대해서요. 그놈은 뭐든 다 면제받는데 다른 사람들은 아무것도 면제받지 못하는 것에 대해 생각했어요. 병역 의무도 피하지 않았고, 아무것도 면제받지 못한 사람들에 대해서요. 공평하지 않죠."

"베트남전 말이군." 내가 말했다.

"네. 우린 빌어먹을 헬리콥터를 타고 북쪽으로 갔어요. 두번째 참전 때 난 헬기의 기관총수였어요. 좀 전에 내가 무슨 생각을 했느냐면, 조종사 두 명을 구출하기 위해 북베트남에 들어갔던 일을 생각하고 있었어요. 여기 앉아 생각하고 있는 게 그때 일이라니. 뺀질이 윌리. 그 개자식. 그 쓰레기 같은 개자식이 국민이 낸 세금을 펑펑 쓰면서 대통령 집무실에서 계집한테 제 거시기나 빨게 한 걸 생각하는데, 그 두 조종사가 생각났어요. 그 둘은 하노이 공습을 위해 출격했다 엄청 심하게 당했는데, 그 두 사람이 보낸 무선 구조 신호가 우리한테 잡혔어요. 우리 헬기는 구조용이 아니었지만 근처에 있었고, 그 둘은 비상 탈출을 하겠다면서 구조 신호를 보냈죠. 비상 탈출을 하지 않으면 추락 사고가 날 수밖에 없는 고도였죠. 우리 헬기는 구조용이 아니었지만—공격용헬기였죠—두 사람의 목숨을 구할 수 있을지 모험을 해보기로 했어요. 구하러 가도 된다는 허락도 받지 않고 그냥 갔어요. 그렇게 본능에 따라 행동하는 때가 있잖아요. 우리 대원들은 만장일치로 가자는 데 동의했죠. 기관총수 둘이랑 조종사랑 부조종사 전부. 성공 가능성은 낮았어요. 엄호를 전혀 받을 수 없었으니까. 그래도 우리는 갔어요. 그 두 사람을 구출하려고."

나한테 전쟁 이야기를 하는군, 하고 나는 생각했다. 그도 자신이 전쟁 이야기를 하고 있다는 걸 알고 있다. 여기에 그가 분명히 하려는 논지가 있다. 그는 내가 자기 이야기를 머릿속에 담아 호숫가로, 내 차로, 그가 위치를 알고 있고 그가 위치를 안다는 걸 내가 알기를 바라는 곳인 나의 집으로 가져가기를 원한다. "그 작가 선생"으로서 가져가라는 걸까? 아니면 다른 누군가로서? 이 호수의 비밀보다 훨씬 큰 그의 비밀을 아는 누군가로서? 그는 자신이 봤던 것을 보고 자신이 가봤던 곳을 가보고 자신이 했던 일을 해본 사람이 그리 많지 않다는 것을, 그리고 필요하다면 언제든 다시 그럴 수 있다는 걸 내가 알기를 원한다. 그는 베트남에서 살인을 했고, 살인자를 자신의 몸속에 담아 버크셔로 데려왔다. 그 전쟁의 나라, 그 공포의 나라에서 그의 몸속에 담아 그곳의 현실을 전혀 이해하지 못하는 완전히 다른 이 세계로 데려왔던 것이다.

얼음 드릴이 얼음판 위에 나뒹굴고 있었다. 얼음 드릴의 솔직함. 인적 없는 얼음판 위에 나뒹구는 얼음 드릴의 무자비한 강철 외양보다 더 확실하게 우리의 증오를 구체화해주는 것은 없을 것이다.

"그러다 죽으면 죽는 거지라는 각오가 있었어요. 그렇게 북쪽으로 갔고, 구조 신호가 오는 지점으로 갔죠. 낙하산 하나가 보여 우리는 개활지에 착륙해 조종사 한 명을 별문제 없이 태웠어요. 그 친구는 헬기 안으로 뛰어들었고, 우리는 그를 얼른 잡아끌어 태운 다음 이륙했는데, 적으로부터 아무 공격도 안 받았죠. 우리는 그 친구에게 물었어요. '다른 사람은?' 그가 그랬어요. '몰라, 저쪽으로 날아간 것 같아.' 그래서 우리는 고도를 높였는데, 그때는 이미 적이 우리가 서기 와 있다는 걸 알아챈 뒤였어요. 다른 낙하산을 찾아내려고 좀더 북쪽으로 올라갔는데, 빌어먹을 순식간에 아수라장이 됐어요. 정말 믿기 힘든 광경이었어요. 결국 다른 조종사는 구출하지 못했어요. 우리 헬기가 얼마나 당했는지 믿지 못할걸요. 탕, 탕, 탕, 쾅. 기관총 포대. 지상 포화. 우리는 그냥 기수를 돌려 가능한 한 빨리 그 지옥에서 빠져나올 수밖에 없었어요. 우리가 구조한 조종사가 울기 시작했던 게 기억나네요. 이건 짚고 넘어가고 싶어요. 그 친구는 해군 조종사였어요. 그 친구들은 포레스틸호號에서 발진했죠. 그는 자기 동료가 죽었거나 포로가 되었을 걸 알았기 때문에 그렇게 목놓아 울었던 거예요. 그 친구한테는 정말 끔찍한 일이었죠. 친구였으니까요. 하지만 돌아갈 순 없었어요. 헬기랑 사람 다섯을 위험에 빠뜨릴 순 없었으니까요. 한 명이나마 구출했으니 운이 좋았던 거죠. 그래서 우리는 기지로 귀환했고, 헬기에서 내려 동체를 봤더니 총탄 구멍이 백오십한 개였어요. 유압 파이프와 연료 파이프에는 하나도 안 박혔지만, 회전날개는 엉망이었죠. 엄청난 총탄이 회전날개에 박혀 있었어요. 회전날개가 살짝 구부러졌을 정도로. 만약 보조회전날개에 맞았다면 그냥 추락했을 텐데, 그렇진 않았던 거죠. 베트남전에서 격추된 헬리콥터 수가 오천 대나 된다는 거 아세요? 제트전투기는 이천팔백 대를 잃었죠. 북베트남 폭격작전에서 B-52는 이백오십 대를 잃었고요. 하지만 정부는 그런 사실을 절대 밝히지 않을걸요. 안 하죠. 정부는 자기들이 알리고 싶은 것만 발표하니까. 그렇게 해도 뺀질이 윌리는 절대 욕먹지 않아요. 욕먹는 건 참전한 사람들이죠. 매번 그런 식이에요. 이건 아니에요, 틀려먹었다고요. 내가 무슨 생각을 하고 있었는지 압니까? 아들이 있다면 같이 여기 왔을 텐데 하는 생각을 하고 있었어요. 같이 얼음낚시를 하는 거요. 선생님이 이쪽으로 걸어올 때 생각하던 게 그거였어요. 고개를 들었더니 누가 다가오는 게 보이는데, 백일몽 같은 걸 꾸고 있었는지 이런 생각이 드는 겁니다. 저게 내 아들일 수도 있었는데. 선생님이 아니라, 선생님 같은 어른이 아니라, 내 아들일 수도 있었다고 말입니다."

"아들이 없소?"

"없어요."

"결혼한 적도 없고?" 나는 물었다.

이번엔 즉시 대답하지 않았다. 그가 나를 쳐다봤다. 비상 탈출을 한 두 조종사가 보냈던 신호 같은 것이 내게서 울려나오기라도 하듯 나를 똑바로 쳐다봤지만 대답은 하지 않았다. 다 알기 때문이야, 라고 나는 생각했다. 내가 포니아의 장례식에 참석한 걸 아는 거야. 누가 이자에게 '그 작가 선생'도 왔었다고 이야기해준 거지. 이자는 내가 어떤 유의 작가라고 생각할까? 제가 저지른 것 같은 범죄에 관한 책을 쓰는 작가? 살인자와 살인 사건에 관한 책을 쓰는 작가?

"뻔한 일이었어요." 다시 얼음 구멍을 응시하면서 낚싯대를 들까불더니, 손목을 놀려 열두어 번 들었다 놓았다 한 다음 마침내 그가 말했다. "결혼해봤자 실패할 게 뻔했다 이 말입니다. 베트남에서 돌아올 때 분노와 원망을 너무 많이 가져온 거예요. PTSD가 있었어요. 사람들이 외상 후 스트레스 장애라고 부르는 걸 내가 앓고 있다고 했죠. 다들 그렇게 말했어요. 돌아왔을 때 난 아무하고도 친해지고 싶지 않았어요. 돌아오긴 했지만 문명화된 생활이라면 내 주변에서 무슨 일이 벌어져도 나 자신하고 연결시킬 수가 없었어요. 거기 너무 오래 있었는지, 전부 미친 짓 같았어요. 깨끗한 옷을 입는 것, 사람들하고 인사하는 것, 미소를 지어 보이는 것, 파티에 가는 것, 차를 몰고 돌아다니는 것. 나한테는 전부 딴 세상 일이었어요. 사람들하고 어떻게 이야기해야 할지 몰랐고, 사람들한테 어떻게 인사해야 할지 몰랐어요. 그래서 오랫동안 숨어 살았어요. 차를 몰고 돌아다니다 숲속으로 들어가 걷곤 했어요.

정말 이상한 일이었죠. 나 자신으로부터도 숨었어요. 내가 무슨 일을 겪고 있는지 전혀 몰랐어요. 친구들이 전화를 걸곤 했지만 모른 척했어요. 친구들은 내가 차 사고로 죽을까봐 걱정했죠. 친구들은 내가—"

나는 불쑥 끼어들고 말았다. "왜 당신 친구들은 당신이 차 사고로 죽을까봐 걱정한 거요?"

"술을 마셨거든요. 운전하고 돌아다니면서 술을 마셨어요."

"한 번이라도 차 사고를 낸 적이 있소?"

그가 미소를 지었다. 갑자기 동작을 멈추고 나를 빤히 쳐다보지도 않았고, 특별히 위협적인 표정을 짓지도 않았다. 와락 달려들어 내 목을 조르지도 않았다. 그저 살짝 미소를 지었는데, 그의 내면에 그런 게 있을 거라고는 생각도 못한 사람 좋아 보이는 미소였다. 의도적으로 쾌활해 보이려고 그는 어깨를 으쓱하고는 말했다. "나도 모르겠어요. 아시다시피 나는 내가 무슨 짓을 하고 다니는지 모르거든요. 사고요? 사고를 내요? 설사 그랬다 해도 모를걸요. 사고를 낸 적은 없는 것 같아요. 외상 후 스트레스 장애라는 걸 선생님이 앓고 있다고 쳐보세요. 잠재의식 속에서 온갖 것이 되살아나 다시 베트남에 가 있기도 하고, 다시 군대에 들어가 있기도 하고 그래요. 난 많이 못 배웠어요. 그런 병이 있는 줄도 몰랐어요. 사람들이 이런저런 일로 나한테 화가 많이 났는데, 그 사람들도 내가 겪던 증세에 대해 몰랐고, 나도 그런 증세에 대해 몰랐던 겁니다. 아시겠어요? 그런 걸 알 만큼 많이 배운 친구도 없었어요. 친구라는 녀석들은 다 머저리죠. 아, 내 말은 백 퍼센트 진짜 머저리들이라는 걸 보증한다는 거예요. 아니면 돈을 두 배로 돌려드릴게요." 그가 다시 어깨를 으쓱여 보였다. 웃겨보려는 걸까? 일

238

부러 웃기려고 저러는 걸까? 아니다, 태평함을 가장한 사악함에 가깝다. "이러니 내가 뭘 할 수 있겠어요?" 그가 무력하게 말했다.

날 속이려는 거야. 날 가지고 노는 거라고. 내가 알고 있다는 걸 이자는 아니까. 지금 우리는 우리밖에 없는 곳에서 마주보고 있고, 난 사실을 알고 있고, 이자는 내가 안다는 걸 안다. 그리고 얼음 드릴도 안다. 당신이 아는 전부이자 알아야 할 모든 것,* 그 모든 것이 저 강철 나선 날에 새겨져 있다.

"PTSD라는 건 어떻게 알게 됐소?"

"재향군인보훈국에 있는 유색인 여자애한테서요. 이런, 죄송합니다. 아프리카계 미국인인데. 정말 지적인 아프리카계 미국인이었어요. 그 여자는 석사학위도 있대요. 선생님도 석사학위가 있나요?"

"없소." 내가 말했다.

"그러니까, 그 여자는 그런 게 있어서, 그래서 내가 그걸 않는 걸 알아낸 거예요. 안 그랬으면, 지금도 그런 게 있는 줄 몰랐을 텐데. 그렇게 해서 나 자신에 대해서, 내가 겪고 있었던 것에 대해서 배우기 시작했죠. 사람들이 말해줬어요. 그런데 나만 그런 게 아니라더군요. 나만 그런 거라고는 생각하지 마세요. 셀 수 없이 많은 사람이 내가 겪는 그 증세를 겪는대요. 셀 수 없이 많은 사람들이 한밤중에 다시 베트남에 가 있다 깨어난대요. 셀 수 없이 많은 사람들이 전화가 와도 절대 안 받는다는 거예요. 셀 수 없이 많은 사람들이 정말 괴로운 그 악몽을 꾼다는 겁니다. 그래서 내가 그 아프리카계 미국인한테 이야기하자 그

---

* 존 키츠의 시 〈그리스 항아리에 부치는 노래〉의 일부.

여자는 그게 뭔지 이해한 거예요. 그 여잔 석사학위가 있었으니까요. 그 여자가 나한테 내 잠재의식에서 무슨 일이 벌어지는지, 그리고 셀 수 없이 많은 사람들이 나하고 같다는 걸 이야기해줬어요. 잠재의식. 이건 통제할 수 없는 겁니다. 정부랑 똑같죠. 그게 정부죠. 두말할 것도 없이 그게 정부예요. 하고 싶지 않은 일을 하게 만들어요. 셀 수 없이 많은 사람들이 결혼을 하지만 실패로 끝나요. 잠재의식 속에 베트남에 대한 분노와 원망을 품고 있거든요. 그 여자가 다 설명해줬어요. 그놈들은 C-41 공군 제트기로 나를 베트남에서 갑자기 끌고 나와 필리핀에 데려다놓더니, 다시 월드항공 제트기로 트래비스 공군기지에 내려놓고는, 고향에 돌아가라며 이백 달러를 쥐여줬어요. 그러니까 대략, 음, 베트남을 떠났을 때부터 사흘이 걸렸죠. 넌 이제 문명사회로 돌아가는 거야. 그리고 넌 망할 운명이야. 네 마누라도, 비록 십 년 후이긴 해도 그 여자도 망할 운명이고. 그 여자도 망할 게 뻔해. 빌어먹을 그 여자가 무슨 짓을 했다고? 아무 짓도 안 했는데."

"아직도 PTSD를 겪고 있소?"

"음, 내가 아직도 사람들하고 떨어져 혼자 있으려 하긴 해요, 그죠? 선생님은 내가 여기서 뭘 하고 있다고 생각하시는데요?"

"하지만 이젠 술 마시면서 차를 몰고 다니진 않잖소." 내 귀에 내가 하는 말이 들려왔다. "이젠 차 사고도 안 내고."

"한 번도 사고 같은 건 낸 적 없다니까요. 못 들었어요? 이미 말했는데. 내가 아는 한 그런 적 없어요."

"그리고 결혼생활은 실패로 끝났고."

"네, 그래요. 내 탓이었죠. 백 퍼센트 내 탓입니다. 사랑스러운 여자였어요. 아무 죄도 없는 여자였죠. 다 내 탓이었죠. 항상 내 탓이었어요. 그 여자는 빌어먹을, 나보다 훨씬 더 나은 인간을 만나 마땅한 여자였는데."

"부인은 어떻게 됐소?" 내가 물었다.

그는 고개를 흔들었다. 슬픈 듯 어깨를 으쓱여 보이고는 한숨을 내쉬었다. 완전히 헛소리다, 일부러 뻔한 헛소리를 하는 거다. "모르죠, 도망쳤으니까. 내가 너무 겁줬거든요. 똥줄이 빠지게 겁을 줬죠. 그 여자가 어디에 있든 정말 안됐다는 생각이 들어요. 아무 죄도 없는 사람이었는데."

"애들은 없고."

"없어요. 애들은 없죠. 선생님은요?" 그가 물었다.

"없소."

"결혼은 하셨나요?"

"이제는 아니라고 해야겠지." 내가 말했다.

"그러니까 선생님과 나는 똑같은 처지군요. 바람처럼 자유로운 몸. 어떤 종류의 책을 쓰세요? 추리소설 같은 건가요?"

"그런 긴 아니오."

"실화요?"

"때로는."

"어떤 거요? 연애소설?" 그가 미소를 지으며 물었다. "포르노는 아니어야 할 텐데." 그는 짐짓 그런 건 상상조차 하기 괴롭다는 표정을 지었다. "우리 지역의 대표적인 작가가 저 위 마이크 두무첼네 집에서 포르노나 써서 발표하는 건 아니어야 할 텐데요."

"나는 당신 같은 사람들에 관한 이야기를 쓴다오." 나는 말했다.

"그래요?"

"그렇소. 당신 같은 사람들. 그런 사람들이 겪는 문제들에 관해서 말이오."

"선생님이 쓴 책 가운데 하나를 들면요?"

"『휴먼 스테인』."

"그래요? 한 권 구할 수 있을까요?"

"아직 발표되지 않았소. 아직 완성된 게 아니라서."

"한 권 사봐야지."

"내가 한 권 보내주겠소. 이름이 뭐요?"

"레스 팔리. 네, 보내주세요. 다 완성하면, 시내 자동차정비소로 보내주세요. 6번 도로. 시내 자동차정비소. 레스 팔리." 또다시 나를 찔러보면서, 어쩐지 모든 사람—그 자신, 그의 친구들, "우리 지역의 대표적인 작가"—을 찔러보는 듯한 투로 그는, 자신의 생각을 비웃기 시작한 그 순간에도 이렇게 말했다. "내 친구들하고 읽어보겠습니다." 그는 소리 내어 웃기보다는 물고기가 입질을 하듯 실실거리며 웃음의 언저리를 맴돌기만 했다. 유쾌함이라는 위험천만한 낚싯바늘에 가까이 접근하긴 했으나, 그걸 확 삼켜버릴 정도로 가까이 가지는 않았다.

"그래주면 좋겠소." 나는 말했다.

나는 그냥 돌아서서 그 자리를 떠날 수가 없었다. 그 정도 암시를 받았는데, 그가 자신의 감정을 막고 있던 익명성을 조금씩 벗어던지는 마당인데, 그의 마음을 좀더 깊이 들여다볼 수 있는 가능성이 높아지는 참인데 그대로 떠날 수는 없었다. "군 복무를 하기 전에는 어떤 사람이었소?"나는 물었다.

"이 이야기도 책에 들어가는 건가요?"

"그럼. 그럼."내가 큰 소리로 껄껄댔다. 그럴 의도가 없었는데, 어리석고 조야한 반발심이 이는 바람에 멍청하게도 나는 이렇게 내뱉고 말았다. "전부 내 책에 들어갈 거요."

그러자 그도 나보다 더 거리낌 없이 껄껄댔다. 호수 위의 이 정신병동에서.

"예전에는 사람들이랑 어울리는 걸 좋아했소, 레스?"

"네."그가 말했다. "그랬어요."

"사람들이랑?"

"그럼요."

"사람들하고 재미있게 노는 걸 좋아했겠군?"

"네. 친구도 엄청 많았죠. 빠른 차도. 있잖아요, 그런 거. 난 항상 일을 했어요. 하지만 일을 하지 않을 때는, 그랬었죠."

"그런데 베트남전 참전군인들은 다들 얼음낚시를 좋아하오?"

"거야 모르죠."또다시 사람 신경을 건드리는 웃음. 나는 생각했다. 이자는 마음 편히게 즐거움을 만끽하는 것보다 누군가를 죽이는 편이 더 쉽다고 느낄 인간이다.

"내가 얼음낚시를 시작한 건,"그가 말했다. "별로 오래되지 않았어요. 마누라가 도망가버린 후부터였죠. 드래곤플라이 호숫가에 자리한 숲속 깊숙한 데 있는 작은 판잣집을 하나 세냈죠. 숲속 깊은 데, 물위에, 드래곤플라이 호수 바로 위에 지어놓은 거였어요. 한평생 여름이면 늘 낚시를 했지만, 한 번도 얼음낚시에 흥미를 가진 적이 없었어요. 너무 추울 거라고 항상 생각했거든요. 그래서 그 호수 위에서 살았던 첫 겨울에, 빌어먹을 PTSD 때문에 제정신이 아니었던 그때 나는 호수로 걸어나와 낚시질을 하러 가는 얼음낚시꾼을 지켜봤어요. 두어 번 구경만 했는데, 어느 날 옷을 껴입고 얼음 위로 산책을 나갔더니 낚시꾼이 엄청나게 많이 잡고 있더라고요. 옐로퍼치랑 송어랑 온갖 물고기를요. 그래서 생각했죠. 얼음낚시라는 게 여름 낚시만큼이나 쏠쏠하구나. 더 나을지도 모르고. 필요한 거라곤 얼어 죽지 않을 정도로 옷을 껴입고 제대로 된 장비를 갖추는 것뿐이었어요. 그래서 저질렀죠. 산을 내려가 얼음 드릴을 훌륭한 놈으로 하나 산 거예요." 그가 드릴을 가리킨다. "지그 낚싯대랑 루어도 샀어요. 루어는 종류가 수백 가지나 돼요. 제조업체나 제품명도 수백 개나 되고요. 크기도 다양하죠. 드릴로 얼음에 구멍을 뚫고, 가장 마음에 드는 루어를 구멍에 드리워요. 손을 움직이는 요령이 필요한데, 지그가 위아래로 움직이게 해야 해요. 얼음 밑의 물속은 캄캄하거든요. 그럼요, 거긴 정말 캄캄하죠." 그가 내게 말했다. 그리고 대화를 나누기 시작한 이후 처음으로 모호하지 않고 거의 투명한, 속임수도 없고 이중적인 태도도 없는 얼굴로 나를 똑바로 바라보았다. "거긴 정말 캄캄하죠"라고 말했을 때 그의 목소리에는 사람을 오싹하게 만드는 울림이 있었다. 콜먼이 당한 사고의 전모를 밝혀주는 오싹하고 놀라운 울림이었다. "그래서 저 밑에서는 어떤 종류의 빛에도," 그가 덧붙였다. "물고기가 꼬여들어요. 그렇게 어두운 환경에서 적응한 건가봐요."

아니, 이자는 멍청하지 않다. 이자가 짐승이고 살인자인 건 맞지만, 내가 생각했던 것처럼 멍청한 인간은 아니다. 그에게 부족한 것은 뇌가 아니다. 어떤 탈을 뒤집어썼건, 머리가 없는 건 아니다.

"물고기도 먹어야 사니까요." 그가 내게 설명하고 있다. 과학적으로. "물고기는 저 밑에서도 먹이를 찾아요. 몸은 상상 이상의 낮은 수온에 적응할 수 있고, 눈은 어둠에 적응되어 있죠. 물고기는 움직임에 예민하게 반응해요. 그래서 뭔가 번쩍거리는 걸 보거나 혹은 루어의 움직임에서 퍼져나가는 진동을 느끼면 거기로 꼬여들죠. 그게 살아 있는 줄 알고, 먹을 수 있는 줄 아는 거예요. 그러니 상하로 움직여주지 않으면 물고기를 잡을 수 없어요. 내게 아들이 있다면, 아시겠지만 아까 내가 했던 생각처럼 말입니다, 아들한테 위아래로 놀리는 요령을 가르쳐줬을 거예요. 루어에 미끼를 다는 방법도 가르쳐줬을 거고요. 아시겠지만 미끼도 종류가 다양한데, 대부분은 파리 유충이나 벌 유충이에요. 얼음낚시용으로 특별히 기른 거죠. 우리는 저 아래 낚시점에 가서, 나랑 레스 주니어는 얼음낚시용품점에서 그런 걸 살 수도 있을 텐데. 그런 미끼는 작은 컵에 담아 팔아요. 지금 내게 어린 레스가, 내 아들이 있다면, 아시겠지만, 내가 평생을 이 빌어먹을 PTSD를 달고 살아야 하는 팔자가 아니라면, 나는 여기서 그애한테 이 모든 걸 가르쳐줬을 거예요. 얼음 드릴을 사용하는 방법도요." 그는 여전히 그의 뒤쪽, 손이 닿지 않는 곳에 놓인 연장을 가리켰다. "난 5인치 드릴을 사용해요. 4인치부터 8인치까지 있죠. 난 5인치 구멍이 좋아요. 그 크기가 완벽해요. 아직까지 5인치 구멍으로 물고기를 끌어내지 못한 적은 없어요. 6인치는 너무 큰 편이죠. 6인치가 너무 크다고 한 건 드릴 날의 폭이 1인치가 더 넓어서예요. 그게 별거 아닌 것 같지만, 5인치 드릴 날을 직접 본다면, 여기, 보여드릴게요." 그는 일어서더니 드릴 쪽으로 걸어가 그걸 집어들었다. 패딩 작업복과 장화가 땅딸막하고 다부진 사내의 덩치에 부피를 더하고 있음에도, 그는 얼음 위를 민첩하게 움직여 한 손으로 얼음 드릴을 홱 낚아챘다. 야구에서 플라이 볼을 아웃당해 천천히 벤치로 달려들어오다 경기장에 떨어진 배트를 가볍게 주워들 듯. 그는 내 쪽으로 걸어와 드릴의 길고 반짝이는 날을 바로 내 얼굴 앞에 들이댔다. "자, 여기요."

여기. 여기 그 기원이 있다. 여기 그 본질이 있다. 여기.

"5인치 드릴을 6인치하고 비교해보면," 그가 말했다. "커다란 차이가 있어요. 손으로 핸들을 돌려 두께가 1피트에서 18인치까지 되는 얼음에 구멍을 뚫을 경우, 5인치보다 6인치로 하는 게 훨씬 힘들죠. 내가 이 드릴로 1.5피트 두께의 얼음에 구멍을 뚫는 데는 대략 이십 초 정도가 걸려요. 날이 아주 날카로울 경우에요. 날카로운 게 중요해요. 그래서 날을 늘 날카롭게 갈아둬야 하죠."

나는 고개를 끄덕였다. "얼음판 위는 좀 춥군."

"거보라니까요."

"지금까진 의식하지 못했는데, 꽤 춥군. 특히 얼굴이. 점점 몸이 차가워지는걸. 이젠 가봐야겠소." 그러면서 나는 뒷걸음으로 첫 발짝을 떼며 그와 그가 낚시질을 하던 구멍 주위로 물이 올라와 조금씩 질척해지는 그 자리에서 물러났다.

"그 정도 들었으면 충분해요. 이제 얼음낚시에 대해선 웬만큼 알게 된 거죠, 안 그래요? 어쩌면 추리소설 대신 얼음낚시에 관한 책을 쓰고 싶어질지도 모르겠네요."

나는 한 번에 반 발짝씩 뒷걸음질로 발을 질질 끌면서 호숫가로 4, 5피트 정도 물러섰지만, 그는 여전히 얼음 드릴을 한 손에 든 채, 조금 전 코르크스크루처럼 생긴 날을 내 눈앞에 들이댔을 때의 그 높이로 계속 들어올린 채 서 있었다. 완전히 기가 질린 나는 뒷걸음치기 시작했다. "이제 선생님은 내 비밀 장소를 알게 됐네요. 이것까지. 선생님은 모든 걸 알고 있어요." 그가 말했다. "하지만 아무한테도 말 안 할 거죠, 그렇죠? 비밀 장소를 갖고 있다는 건 멋진 일이잖아요. 절대 아무한테도 말하지 마세요. 어떤 일에건 입을 다무는 걸 배워보세요."

"난 남의 비밀을 떠들고 다니는 사람이 아니오." 나는 말했다.

"저 산에서 여기로 개울이 흘러드는데, 바위들 위로 흘러요. 내가 말했었나요?" 그가 말했다. "난 한 번도 그 개울의 발원지를 되짚어 올라가본 적이 없어요. 저기서 호수 이쪽까지 끊기지 않고 죽 흘러들어와요. 그리고 호수 남쪽 가장자리에 방수로가 있는데, 거기로 물이 흘러나가요." 그가 손을 들어 가리켰다. 얼음 드릴을 여전히 쥔 채. 손끝이 뚫린 장갑을 낀 커다란 손으로 그걸 꽉 틀어쥐고 있었다. "호수 밑에는 물이 솟아나는 곳이 수없이 많아요. 밑에서부터 솟아올라오니까 물이 끊임없이 뒤집혀요. 자체 정화를 하는 거죠. 물고기도 살아남아 크고 건강하게 자라려면 깨끗한 물이 있어야 하죠. 이 호수는 그런 요소를 전부 갖추고 있어요. 다 신의 작품이에요. 인간은 한 게 아무것도 없어요. 그래서 여기가 깨끗한 거예요. 그래서 내가 여기로 낚시를 오는 거고요. 인간의 손길이 미친 거면 일단 피하고 본다. 그게 내 철칙이거든요. 잠재의식 속에 PTSD가 가득한 남자의 철칙. 인간한테서 떨어져 신에게 가까이 다가갈 것. 그러니까 내 비밀 장소에 대해 비밀을 지켜야한다는 거 잊지 마세요. 비밀이 새어나가는 유일한 경우는 말입니다,

주커먼 선생, 선생이 그 비밀에 대해 입을 열었을 때인 거요."

"알아들었소."

"그리고, 저기, 주커먼 선생, 그 책도."

"뭔 책 말이오?"

"선생이 쓴다는 책 말입니다. 보내주세요."

"그러겠소." 나는 말했다. "우편으로 보내겠소." 그런 다음 얼음판을 가로질러 돌아가기 시작했다. 내가 천천히 멀어져가는 동안, 그는 여전히 얼음 드릴을 든 채 내 뒤에 서 있었다. 정말 멀게 느껴졌다. 설사 여기서 무사히 벗어난다 하더라도, 내 집에서 홀로 보낸 오 년의 세월이 끝났다는 걸 나는 알았다. 만약 책의 집필을 끝마친다면 그때는 살 곳을 다시 찾아봐야 할 거라는 걸 알았다.

일단 호수 가장자리에 안전하게 도착한 나는 콜먼 실크가 소년 시절을 보낸 집에 들어서기도 전에, 나보다 앞서 스티나 팰슨이 그랬던 것처럼 일요일 오찬에 백인 손님으로 이스트오렌지에 있는 그의 가족들과 함께 앉아 있을 수 있는 기회를 갖기도 전에 레스가 결국 숲으로 쫓아들어와 나를 해치려 들지 않을지 확인하기 위해 몸을 돌렸다. 그저 그를 마주보는 것만으로도 나는 얼음 드릴이 주는 공포감을 느낄 수 있었다. 그는 이미 자신의 양동이에 앉은 뒤였는데도. 하얗게 얼어붙은 호수에 둘러싸인 작은 점 하나, 온통 자연뿐인 그 속에서 유일하게 인간적인 표지, 그것은 문맹인 사람이 서류에 서명 대신 쓴 X자처럼 보였다. 전체 이야기까지는 아니더라도 전체 그림은 그랬다. 금세기 말, 삶은 아주 드물게 이처럼 순수하고 평화로운 광경을 제시한다. 물 밑에서 끊임없이 물이 뒤집히는, 미국의 목가적인 산정의 호수에서 양동이를 깔고 앉아 18인치 두께의 얼음 구멍을 통해 낚시질을 하는 고독한 남자의 모습처럼.

비판과 풍자 속에 담아낸 현대 미국사회의 자화상

미국 뉴저지 주 뉴어크 태생인 필립 밀턴 로스는 1959년에 발표한 첫 소설집 『굿바이, 콜럼버스』로 전미도서상(1960)을 수상하면서 일약 명성을 떨친 이래 지금까지도 꾸준히 작품을 발표하고 있는 미국 현대문학의 거장이다. 그는 미국에서 가장 존경받는 작가의 반열에 올라 있고, 이제까지 삼십 편이 넘는 장편과 이십 편이 넘는 단편을 발표했으며, 1960년부터 2007년까지 퓰리처상을 비롯한 미국 내외 유수의 문학상을 스무 차례나 수상했다. 로스는 그야말로 결연하고 확고하게 자전적 요소를 작품에 섞어넣기를 즐기기 때문에(자신의 분신인 네이선 주커먼이나 데이비드 케페시, 심지어 필립 로스라는 실명을 그대로 사용하는 인물까지 주인공이나 화자로 작품에 등장시키는 식으로) 그의 이력부터 간략하나마 짚고 넘어가는 것이 그의 작품들을 이해하는

데 도움이 될 것 같다.

작품에서도 언급되는 뉴어크 인근 위퀘이크에서 성장한 로스는 지금의 폴란드와 우크라이나 국경 지방에 해당하는 지역에서 미국으로 이주한 유태계 이민 1세대인 부모의 차남으로 태어났다. 그는 위퀘이크 고등학교를 졸업하고 버크넬 대학에 진학, 영문학으로 학위를 받은 다음 시카고 대학 대학원에서 영문학 석사과정을 마치고 잠시 그 대학에서 강사로 있다 아이오와 대학과 프린스턴 대학에 교수로 재직하며 문예창작을 가르쳤다. 이후에 펜실베이니아 대학으로 옮겨 비교문학을 강의하다, 1991년 은퇴했다.

시카고 대학에 재직하는 동안 로스는 자신과 마찬가지로 유태계 소설가인 솔 벨로와 친교를 맺고, 로스의 몇몇 작품에서 여성 등장인물의 창조에 영감을 줬던 인물이자 그의 첫번째 부인이 된 마거릿 마틴슨도 만나는데, 솔 벨로와의 결별, 1963년 아내 마틴슨과 이혼하고 오 년 뒤 교통사고로 그녀를 잃은 사건은 이후 로스의 작품에 지속적으로 영향을 미친다.

학업을 마치고 1959년 첫 소설집을 발표하기까지 이 년 동안 로스는 미 육군에 입대하여 복무했고, 군생활을 하는 동안에도 단편소설이나 평론, 영화평 등을 여러 잡지에 기고했다. 1990년 로스는 오랫동안 친구로 지내온 영국 여배우 클레어 블룸과 결혼했으나 1994년 이혼한다. 1996년 블룸은 그들 부부의 결혼생활을 낱낱이, 그리고 로스의 좋지 않은 면을 적나라하게 기술한 회고록 『인형의 집을 떠나며』를 출간한다. 일부 비평가들은 로스가 이에 대한 반발로 『나는 공산주의자와 결혼했다』(1998)를 발표해 전처 블룸의 비난에 은근히 맞선 것이라고 주장하기도 한다.

미국 문학에서 솔 벨로 같은 유태계 작가들의 작품이 유태인의 전통이나 가치, 지혜 등을 지키고 후대에 전하려는 시도였다면, 로스는 자신의 작품에서 오히려 그 반대의 입장을 취한다고 할 수 있다. 그는 현대 미국 중류사회를 배경으로 전통을 고수하는 유태인의 부정적 측면을 부각시킴으로써 선민의식이라는 타성에 젖어 편협한 종교관(오로지 유태인만이 선택받은 민족이며 예수는 그저 역사 속의 인물일 뿐이라는)을 고수하며 극도의 폐쇄성(돼지고기나 비늘이 없는 물고기, 연체동물 따위를 먹지 않는다거나 유태인의 혈통 보존을 위해 이교도 여성과의 결혼을 금하는 등의)을 보여주는 대다수 유태인에게 경고와 자기반성을, 그리고 그를 통해 현대에 부합하는 새로운 가치관을 세워야 할 필요성을 촉구한다. '미국의 꿈'이 단순한 물질만능주의로 타락해버리는 것을 직접 목격한 로스는, 마찬가지로 유태인의 전통과 가치를 고수하는 것이 과연 의미 있는 일인지, 정신적으로 필요한 것인지에 회의를 느꼈는지도 모른다. 로스는 유태적 전통과 가치를 고수하는 유태인이나 그것을 포기해버린 유태인 양쪽 모두 유태인 입장에서 본다면 이교도인 다른 모든 인간과 마찬가지로 타락할 수도 있음을 보여주는 작가이며, 비판적 시각에서 현대 미국 유태인의 생활을 작품 속에 담아내는 작가인 것이다. 그러나 단순히 유태인에게만 국한되지 않는다는 점에서 그의 비판적 시각은 그를 더욱 돋보이게 한다. 그의 사회 비판은 유태인을 넘어서 오늘날 미국의 정치나 사회가 보여주는 편협함과 아집, 자기만 성자인 척하기, 그리고 그것들이 개인에게 가하는 폭력을 고발, 풍자하는 쪽으로까지 그 의미를 확대해볼 수 있기 때문이다.

2003년에 로버트 벤턴 감독에 의해 영화화된 로스의 소설『휴먼 스테인』(2000)은 미국 뉴잉글랜드 시골을 무대로, 보수와 진보의 대립, 정치적 올바름, 그리고 빌 클린턴과 모니카 르윈스키의 스캔들로 떠들썩했던 1990년대를 시간적 배경으로 하고 있다. 작품의 사회자 격인 일인칭 화자 네이선 주커먼은 예순다섯 살의 작가다. 주커먼은『미국의 목가』(1997)와『나는 공산주의자와 결혼했다』에서도 화자로 등장한다. 그런 까닭에 이 세 작품은 일종의 삼부작으로 여겨지기도 한다.

『휴먼 스테인』에서 주커먼은 주인공이라기보다는 일종의 관찰자로서 이야기를 이끌어가고 유도하는 역할을 맡고 있다. 주커먼은 버크셔 산악지대의 한 오두막에서 외부와의 인연을 마다한 채 집필에만 전념하던 작가였지만, 콜먼 실크가 그를 찾아오면서 세상과의 단절에서 오는 평온함은 끝난다. 콜먼은 매사추세츠 서부 버크셔에 있는 가상의 대학인 아테나 대학의 교수이자 학장을 지낸 인물이다. 은퇴가 얼마 남지 않은 나이에 강의실로 복귀한 콜먼은 출석을 부르다 수업에 한 번도 참석하지 않는 학생들(나중에 흑인으로 밝혀진다)을 인종차별적 의미를 지닌 용어spooks로 지칭했다는 혐의를 받고, 그 문제를 해명하고자 맞서다 결국 자신의 주장을 철회하지 않고 사직해버린다. 이로 인한 스트레스로 아내 아이리스까지 급사하자 그런 거짓된 비난의 전말을 책으로 써서 세상에 알리겠다며 주커먼을 찾아오면서 이야기가 시작된다. 아내가 죽은 후 자식들도 다 떠난 집에서 혼자 지내던 콜먼은 자신이 재직했던 대학의 청소부로 어딘가 모르게 우울해 보이고 문맹인 서른네 살의 여자 포니아 팔리와 애인 사이가 된다. 그녀의 전 남편 레스터 팔리는 베트남전에 참전했던 군인 출신으로 알코올에 찌들어 있고, 걸핏하면 아내를 기절할 정도로 두들겨패는 광포한 사람이다. 이 레스터 팔리가 두 사람의 뒤를 밟으면서, 결국 콜먼과 포니아는 이 남자가 유도한 교통사고로 세상을 떠난다. 그리고 이들의 죽음 후 백인과 흡사할 정도로 흰 피부의 흑인이었으면서 오랜 세월 유태인으로 행세해온 콜먼의 과거와 인종적 진실이 밝혀진다.

소설 속 사건들의 대비는 어찌 보면 유쾌할 정도로 아이러니한 반전의 재미를 선사한다. 콜먼이 인종차별주의자라는 누명을 쓰고 교수 자리를 물러나야 했던 것과 백인으로 행세해온 콜먼 자신의 삶 자체가 하나의 커다란 거짓이었다는 것, 실은 콜먼 자신이 흑인인데도 흑인을 비하하는 용어를 썼다는 비난을 받게 된 것, 그에게 권투를 가르쳐준 닥 치즈너의 조언대로 누가 묻기 전에는 자신이 어떤 인종인지 굳이 밝힐 필요가 없다는 말을 잠시 잊었기 때문에 첫 애인 스타나 팰슨과 헤어진 후, 나중에 아내가 된 아이리스 기틀먼을 놓치지 않기 위해 어머니와의 인연까지 끊어버린 것, 자신이 임용한 델핀 루나 허버트 키블 같은 교수들에게 가장 큰 배신을 당한 것, 주커먼이 호수에서 얼음낚시를 하는 레스터 팔리를 만났을 때처럼 주커먼 자신은 팔리에게 위협을 느끼지만 팔리 역시 주커먼이 자신의 뒤를 캐고 다닌다는 점에서 위협을 느꼈다는 것 등은 인생사의 모순이자 아이러니에 대한, 뭐가 뭔지 알 수 없는, 정말로 붙잡아 주저앉히기 힘든 것이 바로 사람들의 머릿속에 자리잡은 잡아챌 수 없는 진리(화자인 주커먼이 전지적 일인칭 관찰자가 아니라는 점을 이러한 면의 암시로 보는 건 무리한 해석일까?)라는 것에 대한 로스의 통렬한 풍자다.

작품 초반에서 클린턴-르윈스키 스캔들을 끌어들이면서 로스가 지적한 미국 국민의 '자기만 성자인 척하는 감정적 도취'는 바로 작품의 주제라고 할 수 있는, 인간 본성의 부정적인 면에 대한 비판적 입장을 암시하는 부분이다. 르윈스키와의 스캔들이 불거져나오기 전까지 클린턴 대통령은 탄핵받을 만한 아무런 문제도 일으키지 않은, 대통령이란 직책을 훌륭하게 수행하던 인물이었다. 그러다 스캔들이 터지자 모두들 앞다투어 대통령을 비난하며 그를 탄핵해야 한다고 법석을 떨어댄다. 마찬가지로, 학장으로 취임하면서 슬리피홀로에 비유될 정도로 나른하고 정체되었던 아테나 대학을 생기 넘치는 곳으로 바꿔놓았고, 그 여파로 아테나 시내까지 새로운 활력으로 넘치게 만들었으며, 모든 교수로 하여금 연구하고 가르치는 일에 전념하지 않을 수 없게 했던 콜먼이 인종차별주의자로 몰리자, 그리고 이후 포니아와의 관계가 알려지자 모두들 그를 인종차별주의자이며 여성을 폄훼하는 인간으로 매도해버린다. 이 두 가지 사건 모두에서 나타나는 인간의 본성은 알 수 없는 것, 판단하기 어려운 것을 절대 용납하지 못한다는 점이다. 그 어느 쪽으로도 분류할 수 없는 것까지도 일단 옳은 것과 그른 것으로, 흑과 백으로 나누고 그 어느 편에건 서서 뭔가 조치를 취해야만 직성이 풀리는 인간의 본성 말이다. 콜먼을 인종차별주의자로 분류하고 그를 헐뜯지 못해 안달하던 사람들이 콜먼이 흑인 혈통을 지닌 인간이라는 사실을 알게 된다면 얼마나 부끄럽고 당혹스러워할까.

이 작품은 미국사회와 정치가 앓고 있는 증상에 대한 진단이자 비판이라고 볼 수 있다. 하지만 로스는 그 어떤 정치적 입장도 취하지 않는다. 로스는 작품 속에서 미국이 앓고 있는 증상 자체를 개선하고 치유하고야 말겠다는 집념 어린 태도를 보여주기보다는 그런 증상을 통해 얼룩투성이 인생을 살아가는 오늘날 미국인의 모습을 보여주며, 이를 통해 우리 모두가 다시 한번 삶에 대해 반성하고 생각해볼 수 있는 계기를 마련해준다. 어쩌면 하얗게 얼어붙은 호수에서 얼음 구멍을 응시하고 있는 레스터 팔리의 모습이야말로 세상이라는 무대에서 각자의 얼룩으로 궤적을 남기며 살아가는 모든 인간을 상징하는 것은 아닐까.

박범수

1933년	뉴저지 주 뉴어크에서 유태계 미국인 1세대인 허먼 로스와 베스 로스의 차남으로 출생.
1950년	위퀘이크 고등학교 졸업, 뉴어크 대학에 입학.
1951년	버크넬 대학으로 옮김. 교내 문학잡지 〈엣 세트라*ET Cetera*〉에 작품과 비평을 실으며 논설위원을 맡음.
1954년	버크넬 대학에서 영문학 학사학위 받음. 단편 「눈 오던 날 *The Day It Snowed*」을 〈시카고 리뷰〉에 발표.
1955년	시카고 대학에서 영문학 석사학위 받음, 8월 군 입대. 〈에포크*Epoch*〉에 「애런 골드의 경기 *The Contest for Aaron Gold*」를 실음.
1956년	8월 부상으로 제대. 시카고 대학에 한 학기 강의를 신청, 1956년부터 1958년까지 시카고 대학에서 강의를 맡음.
1957년	〈뉴 리퍼블릭〉에서 영화와 TV 프로그램 리뷰어로 활동.
1958년	시카고에서 맨해튼 남동쪽으로 이사. 「유태인의 개종 *The Conversion of the Jews*」 「엡스타인*Epstein*」 「굿바이, 콜럼버스*Goodbye, Columbus*」를 〈파리 리뷰〉에 실음. 「엡스타인」이 〈파리 리뷰〉의 아가 칸 상 수상.
1959년	마거릿 마틴슨과 결혼. 〈뉴요커〉에 「신앙의 수호자*Defender of the Faith*」, 〈코멘터리〉에 「광신자 엘리*Eli, the Fanatic*」를 게재. 첫 소설집 『굿바이, 콜럼버스』로 휴턴 미플린 문학협회상, 미국 문학예술협회 기금 수상.
1960년	9월 아이오와 대학 작가 워크숍에 교수단으로 참여. 『굿바이, 콜럼버스』로 전미도서상과 전미유태인도서협회에서 수여하

는 다로프 상 수상.

1962년	프린스턴 대학에서 1964년까지 강의를 맡음.「노보트니의 고통*Novotny's Pain*」을 〈뉴요커〉에 발표.『자유를 찾아서 *Letting Go*』출간.
1963년	포드 기금 수혜. 마거릿 마틴슨과 이혼. 〈에스콰이어〉에 「정신분석적 특징 *Psychoanalytic Special*」 발표.
1967년	뉴욕 주립대학 스토니브룩 방문교수.『그녀가 착했을 때 *When She Was Good*』 발표.
1969년	「굿바이, 콜럼버스」 영화화.『포트노이의 불평*Portnoy's Complaint*』 출간, 〈뉴욕 타임스〉 선정 올해의 베스트셀러.
1970년	「허공에서 *On the Air*」를 〈뉴아메리칸 리뷰〉에 발표.
1971년	『우리들의 갱단 *Our Gang*』 발표.
1972년	『포트노이의 불평』 영화화.『유방 *The Breast*』 출간.
1973년	『위대한 미국 소설 *The Great American Novel*』 출간.「카프카 바라보기 *Looking at Kafka*」를 〈아메리칸 리뷰〉에 발표.
1974년	『남자로서 나의 삶*My life as a Man*』 출간.
1975년	산문집『나와 타인들 읽기 *Reading Myself and Others*』 출간.
1976년	영국 여배우 클레어 블룸과 지속적인 관계를 맺음. 일 년의 반은 런던에서, 나머지 반은 코네티컷에서 생활.
1977년	『욕망의 교수 *The Professor of Desire*』 출간.
1979년	『유령작가 *The Ghost Writer*』 출간.
1980년	『필립 로스 소설집 *A Philip Roth Reader*』 출간.
1981년	어머니 사망.『주커먼 언바운드*Zuckerman Unbound*』 발표.
1983년	『해부학 강의 *The Anatomy Lesson*』 출간.
1984년	『유령작가』를 BBC와 PBS에서 클레어 블룸이 출연한 TV 드라마 〈미국의 장난감집*American Playhouse*〉으로 각색.

1985년	『주커먼 바운드Zuckerman Bound』 출간.『프라하의 주연 The Prague Orgy』 출간.
1986년	『카운터라이프 The Counterlife』 출간.
1987년	컬럼비아 대학과 러트거스 대학에서 명예 박사학위 받음. 『카운터라이프』로 전미도서비평가협회상 수상. 런던에서 미국으로 돌아옴.
1988년	헌터 대학 방문교수.『카운터라이프』로 전미유태인도서협회에서 수여하는 전미유태인도서상 수상. 자서전『진실들 The Facts』 출간.
1989년	하트퍼드 대학에서 명예 박사학위 받음. 아버지 사망.
1990년	클레어 블룸과 결혼.『기만Deception』 출간.
1991년	『유전Patrimony』 출간. 전미도서비평가협회상 수상.
1993년	『샤일록 작전Operation Shylock』 발표. 펜/포크너 상 수상.
1994년	『샤일록 작전』이 〈타임〉 선정 올해의 베스트 소설. 체코 정부로부터 카렐 차페크 상 수상. 클레어 블룸과 이혼.
1995년	『사바스의 극장Sabbath's Theater』 발표, 전미도서상 수상.
1997년	『미국의 목가American Pastoral』 발표. 전미도서상 후보에 오름.
1998년	『나는 공산주의자와 결혼했다I Married a Communist』 출간. 대사 도서상 수상.『미국의 목가』로 퓰리처상, 국가예술훈장 받음.
2000년	『휴먼 스테인 The Human Stain』 출간.
2001년	『휴먼 스테인』으로 펜/포크너 상 수상. 〈타임〉 선정 '미국 최고의 소설'. 체코 정부로부터 프란츠 카프카 상 수상.『죽어가는 동물 The Dying Animal』 출간.
2002년	『휴먼 스테인』으로 프랑스 메디치 해외도서상 수상. 전미도서재단 메달 수상. 미국 예술문학아카데미 골드 메달 수상.

2004년	『미국을 노린 음모 *The Plot Against America*』 출간.
2005년	『미국을 노린 음모』로 미국 역사가협회상 수상.
2006년	『에브리맨 *Everyman*』 출간. 펜/나보코프상 수상.
2007년	『에브리맨』으로 펜/포크너상 수상. 펜/솔벨로상 수상. 『유령 퇴장 *Exit Ghost*』 출간.
2008년	『울분 *Indignation*』 출간.
2009년	『전락 *The Humbling*』 출간.
2010년	『네메시스 *Nemesis*』 출간.
2011년	인터내셔널 맨부커상 수상. 백악관 국가인문학훈장 수훈.
2012년	스페인 아스투리아스 왕세자 상 수상.
2013년	프랑스 코망되르 레지옹 도뇌르 훈장 수훈.
2017년	『왜 쓰는가 *Why I Write?*』 출간.
2018년	85세를 일기로 타계.

문학동네 세계문학전집 발간에 부쳐

　세계문학은 국민문학 혹은 지역문학을 떠나 존재하는 문학이 아니지만 그것들의 총합도 아니다. 세계문학이라는 용어에는 그 나름의 언어와 전통을 갖고 있는 국민문학이나 지역문학의 존재를 인정하면서 그것을 넘어서는 문학의 보편적 질서에 대한 관념이 새겨져 있다. 그 용어를 처음 고안한 19세기 유럽인들은 유럽문학을 중심으로 그 질서를 구축했지만 풍부한 국민문학의 전통을 가지고 있는 현대의 문학 강국들은 나름의 방식으로 세계문학을 이해하면서 정전(正典)의 목록을 작성하고 또 수정한다.

　한국에서도 세계문학 관념은 우리 사회와 문화의 변화 속에서 거듭 수정돼왔다. 어느 시기에는 제국 일본의 교양주의를 반영한 세계문학 관념이, 어느 시기에는 제3세계 민족주의에 동조한 세계문학 관념이 출현했고, 그러한 관념을 실천한 전집물이 출판됐다. 21세기 한국에 새로운 세계문학전집이 필요하다는 것은 명백하다. 우리의 지성과 감성의 기준에 부합하는 세계문학을 다시 구상할 때가 되었다.

　문학동네 세계문학전집은 범세계적으로 통용되는 고전에 대한 상식을 존중하면서도 지난 반세기 동안 해외 주요 언어권에서 창작과 연구의 진전에 따라 일어난 정전의 변동을 고려하여 편성되었다. 그래서 불멸의 명작은 물론 동시대 세계의 중요한 정치·문화적 실천에 영감을 준 새로운 작품들을 두루 포함시켰다.

　창립 이후 지금까지 한국문학 및 번역문학 출판에서 가장 전문적이고 생산적인 그룹을 대표해온 문학동네가 그간 축적한 문학 출판 경험을 바탕으로 새로운 세계문학전집을 펴낸다. 인류가 무지와 몽매의 어둠 속을 방황하면서도 끝내 길을 잃지 않은 것은 세계문학사의 하늘에 떠 있는 빛나는 별들이 길잡이가 되어주었기 때문이다. 우리가 자부심과 사명감 속에서 그리게 될 이 새로운 별자리가 독자들의 관심과 애정에 힘입어 우리 모두의 뿌듯한 자산이 되기를 소망한다.

문학동네 세계문학전집 편집위원

민은경, 박유하, 변현태, 송병선, 이재룡, 홍길표, 남진우, 황종연

지은이 **필립 로스**
1998년 『미국의 목가』로 퓰리처상을 수상했다. 그해 백악관에서 수여하는 국가예술훈장을 받
았고, 2002년에는 미국 문학예술아카데미 최고 권위의 상인 골드 메달을 받았다. 전미도서상
과 전미비평가협회상을 각각 두 번, 펜/포크너상을 세 번, 영국 WH 스미스 문학상을 두 번 수
상했다. 2005년에는 『미국을 노린 음모』로 미국 역사가협회상을 받았으며, 2011년 백악관 국
가인문학훈장과 인터내셔널 맨부커상을, 2012년 스페인 아스투리아스 왕세자 상과 2013년 프
랑스 코망되르 레지옹 도뇌르 훈장을 받았다. 2018년 세상을 떠났다.

옮긴이 **박범수**
경희대학교 영문과를 졸업했고 동 대학원에서 영문학 석사학위를 받았다. 출판 편집자를 거쳐,
현재 전문 번역가로 활동하고 있다. 옮긴 책으로 『유령 퇴장』 『전락』 『전쟁중독』 『본다는 것의
의미』 『판타지 공장』 『이혼의 역사』 『피의 역사』 등이 있다.

세계문학전집 020
휴먼 스테인 2

1판 1쇄 2009년 12월 15일
2판 1쇄 2013년 7월 31일 | 2판 7쇄 2024년 9월 6일

지은이 필립 로스 | 옮긴이 박범수
책임편집 김경미 | 편집 이예원 김나리 류현영 오영나
디자인 김마리 이원경 | 저작권 박지영 형소진 최은진 오서영
마케팅 정민호 서지화 한민아 이민경 안남영 왕지경 정경주 김수인 김혜원 김하연 김예진
브랜딩 함유지 함근아 박민재 김희숙 이송이 박다솔 조다현 정승민 배진성
제작 강신은 김동욱 이순호 | 제작처 영신사

펴낸곳 (주)문학동네 | 펴낸이 김소영
출판등록 1993년 10월 22일 제2003-000045호
주소 10881 경기도 파주시 회동길 210
전자우편 editor@munhak.com | 대표전화 031) 955-8888 | 팩스 031) 955-8855
문의전화 031) 955-1927(마케팅) 031) 955-1917(편집)
문학동네카페 http://cafe.naver.com/mhdn
인스타그램 @munhakdongne | 트위터 @munhakdongne
북클럽문학동네 http://bookclubmunhak.com

ISBN 978-89-546-0921-0 04840
     978-89-546-0901-2 (세트)

www.munhak.com

문학동네 세계문학전집

● 문학동네 세계문학전집은 계속 출간됩니다